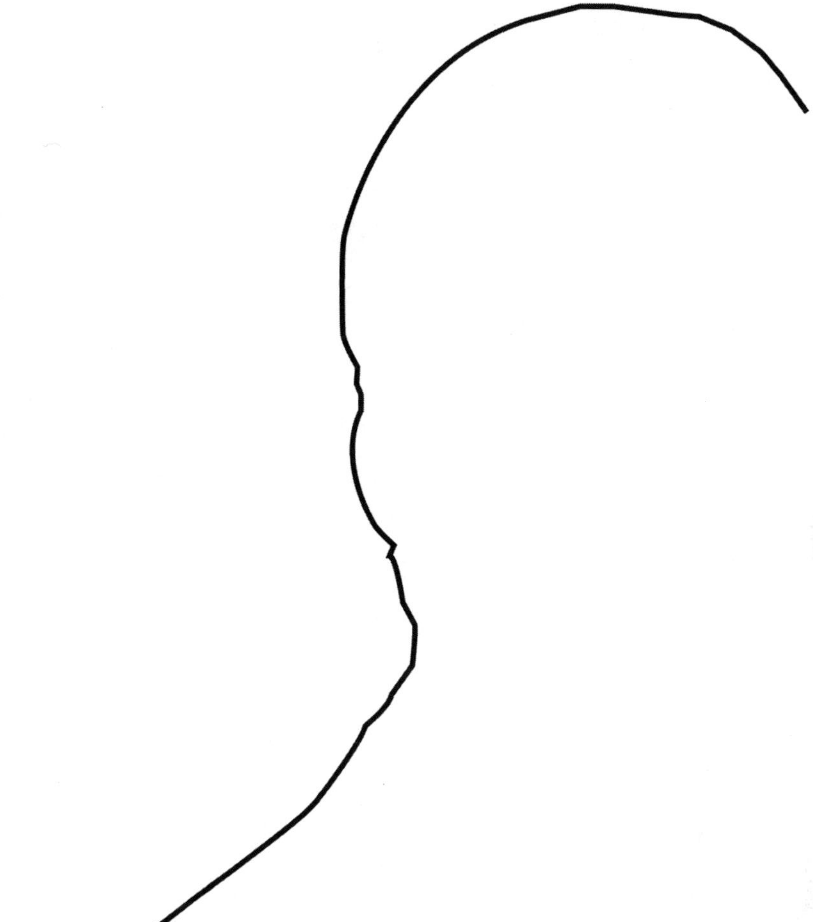

彼岸過迄

夏目漱石 — 著　　林皎碧 — 譯

目錄

導讀（文／早稻田大學文學學術院教授 中島國彥）——005
參考資料 有關《彼岸過迄》（文／夏目漱石）——019
澡堂之後——023
車站——069
報告——185
下雨天——235
須永的話——263
松本的話——377
結尾——419

《彼岸過迄》導讀

中島國彥／早稻田大學文學學術院教授

作品簡介

《彼岸過迄》[1]從一九一二年（明治四十五年）一月二日至四月二十九日，分別在《東京朝日新聞》和《大阪朝日新聞》連載一百一十八回。這是夏目漱石歷經所謂「修善寺大病」後，隔了一年數個月再度執筆的長篇小說。連載前，漱石寫了一篇類似前言的短文〈有關《彼岸過迄》〉給讀者，除了感謝大家對他健康狀態的關心，也提到他不被主義所拘束，而是依照「自己的信念」，「只想寫些自己的想法」，文中他以低調而期待的語調敘述自己的心境。後來發行單行本時，漱石把這篇短文放在卷頭。這部

譯註：

1 日本曆日以春分和秋分為準，前後各三日共七日稱之彼岸，為日人掃墓祭拜亡靈的時節，也細分為春彼岸、秋彼岸。

由春陽堂出版的小說，出刊時正是「明治」年號改為「大正」的一九一二年九月十五日。這部小說和漱石以往的單行本一樣，也是大型菊版（長二一八公釐），四百九十二頁，由橋口五葉裝幀。當時的親筆手稿至今仍由岩波書店珍藏，真是非常難得。

此後，一直到最近，這篇短文〈有關《彼岸過迄》〉總是因襲為小說卷頭語的形式來出版，很容易得手的文庫本也是採取如此的編排方式，不過本書的翻譯則是採用新版《漱石全集》（一九九四年六月，岩波書店。二〇〇二年十月出版第二版）為底本，這是首次以短文與小說分離的方式來處理。其主要的根據是，無論怎麼說這篇短文僅是作者的心聲，並非小說的一部分，才會作出這樣的判斷結果。因此，我把這篇〈有關《彼岸過迄》〉作為參考資料，放在本篇解說的最後來作介紹。

在〈有關《彼岸過迄》〉一文中，漱石說到自己的創新手法，是「以各自獨立的短篇小說組合成一部長篇小說的結構，作為新聞小說也許會收到意外有趣的效果吧！」如同他的抱負，整部《彼岸過迄》分為〈澡堂之後〉、〈車站〉、〈報告〉、〈下雨天〉、〈須永的話〉、〈松本的話〉共六章，再加上短短的〈結尾〉所構成。各章的長度、形式和語調並不統一，各章之間好像有鎖鍊連結般的聯貫形式和巧妙伏筆，還有以解謎般展開的故事過程，可以說是讓小說的世界產生變化和趣味。如同這樣各章都有小標題的長篇小說，還有後來的《行人》（一九一二—一九一三），不過它並不像《彼岸過迄》般富於多樣性。《心》（一九一四）則是原本預定以「心」為主題，來書寫數篇各自獨立的短篇小說，沒想到打頭陣的〈老師的遺書〉卻長到成為長篇小說。此後，漱石的小說作品就不再出現小標題。我認為在漱石長篇小說的書寫方法上，《彼岸過迄》是最具冒險意圖的作品。

作品的出發——〈澡堂之後〉

首先，故事是由「討厭平凡、愛好浪漫的青年」田川敬太郎，這位形式上的主人公展開。從描述二十六、七歲剛畢業於東京帝國大學法學部、正在求職、喜愛冒險、充滿好奇心的敬太郎，與同樣住在本鄉台町的租屋、比他年長、有一些難以想像經歷的森本交往的〈澡堂之後〉開始，如此的設定頗為巧妙。曾有過婚姻生活和冒險奇譚等一些「令人相當意外的故事」的森本，絲毫不在乎自己的工作，留下一根雕蛇木杖，偷偷渡海到中國大連，繼續流浪的生活。敬太郎從和他的交往，體會到潛藏在複雜經歷背後不可思議的人性。

森本這個人，可以說是為找工作渡海到中國大陸的「大陸流浪者」。漱石從《門》（一九一〇）中的安井，到《明暗》（一九一六）中的小林，如此的人物造型不時在作品裡登場。因為森本任職於大連電氣公園（滿鐵經營的娛樂設施），我們或許可以說這種人物造型，和一九〇九年在漱石家的工讀書生[2]、秋天渡海到中國的青年——西村誠三郎（濤蔭）有所關聯。近年來，這種人物也出現在黑川創的《國境（完整版）》（二〇一三年十月，河出書房新社）一書中。

敬太郎的冒險實情——〈車站〉、〈報告〉

其次的〈車站〉、〈報告〉二篇中，講到母子相依為命、低調住在神田小川町後街的「退嬰主義[3]之男」，也是主人公的同學須永市藏，以及他與敬太郎之間的交友情形，還有介紹他前往企業家田口要作（須永的姨丈）位於內幸町的家中後，田口要敬太郎去調查某位紳士的故事。縱然躍躍欲試想當偵探的是敬太郎，說「自己僅是人的研究者，不！只想以驚嘆之念，眺望人類那種異常結構在暗黑的夜裡運轉的情形」，不過也可以說這是較不具嚴肅性、單純好奇心的延伸。森本曾說敬太郎剛從大學畢業、不解世間事，而他確實僅是一個「以望遠鏡窺視世間」，甚至還產生「隨便都好的怠惰心」，甚至跑去找錢卜老婦占卜。

敬太郎依照田口的指示，在神田小川町市營電車的車站等候，果然看到一位紳士和一名梳著「庇髮」[4]的年輕女子相約進入一家西餐廳，餐後就各自離去。敬太郎把這些事一五一十向田口報告。如同「映入他（敬太郎）年輕的眼中，對於人類這個大世界不甚了解，反而對於男女這個小宇宙感到新鮮」一般，敬太郎對於自己尾隨的這兩人的關係很感興趣，從田口那裡得知那位紳士是田口的小舅子，也就是須永母親的弟弟松本恆三，後來也知道年輕女子是田口的長女千代子。這可以說是一個有趣的解謎，希望大家注意小說進行的過程中，田口和松本兩個人的性格。更進一步說，就是隱藏在現實生活背後所浮現出來的一切事物。特別是住在牛込矢來町、討厭交際應酬的松本，面對拿著田口介紹信的敬太郎，稱自己是「高等遊民」，說田口是「對人的看法有

譯註：

2 工讀書生，為日本明治時期的社會現象之一，其意是住在富裕人家中的窮學生，不必付房租，但是會幫忙做些雜物。

3 退嬰主義，指凡事裹足不前、退縮躲避，不願積極前進的思想。

4 庇髮是明治後期到大正時期，女性間流行的一種向前膨起的髮型。

種奇怪的偏頗」、「有用處卻沒思想的人」，也談到田口和自己不一樣的地方。兩人對比鮮明的性格和生活方式，讓敬太郎對世間的廣度和複雜度，更加凝神思考。

「高等遊民」是當時用來稱呼那些不工作、只靠財產過日子的知識分子，從《從今之後》（一九〇九）中的代助以來，漱石的作品中經常出現這種人物，不過漱石只有在《彼岸過迄》中，讓松本以自己的口自稱為「高等遊民」。依照長島裕子調查當時成為社會問題的「高等遊民」狀況，論及自稱「高等遊民」的松本，從漱石的立場看來這未必是受到肯定的。（〈「高等遊民」的周邊——《彼岸過迄》中的松本恆三〉，收錄於《漱石作品論集成八彼岸過迄》（一九九一年八月，櫻楓社））。

一個轉換——〈下雨天〉

敬太郎接受田口的就職斡旋後，以千代子口述的形式，敘述下雨天被松本婉拒見面原因的〈下雨天〉，這短短的一章在《彼岸過迄》中具有異常的位置和性格。從傍晚就開始下雨的某個秋日，來到松本家的千代子，在餵松本家兩歲么女宵子吃飯時，「除了奇怪外，也說不出其他的話」的原因猝死，這是漱石取自他最寵愛的么女，也是五女雛子猝死（一九一一年十一月二十九日）的往事。正如越智治雄詳細追溯的一文中所述（〈《彼岸過迄》時期——一個印象〉，收錄於《漱石私論》（一九七一年六月，角川書店）），《彼岸過迄》一書中飄著修善寺大病的餘音及相關親友的死亡。事實上，聘請漱石進入《朝日新聞》的池邊三山，也在《彼岸過迄》連載中的一九一二年二月二十八日突然逝世。漱石為此停載一次，寫了一篇〈三山居士〉追悼文，也參加三山的雨中葬禮。單行本《彼岸過迄》的卷頭上，寫有「此書獻給亡女雛子和亡友三山」的獻詞。

現在以〈片斷〉為名，收錄於《漱石全集》的《彼岸過迄》中的構想筆記，也是以雛子之死為中心作記述。其實，這就明白宣示死亡存在於表面日常生活深處的另一個世界。〈下雨天〉對漱石而言，讓我想起所謂「那是三月二日（雛子生日）開始動筆，同月七日（雛子百日）脫稿，我為能以此來祭奠亡女感到高興」這一段（一九一二年三月二十一日，〈致中村蕪書簡〉），這也和小說題目《彼岸過迄》微妙地相互回響。同一章中，說到「感到自己的精神上好像有一道裂縫」，以及包含「和雛子同樣出生的孩子、有同樣憾事吧！愛是很私密的事」等也在當時的日記有詳細記述。例如：若無其事地描述雛子死去那天原本是晴天卻轉為雨天，以及火葬場的情形，令人留下深刻印象的心象風景，漱石以這種淡漠而深刻的方式描寫深沉的悲傷。

從葉子即將落盡的高大樹枝上，不時還有一片一片已變色的小樹葉飄落下來。葉子在空中快速翻轉飛舞的舞姿，在千代子的眼中留下鮮明的印象。那些葉子很不容易掉落地上，總是在途中翻來翻去，這種現象也讓她眼睛為之一亮。（〈下雨天〉七）

〈下雨天〉執筆期間，可能是在二月二日至七日之間吧！其間分八回在報紙上連載，比平時的速度都還快。這一章所帶來的心理張力，給人很強烈的印象。

然而，那和漱石內心對現實認識的確實性，一直沒有發生連動。漱石在〈有關《彼岸過迄》〉一文中，有意識地提到「儘可能要寫得有趣」，但是作品內容並未充分體現出來，或說所謂「有趣」在現實中該如何表現這件事，尚未產生明確的認識吧！剛失去雛子時，漱石的心情無法得到真正的平靜，但是《彼岸過迄》不得不啟動。日記中所敘述的悲傷心情，未歸結出一個方向，仍呈現不隱定狀態。作品中描述千代子的悲傷也是很深刻，從這裡看到漱石的眼中產生更沉重的視線。

自我意識的歸結處——〈須永的話〉、〈松本的話〉、〈結尾〉

在《彼岸過迄》的世界裡，漱石在執筆中曾因胃疾惡化而焦慮不安，以〈下雨天〉為轉機，增加內容的嚴肅性和深度，那就是接著描述須永和千代子的複雜心理關係的〈須永的話〉和〈松本的話〉。

在此，敬太郎存在的意義削弱，轉成須永和松本以第一人稱直接和讀者對話的形式出現。早年失怙的須永，在母親的寵愛下任性成長，不過部分原因也是他自己「神經過敏」。那種心情每每會影響到他，當考慮自己和表妹千代子是「幾乎在同一處成長而有同樣過去的兩人」，特別是須永的母親透露千代子出生時，雙方家長就約好遲早要嫁給市藏，這兩件事變得微妙糾纏。須永不打算和自己過於親近的千代子結婚，在表面上採取曖昧的態度，卻一直苦於「對於所謂『自己』的真面目是這麼難以理解而感到可怕」。

> 我無法毅然決然下決定，總是優柔寡斷，凡事先考慮結果，盡在自尋煩惱。千代子好像一陣風般自由吹拂，無法預測的豐富感情一次就從胸中湧出

來。（〈須永的話〉十二）

須永稱千代子和自己是「不知畏懼的女人和只知畏懼的男人」，並說出「兩人之間橫亙著根本上的不幸」的內情，他的感情是沉重而淤塞的。儘管能夠客觀看待這件事，卻無法對應現實，雖然「大腦的思維比人家複雜」，其結果則是搞得精疲力竭。這種心情並不是正確地把握對方應有的方式，肯定會產生某種不自然的看法。事實上，在田口一家前去避暑的鐮倉，須永對於出現在千代子身旁的友人兄長、活潑開朗的高木，感到嫉妒而表現出彆扭的態度，並懷疑千代子在耍「心機」，結果反被千代子嗆「你真卑怯」、「你才看不起我」。須永個性上的不幸，其實和他的出生秘密（須永是父親和女傭所生）有關聯，在〈松本的話〉一章中才真相大白。雖然這可以說是小說上的一個殘酷設定，另一方面漱石在描述向須永全盤托出秘密的松本是「美麗體驗」，描述結束大學畢業考試去旅行的須永是在呼吸「自由的空氣」，勉勉強強還保持平衡。然而這個結尾，只是漱石希望將黑暗現實昇華的祈禱，並非對問題的真正解決。

作品世界裡的〈結尾〉，超越單純的「敬太郎的冒險」，構成漱石後期三部作品的《彼岸過迄》、《行人》及《心》也包含在這種形式中。在《彼岸過迄》小說世界的構造，可以說是漱石以修善寺大病為界，從前期邁向後期重新展開的作品，不但凝縮了漱石作所有的形式，也適妥地呈現了各式內容，這也是此部作品會被稱為是一個**轉捩點**的原因。

從市營電車看作品的世界

在《彼岸過迄》小說的世界中，以描述知識分子須永自我意識的苦惱為主。假如談到這和漱石前後作品的關聯，特別是《行人》中一郎的苦惱的發展內容，則很值得注視。漱石的弟子鈴木三重吉，自費出版《現代名作集》系列時，只有〈須永的話〉一章，以《須永的話》（一九一四年九月）獨立一冊，這也可以反映出如此的見解。

此後，論及這部作品的有趣，也有人認為並非是後半部所描述的知識分子的苦惱，而是支撐前半部敬太郎冒險的都市空間、交通網及通訊網等的如實呈現。前田愛的《都市空間中的文學》（一九八二年十二月，筑摩書房）裡，以耐人尋味的「假象之街」來剖析《彼岸過迄》。作為理解作品輔助線的市營電車，其作用很值得關注，在此我決定來申述這個問題。

當我閱讀一九一四年三月刊行的《東京案內》(實業之日本社)時，在介紹三日遊、七日遊東京參觀路線的最後一頁，附有「道路徒步方法」、「電車搭乘方法」的項目，實在感到非常驚訝！這好像現在我們去巴黎、紐約或上海時，參照「徒步時應注意事項」、「如何搭乘地鐵」等之類的導覽手冊所產成的同樣感覺。確實如此，當時的東京可以說是一個容易走失的「迷宮」。事實上，漱石以東京為主要背景的作品，有時連「迷宮」這個名詞都會出現。特別是這個「電車搭乘方法」中，所謂「也可以不必換車直接前往。不過依地點不同，也有從自己的出發地開始到目的地為止，必須換車三次或四次」的一節，讓我又想起曾經從照片中看到的複雜市營電車車票。

漱石的作品大抵寫於明治末年至大正初的前十年，那也是東京的交通工具，特別是市營電車急速整頓的時期。《少爺》(一九〇六)的主人公「我」，在日俄戰爭後從四國返回東京，成為「街鐵」(東京市街鐵道株式會社的電車)的技術員。一九一一年八月，好幾條民間經營的電車全被東京市政府收購，成為公營的「市營電車」。因有如此的經緯，所以東京市營電車是出乎想像的複雜。

《彼岸過迄》的舞台正好就在這個轉換時期。這部小說的開始，時間點設定在一九一一年底，大學剛畢業的敬太郎，在神田小川町車站尋找從三田方面來的一位紳士的故事。敬太郎在那裡發現從三田方面來的電車，依系統不同，同樣是小川町站還分東站和西站上、下車，以致驚慌失措。雖然敬太郎出生於外地，卻已在本鄉租屋多年，算是一個生活在東京的年輕人，理應經常搭電車往返小川町才對。儘管如此，一旦碰到緊急狀況，面對複雜的市營電車也不得不望洋興嘆。

當時的市營電車，會在道路中央立著鐵柱，然後從那裡架線。站名只是寫在鐵柱上表示而已，不像戰後的東京都電車般會在路線邊設有稍高的月台，所以小說中才會有「一根以白漆寫著『小川町車站』的鐵柱」。同時在附近的另一個車站，發現「也豎著一根鐵柱，和剛才看到的那根一樣以白漆寫著『小川町車站』」，讓敬太郎感到非常驚訝。如今看來，這真是不顯目的站名表示方法。在《彼岸過迄》中，這「二根紅鐵柱之間的距離」成為一個問題，所謂「紅色鐵柱」，是指以白漆寫著站名的鐵柱下方漆成紅色。漱石的讀者不會完全清楚這些事吧！除非從當時的浮世繪或照片瞭解外也別無他法。

在《彼岸過迄》一書中，就用詞而言「白色」比「紅色」的意象更強。在《從今之後》一書中，則是全部收斂入「紅色」的意象。雖然市營電車並非呈現出如此效果，不過好幾次都以「立著紅色鐵柱的車站」、「車站的紅色鐵柱」來作伏筆。

在《此今之後》的最末章〈十七〉的最後一幕，以描寫全部塗滿「紅色」、「世間全變得通紅」，達到夢幻式的結尾時，市營電車車站的「紅色」鐵柱，呈現出怪異的樣貌。

浮世繪中描繪的紅磚有如代表文明開化的「紅色」，給人所謂追趕西洋文明活動的印象，卻在流滿紅色血液的日俄戰爭後，變貌為侵蝕人們內心的怪異之物，也成為威脅時代之物。深切關注《彼岸過迄》的讀者，應該連這些事物都能夠閱讀出來。

二〇一四年八月

參考資料　有關《彼岸過迄》

夏目漱石

我想把實情向讀者坦白，自己的小說在去年八月理應在報紙上連載。不過有人擔心天氣酷熱，大病後的身體怎堪連續工作呢？趁此好機會，我決定多休息兩個月。結果兩個月過去了，到十月都還沒動筆，十一月、十二月也在稿件杳無訊息中不知不覺過了。自己早該做的工作卻一而再地延宕，如此拖拖拉拉，我的心情當然不好。

從改歲的元旦起，終於決定開始工作時，與其說是長時間被壓抑得以舒展的快樂，毋寧說是盡義務時機到來的喜悅。然而一想到長時期擱置的義務，如何做得比以往更出色，不禁又感到一種新的壓力。

好久沒動筆，不免抱著盡可能要寫得有趣的決心。那也有種非得回報對自己健康狀態及其他諸多事情抱持寬容態度的報社朋友，還有每天如日課般閱讀我的作品的讀者。因此，念茲在茲想要寫出一部好作品。不過光靠念力也無法讓作品出色，無論多麼想寫出好作品，連自己都沒把握能否如願，這是寫作的常規。所以我也沒勇氣公開表示此次要為長期休養作出補償。事實上，這裡潛藏著一種苦衷。

這部作品公開之際，自己希望把以上的事情先表白。至於作品的性質，還有自己對作品的見解和主張，則沒有敘述的必要。其實，自己既不是浪漫派作家，也不是象徵派作家。更不是近來耳熟能詳的新浪漫作家。我也沒自信自己的作品已經染上固定色彩，譬如那些高調標榜到惹路人矚目的主義。同時，我也認為那種自信是不必要的。我只是抱持自己就是自己的信念。既然自己就是自己，自然派也罷、象徵派也罷，乃至加上「新」字的浪漫派也罷，打算全部置之度外。

我不喜歡一直吹噓自己的作品是嶄新的、嶄新的。當今世間一味追求標新立異，恐怕只有三越和服店、美國佬，還有文壇上的部分作家、評論家吧！

我不願借助所有在文壇上濫用的空洞流行語作為自己作品的商標，只想寫出具有自我風格的作品。我惟恐自己的本事不足而寫出水準以下的東西，或賣弄學識寫出超乎自己本質的東西，帶來對讀者抱歉的結果。

其實，透過東京、大阪兩座城市的人口來計算，購買朝日新聞的讀者多達幾十萬人。不知道其中有多少人會閱讀我的作品？可是大部分的人恐怕都不清楚文壇的內幕及秘辛。我認為一般人都是在大自然的空氣中率直地呼吸、穩當地生活。自己的作品能夠公開在這些受過教育而普通的讀書人之前，我相信就是自己莫大的幸福。

所謂「彼岸過迄」單純只是預定從元旦寫到彼岸才如此命名，並沒有實質意義。一直以來，我有一個想法就是把各自獨立的短篇小說組合成一部長篇小說，這樣的結構作為新聞小說也許會收到意外有趣的效果吧！不過直至今日都沒有機會嘗試，假如自己夠本事的話，我希望以《彼岸過迄》來完成自己的夙願。然而小說不同於建築師的設計圖，所以無論寫得如何笨拙也不能沒有劇情和發展，可是縱使是自己所創作，無法如計畫般進行的情況也多有所聞，如同在現實社會裡我們的計畫受到意外的阻礙，無法和預期一致也是很平常。因此，假如不持續寫下去的話，也不知將有怎樣的結果，也許這根本是一個屬於未來式的問題。不過縱使無法依計畫順利進展，不好不壞也可以寫出短篇小說倒是可以預期的。我認為那樣的結果倒也無妨吧！

澡堂之後

一

敬太郎對這段時間到處奔走、求職[1]，卻看不見任何成果[2]已經有些厭倦了。他很清楚自己身體強壯，假如只是單純到處奔波消耗體力的話，倒還不覺得苦，可是想做的事卻停滯不前，或剛剛有點眉目又嘎然而止，這種失敗[3]事一再重複，身體還受得了，腦袋瓜卻漸漸不管用。因此，今晚故意藉愁喝起不想喝的啤酒，試著讓自己[4]盡可能放鬆心情[5]。然而，借酒澆愁愁更愁的苦悶始終揮之不去，最後只好叫女傭[6]把酒菜收起來。女傭看著敬太郎的臉說道：「啊呀！田川桑，」接著又加上一句：「真是的——」敬太郎邊摸自己的臉邊說道：「臉很紅吧！這種好氣色怎能一直照電燈[7]呢？太可惜了，睡覺吧！順便幫我把床鋪一鋪。」女傭好像又想說些什麼，敬太郎故意走開到廊下去。當他從廁所返回屋內鑽進被窩時，喃喃自語[8]：「還是好好休息才是。」

敬太郎在夜裡醒了兩次。一次是因為口渴，一次則是夢醒。第三次醒來時，天已亮了。雖然敬太郎察覺人世間已經開始動起來，只說了聲：「休息、休息。」又睡著了[9]。再來就是那個不機靈的擺鐘[10]，不客氣地「噹——噹——」作響，然後無論怎麼努力也睡不著了。不得已只好躺著吸根菸，吸到一半時敷島[11]牌香菸的菸灰掉下來，白色枕頭滿是灰燼。縱使如此，他還是一動也不動，直到從東邊窗子照射進來的陽光強到令人不舒服，頭也有些痛，好不容易才起身，嘴上叼著牙籤，拎著毛巾上澡堂[12]。

澡堂裡的時鐘已過十點，沖澡處收拾得乾乾淨淨，連個小水桶都沒有，只有澡池內有一個人在泡湯，邊眺望從玻璃窗射進來的陽光，邊悠閒地往身上嘩啦嘩啦潑熱水。那是和敬太郎住在同一租屋處的森本，敬太郎向他道了一聲早安。對方也說了聲「早安」回禮。

「怎麼搞的啊？現在還叼著牙籤，別鬧了。話說昨晚，你的房間怎麼都沒點燈呢？」

「哪有這種事？我從天剛黑就把燈點得火亮。我和你不一樣，我可是一個品行端正的人，夜裡很少會去夜遊。」

「確實如此。你真是一個嚴謹的人。實在是嚴謹到令人羨慕。」

敬太郎感到有點好笑。看對方依舊把胸口以下的身體浸泡在熱水中，不厭煩地把熱水嘩啦嘩啦往身上潑，不過卻一臉認真的模樣。敬太郎望著這個看起來很安逸的男人，他的鬍鬚被水淋得亂糟糟，一根一根的鬍鬚往下垂，問道：

「我倒是無所謂，你到底怎麼啦？怎不去機關[13]上班？」

森本懶洋洋把兩肘放在澡池邊緣，托著額頭趴著，好像頭痛般答道：

「機關休息了。」

「為什麼？」

「不為什麼，我想休息。」

敬太郎不由地發覺這個人是和自己同類。於是說了一句：「原來是為了休養？」

對方答說：「對啦！休養。」依舊保持趴在澡池邊緣的姿勢。

中島國彥　註

1 運動と奔走：這裡是指大學畢業後的求職。三十七頁提到「今年夏天剛從學校畢業的敬太郎」。

2 験の見えない：看不見效果。「験」為證據、效力、報酬之意。

3 反間：疏忽、大意、失敗。「反間」為借用字。

4 自分と：自己主動地。後文有「自甘墮落」的用法。

5 快豁：開朗。「豁」為廣闊之意。

6 下女：這裡指租屋內處理雜事、幫傭的女人。

7 電燈：都會區家庭在日俄戰爭後以電燈取代油燈才開始普遍化，這家租屋比較早使用電燈。二葉亭四迷《平凡》（《東京朝日新聞》明治四十年十月三十日－十二月三十一日）中的主人公，於明治三十年代初期，住在傳通院旁的「高級租屋」還使用油燈。《彼岸過迄》連載開始前的明治四十四（一九一一）年十二月二十九日的《東京朝日新聞》，有一篇「家庭用電氣和瓦斯」的報導，提及電氣公司（二社）和瓦斯公司的勸說，近年來已形成三足鼎立。又提及「商家為裝飾店面，讓人看起來感覺生意興隆最好使用瓦斯燈，一般家庭為保護眼睛，如果還使用非常不好的瓦斯燈看書的話，眼睛一定會壞掉。由於電燈的燈光接近太陽光，對眼睛比較好。因此，現在有些成員較多的家庭，通常是使用電燈，煮飯時才使用瓦斯居多。」。

8 囁いた：通常表記為「呟いた」。這裡有悄悄低語之意，所以借用「囁」字。《從今以後》「十四之五」亦使用「囁いた」。

9 眼を眠って：閉上眼睛、睡覺。《礦工》「七十三」也用過「眼を閉る」。

10 ボンボン時計：大型擺鐘。所謂「ボンボン」就是慢慢發出聲音以報時。這個鐘並不是在敬太郎的房間，而是在掛在房子大門的地方。一四四頁中，有「假裝要看掛在屋子正面的時鐘」。二葉亭四迷《平凡》「五十九」中，有「正在講述一、二齣戲劇的故事時，樓下的擺鐘好像在生氣般『噹～噹～』作響。一點鐘。」的敘述。

11 敷島：略為高級的一種帶紙菸嘴的香菸。

12 湯屋：指錢湯（澡堂）。漱石住在本鄉西片町時，有一天下午和同樣住在西片町的二葉亭四迷（長谷川辰之助）在澡堂相遇。漱石的追悼文〈長谷川君和我〉（收錄於岩波書店新版《漱石全集》第十二卷。）一文中，記有「我擦拭好身體，坐在舖著草蓆的廊下，拿著團扇正在乘涼，不久長谷川君就進來了。他先戴起眼鏡找到我，就開始找我聊天。我還記得那時雙方都赤裸的情形。」同樣有前往大陸流浪經驗的二葉亭四迷和漱石的見面，雖然同為《朝日新聞》的職員卻僅有幾次，所以漱石有很深刻的印象。《彼岸過迄》開始連載前的《朝日新聞》，也預告將出版《二葉亭全集》第三卷。

13 役所：從敬太郎的這句話，暗示森本是在公家機關上班的人，三十二頁提到「每天前往新橋車站的男人」。車站內的站務，當時屬於鐵道院所管轄。

二

當敬太郎坐在水桶[14]前，讓三助[15]搓洗背部時，森本終於把泡得通紅、好像要冒煙的身體從熱水中露出來。他一臉的好心情，盤坐在沖澡處，開始對敬太郎的身材稱讚道：

「你的體格真好啊！」

「不過最近變得很走樣。」

「唉呀唉呀！身材走樣的人是我啦！」

森本「啪啪啪」地拍打自己的肚子給他看。他的肚子凹陷，好像被人往背部拉過去般。

「無論怎麼說工作就是工作，身體難免會拖垮。最糟糕還是因為做了很多有損自己身體的事情啦！」

森本話一說完，好像突然想起什麼事似地哈哈大笑。敬太郎有意附和道：

「今天很閒，好久沒聽你聊了，要不要再聊一些以前的事來聽呢？」

「好啊！想聽我就說給你聽。」

森本立刻很感興趣地答應了，雖然回應得很開心，動作卻是慢吞吞，可能是身子在熱水內泡太久的緣故，久久無法起身。

敬太郎用力把頭打滿肥皂泡沫，然後又在厚硬的腳底及腳趾間抹上肥皂時，森本依舊盤坐，完全看不出有打算要洗澡的模樣。最後，又把那瘦弱的身子拋進澡池內浸泡在熱水中，然後幾乎和敬太郎同時擦拭身子，又說道：

「偶而來洗個晨澡，真是清爽、心情又好！」

「是啊！不過你並不是在洗澡，只是在泡湯，對不對？你是貪圖泡在熱水中的快感吧！」

「我洗澡沒有那麼複雜啦！坦白說這種時候才懶得去洗身體[16]。就這樣呆呆地[17]泡在熱水裡，呆呆地起身。來這種地方，你還真比一般人賣力。從頭洗到腳，沒一處不是使勁賣力洗。然後還用牙籤把牙縫剔乾淨。看你洗得那麼仔細，我實在很佩服。」

兩人一起走出澡堂的大門。森本說要去大街[18]買卷紙，敬太郎說願意陪他去。從小巷子向東轉，路突然變得寸步難行。昨晚下雨，把路上的泥巴淋得軟趴趴，經過今天早上來來往往的馬、車及行人的踩踏，弄得淤泥不堪。兩人露出厭惡又鄙視的神情走過去。此時，太陽已經高高昇起，從地面蒸發出來的水蒸氣，感覺好像在地平線上微微地浮動。

「今天早晨的好景色好像特意讓你這個愛睡懶覺的傢伙看的。怎麼太陽都已高掛，清晨的霧氣還沒消退呢？從這裡望過去，電車[19]內的乘客宛如映在紙門的人影般，一個一個看得清清楚楚。而且太陽正好在正對面，每個人看起來都像灰色的妖怪，真是大奇觀啊！」

森本邊說邊走進紙店[20]，然後用手壓著懷中因放著卷紙而鼓起來的胸口走出來。於是和在門口等候的敬太郎，轉往方才來的那條路走回去。兩人直接回到租屋處。敬太郎爬了兩段樓梯後[21]，急忙拉開自己房間的格子門，說道：

「請進。」

「快到午餐時間了吧！」

雖然森本如此說道，意外地卻毫無躊躇，而且好像回到自己房間般不拘束，跟在敬太郎後頭走進來，然後又說道：

「無論什麼時候從你的房間看出去的景色都很美啊！」

話一說完，他自己就把格子門拉開，把濕毛巾丟到有欄杆的廊下的地板上。

中島國彥　註

14 留桶：澡堂內用來沖洗身子的橢圓形桶子。《我是貓》「七」中，有「正以橢圓形水桶『嘩啦、嘩啦』往客人的肩上沖水。他右腳拇趾挾著吳絽製成的污垢擦。」

15 三助：在澡堂裡，燒洗澡水、幫客人搓洗污垢的男子。「搓洗背部」是指讓三助搓洗污垢之意。

16 洗うな：「洗ふのは」之意，為略帶方言的說法。

17 盆鎗：假借字。亦作「凡槍」、「茫乎」。

18 通り：大街。澡堂好像位於從大街走進去一點的地方。兩人走到大街的紙店。隨後的情節可知敬太郎他們租屋的位置，從森本接下去的談話等，推測作者所設定的這條「大街」為帝國大學前的大街之可能性頗高。

19 電車：東京的市內電車。明治三十六（一九〇三）年八月，品川、新橋之間的市內電車開通後，因出現好幾家電車公司，使得電車路線快速擴充。日俄戰爭後，為市內電車的興盛期，明治四十四年八月，由東京市政府出面收買後市營化，市電為多數民眾所喜愛搭乘。不過後來也明白敬太郎他們住處附近的帝國大學前並沒有市電行駛，所以森本在本鄉三丁目十字路口附近，從西邊看到電車。

20 紙屋：大學前大街上有名的紙店，就是松屋。依據《東京案內》（明治四十年）記載，松屋「本鄉六之二四 文具店」。

21 階段を二つ上り切った：由此可知敬太郎的房間在屋子的三樓。〈車站二十一〉的開頭，提到「三樓房間」。

三

敬太郎對於這個瘦弱卻未曾罹患大病，每天前往新橋車站[22]的男人，一直都抱著好奇心。他已經三十幾歲。儘管如此還是獨自一個人租屋過活，每天前往車站上班。但是在車站的什麼部門？做什麼工作？不曾問過他本人，對方也不曾主動提起，所以對敬太郎而言，這一切都是未知數[23]。偶而他也會到車站去送人，不過那時候總是一片混亂，也沒時間把車站和森本連在一起。雖說如此，也是森本沒有把自己的存在讓敬太郎有機會看見。他們兩人因為長時期住在同一租屋處的緣故，或說是相互同情的緣故吧！不知不覺間就開始打招呼，進而成為閒聊的朋友。

因此，與其說敬太郎對森本的現在，毋寧說是對他的過去抱持著好奇心來的更適當。敬太郎曾經從森本口中，聽過他確實曾是一家之主，也聽過他提起自己太太，還有兩人所生的孩子死去的事情。敬太郎至今還記得他說過的這段話——「孩子死去，好像讓我剛好得救，山神[24]兇起來實在很可怕。」那時候他還不知道山神的意思，還反問那是什麼？森本告訴他不就是漢字的「山神」嗎？敬太郎還記得那好笑情形。一想起那些事，敬太郎總覺得森本的過往散發出一種浪漫[25]氣息，好像彗星[26]的尾巴般若隱若現地閃著怪異的光芒。

森本除了那些和女人分分合合的艷聞外，他也是各種冒險故事的主人公。雖然到海豹島[27]卻沒打到海狗，不過好像到北海道的什麼地方捕鮭魚而賺大錢。然後又到處宣傳四國某座山產銻[28]，可是他本人也坦承根本沒產銻，完全與事實不符。其中最奇特還是「桶塞公司計畫」[29]，聽說他是因為在東京做酒桶桶塞的工匠很少，才有這個構想，可是好不容易從大阪找來工匠卻因為和人家起衝突而作罷，他提起這段往事還滿心遺憾。

不談那些生財之道，縱使聊些普通的世間事，他也有非常豐富的經驗，總可以講得津津有味。筑摩川[30]上游的什麼地方隔河望向對岸的山，可以看見熊躺在岩石上睡午覺，這還算平常的事，還有被他蒙上神秘色彩的故事。譬如：信州戶隱山[31]的內殿，連一般人都很難爬上去的地方，讓人驚訝的是盲者竟能爬上頂點之類。通常想前往內殿參拜，無論腳力怎麼快速也得在途中休息一晚，當森本無可奈何之下只得在半山腰焚火取暖時，從山下傳來鈴聲[32]，正感到納悶，鈴聲變得愈來愈近，結果竟然爬上來一個座頭[33]。座頭向森本道了一聲「晚安」，又氣喘吁吁往上爬。敬太郎覺得太奇怪，仔細一問，原來另有一名嚮導。那名嚮導的腰間繫著鈴鐺，盲者跟在後頭順著鈴聲往上爬。對於森本的說明，雖然敬太郎可以接受，不過還是覺得挺神的。還有更甚者，幾乎已經接近妖怪奇譚的怪異故事，不斷從森本人中的雜亂鬍鬚下方吐出來。據說當他來到耶馬溪[34]，日落黃昏在往羅漢寺的唯一山路上急行，走下杉樹夾道時，突然和一個女人擦肩而過。那個女人的臉上塗胭脂、抹白粉，頭梳參加婚禮的髮型，身著下擺有花紋的寬袖和服，腰繫厚帶，腳履草屐，獨自一人急忙往羅漢寺方向爬上去。照理說寺廟應該沒什麼行事，何況廟門也已關閉，一個女人家卻身著盛裝、濃妝艷抹獨自走在黑暗的山路。——敬太郎每次聽到這些故事，都是邊「喔——」邊露出帶著不相信的微笑。儘管如此，照例還是以相當感興趣和緊張的神情來聆聽森本的能言善道[35]。

22 新橋の停車場：日本鐵路的起站。新橋車站的站內建築，明治四（一八七一）年竣工。為英國人Bridgens所設計，雖是小規模建築物，因其為新文明之象徵而受大家喜愛。

23 X：未知數。X為代數中的未知數。這是漱石廣為人知的用例，《人生》（明治二十九年，收錄於岩波書店新版《漱石全集》第十六卷）有「假如從接收的材料中，能夠發現X的人生的話」一節。另外，在一六四頁中，未知男女以X、Y表示。

24 山神：山之神。雖然「山之神」是指掌管山的神，大多用於貶低自家妻子的稱呼。

25 ロマンス：romance，現實中少有的故事。通常多指男女間的愛情故事。Hepburn《和英語林集成》第三版（明治十九年）英和部分，載有ROMANCE, n. Tsukuri-mono-gatari。坪內逍遙《小說神髓》（明治十八、十九年）上卷的〈小說的變遷〉開頭，提到「小說為虛構故事之一，也就是怪譚的變形，所謂怪譚又是什麼呢？在英國，名之為羅曼史。羅曼史以荒唐無稽的事物為趣旨，以千奇百怪組成篇，不去理會尋常世界事物道理中的矛盾。」此與近代的所謂「小說」（＝敘述）有所區別。逍遙所說的這種概念，無法直接套用在《彼岸過迄》，漱石在小說中使用「羅曼史」一詞，此處為第一次。（另外，可參照本章註37、〈車站〉註19。）

26 帚星：明治四十三（一九一〇）年五月，哈雷彗星非常接近地球，傳說將會和地球撞擊的流言四起。作者為依據此事來敘述。

27 海豹島：「海豹島」（ОстровТюлений）位於庫頁島面臨鄂霍次克海的北知床岬外海的一個小島，以海狗繁殖地聞名。「打つて」通常表記為「擊つて」。我認為漱石曾為高原操的《極北日本》（連載於《朝日新聞》，大正元年出刊）寫序文（收錄於岩波書店新版《漱石全集》第十六卷），所以才會利用該書中資料作為素材。

28 安質莫尼：antimony，銀白色金屬元素。使用製作活字的合金為多。這裡指愛媛縣輝安礦、伊予白目所產之金屬。

29 呑口会社の計画：「呑口」為附著在酒樽下方的木管。以木塞塞住。明治四十四年十一月十一日日記中，為治療痔瘡前往佐藤醫院（神田錦町、小川町車站附近），從院長口中聽到「錦織剛正的故事」，在記載他那波濤萬丈的經歷中，有「此後就創立桶嘴製造廠。所謂桶嘴這種物品，不是專家根本做不出來。說到專家，在東京只有十五、六名，其他專家都在大阪，因此雇用這些人，聚集起來創立『桶嘴』製造公司。可是只有一年，工人罷工搞得烏煙瘴氣」。錦織剛清是相馬事件的首謀，著有《無神無佛的黑暗世間》一書（明治二十五年）。曾經以誣告罪入獄，出獄後動向不明。漱石的日記中，記述桶嘴公司是在錦織出獄後的事。有關錦織的為人，據說有些狂熱信仰，且具有攻擊性。

30 筑摩川：指流經長野縣的千曲川。和犀川匯流後稱為信濃川。

31 戶隱山の奧の院：指位於長野縣上水內郡戶隱村的戶隱神社的內殿。明治四十二年八月十九日日記，「朝林久男來。說是從鹿兒島遷移到仙台。講到在長野山裡捕熊的事。生食蛇的事。在山裡被霧所困的事。在戶隱山的深山遇到盲者順著捕熊者腰間所繫鈴鐺的鈴聲往上爬的事。」

32 鈴：依據寫給為單行本《彼岸過迄》校稿的林原耕三的書簡，「鈴就是レイ。有掛在神社等的鈴噹，也有繫在修行者身上的鈴鐺。有時候我故意以假名レイ來標記」。

33 座頭：落髮的盲人之稱。有邊彈樂器邊講故事，也有從事按摩、針灸等工作。

34 耶馬溪：位於大分縣北部山國川溪谷的名勝。其景觀為以賴山陽為首的眾多文人所喜愛。除有青洞門及曹洞宗所在的本耶馬溪外，還有深耶馬溪、奧耶馬溪等，以多彩多樣的美麗岩石、溪谷之美聞名。漱石於明治三十二（一八九九）年一月初第一次造訪耶馬溪，吟出「谷深流杉木東之川」等句。還寫下「小生照例，元旦早晨穿上鞋子登上勝過宇佐八幡的羅漢寺，經過耶馬溪回家，我覺得賴山陽對於耶馬溪景緻的讚美太過獎了，我對這些名勝並沒有那麼感動。」（明治三十二年一月十四日寫給狩野亨吉書簡）

35 弁口：辯說。高明的說話方法。

四

敬太郎預計森本今天照例會講一些類似以往的故事，所以故意跟著他繞路一起從澡堂回來。雖然森本的年紀並不大，像這種走過大江南北的人，對於今年夏天剛從學校[36]畢業的敬太郎而言，他所經歷的事情不僅頗為有趣，也能從其中受益良多。

加上敬太郎天生就是一個討厭平凡、愛好浪漫[37]的青年。當《東京朝日新聞》連載兒玉音松[38]的冒險故事，那時未滿二十歲[39]還是中學生的敬太郎每天都迫不急待地閱讀。其中講到音松大戰那隻從洞穴跳出來的大章魚[40]的情節，實在非常有趣，敬太郎跟同學提起這件事說：「跟你說啊！雖然拿起手槍對著章魚的頭『砰砰』打下去，可是章魚頭太滑了，絲毫起不了作用。後來跑出很多小章魚把音松團團圍繞，他心想小章魚到底想怎樣？沒想到牠們是出來觀戰，看誰贏誰輸。」由於敬太郎講得太起勁，那個朋友半開玩笑對他說：「像你這麼詼諧的人，大概也不會去參加文官考試[41]，腳踏實地在社會上工作吧！畢業後不如就前往南洋去捕你喜愛的章魚吧！」從此以後，所謂「田川捕章魚」這句話在同學間大流行。從前不久，畢業以來馬不停蹄地到處奔波求職，每次碰到同學就被問：「怎麼樣？捕章魚有沒有成功？」

敬太郎認為到南洋捕章魚未免太離譜，從來都沒勇氣認真思考過，不過到新加坡栽培橡膠林[42]，倒是在學生時代就試著策畫過。當時的敬太郎不停想像在遼闊無垠的原野上、長滿幾千萬棵茂密的橡膠樹林的正中央，蓋一間木造平房，那是身為橡膠林主人自己朝夕起居的地方。他故意不讓平房內的地板有任何裝飾，只打算在地上鋪上一張很大的虎皮。牆壁上鑲著水牛角，手槍掛在牛角上，下方擺放裝進錦袋的日本刀。自己的頭上纏著雪白的頭巾，躺臥在寬敞陽台上的藤椅，心曠神怡地一口又一口吸著味道濃烈的哈瓦那菸草[43]。還不只那樣啊！他的腳下還得蹲一隻蘇門答臘[44]產的黑貓——那隻有天鵝絨般的毛、黃金般的眼睛、尾巴比身子長的貓，蹲踞的背脊如山高。他自我滿足地描繪一切的想像情景，重新調整後終於拿起算盤來精算。不過，結果出乎意料之外，首先要租一塊種植橡膠的土地就非常麻煩和費時。然後開荒墾地也絕不是容易的事，接著栽種幼苗又是一筆巨額的開銷。其間還得僱人力持續除草，六年的橡膠樹苗成長期，只能眼巴巴守住這片橡膠林，什麼事都做不了。想到這裡，敬太郎的心中已經開始打退堂鼓，加上那個告訴他各種狀況的橡膠通還威脅他，再過一陣子，那邊的橡膠樹採割後，供給量會超出世界的需求量，肯定會引發栽種者的恐慌。此後，他連橡膠樹的「橡」字都不曾從他的口中說出來。

36 此夏学校を出た許：這裡所說的「學校」，指東京帝國大學。當時的制度九月為第一學期，七月畢業。

37 浪漫趣味：對於現實生活所沒有的罕見事物感興趣。本作品中屢次使用「浪漫」、「浪漫家」、「浪漫的」等用詞。參照本章註25。

38 兒玉音松：慶應元（一八六五）年—明治四十五（一九一二）年。為前往南洋的冒險家。曾經在《東京朝日新聞》以「▽兒玉音松談」連載《最近的南洋探險》（明治四十一年十一月二十一日—十二月十一日）及《冒險旅行 南洋蠻島》（明治四十三年六月十日—二十九日）。開始連載時，有介紹文「在同志社學習四年後離去，前往北海道、清韓遊歷。三十年，看到當時福岡縣有十萬的礦工提刀在白晝逞兇，以一介白面書生突入人群，組織頭領會，穿著印有五處骷髏紋樣的衣服，提著短槍出生入死，前後六年成為其取締長，見資本家暴虐，憤而率領礦工移民南洋菲律賓，渡海至巴丹島。後事業中止，只他一人滯留經商，去年決定再中止事業，立志單身赴南洋探險，周遊近一個月歸京」。為當時《朝日新聞》讀者所熟悉的人物。

39 丁年：滿二十歲。「丁」為滿二十歲以上的年輕人。

40 大蛸と戦った記事：註38所記兒玉音松《冒險旅行 南洋蠻島》之「（八）和大章魚戰鬥」（明治四十三年六月十七日）及「（九）九死一生」（同年同月十八日）中提到這個故事。

41 文官試驗：當時在秋天辦理高等文官考試。略稱為「高文」。係成為官僚的登龍門。反映明治末年學生生活的所謂學生生活手冊《赤門生活》（大正二年五月）記載，「以前剛出校門的法學士，到地方立刻可以當上參事官，舉止傲慢，每天在公署一室兀然抽著雪茄，一派養尊處優的時代已經過去。現在無論要到官署，還是企業界一展長才，除了少數成績優秀者外，經常可聽到很難找工作的心聲。／想成為官吏，必得接受文官高等考試。所以還得繼續鞭策為應付畢業考已經疲憊不堪的頭腦，準備十月的這個考試。到考試為止，新法學士的辛苦非同一般，只要文官考試及格就取得高等官吏的資格，各自會被奉派到各官署、地方廳署，如此當了一、二年的本官，應該就可以交付銓敘幾職等高等官的任免書。」

42 新加坡の護謨林栽培：南洋開發的一例。馬來半島的橡膠栽培業所以大盛，由於明治三十九（一九〇六）年橡膠價格大漲，翌年日本人開始從事橡膠事業。明治四十二年橡膠價格更高騰，新栽種戶向政府申請購買國有地者大增，接下來兩年，為日本人栽培橡膠林的白熱期。（南洋及日本人社著《以新加坡為中心同胞活躍南洋的五十年》昭和十三年）

43 ハワナ：Havana，為古巴（首都哈瓦那）所產的高級捲菸。森鷗外《半日》（《昂》明治四十二年三月），記載「博士點燃捲菸。（中略）由於曾經放洋，說是若不抽Havana就覺得品嘗不出真正味道，但是為節儉所以忍耐抽Manila」。

44 スマタク：蘇門答臘。為印尼西部的大島。

五

然而，看不出敬太郎的獵奇嗜好因這些事而冷卻。他身處東京都中心，不僅以想像遠方的人們及國度為樂，連每天同電車內的普通女人，還有在散步路上偶遇的男人，都會想像他們披風[45]裡面或大衣的袖內，是否藏著不尋常的珍奇寶物呢？甚至很想把披風和大衣掀開，就算只看一眼珍奇寶物也好，瞄一眼後他立刻要裝出什麼都不知道的模樣。

敬太郎的這種傾向，從他還在讀高等學校[46]，英語老師把羅伯特·路易斯·史帝芬森[47]的《新天方夜譚》[48]當教科書讓他們閱讀時，就漸漸萌生了。原本非常討厭英語，自從閱讀這本讀物以來，每次都勤奮預習，假如被點名朗讀，必定欣然起立並加上翻譯，從這裡就知道他對這本書多麼感興趣。當時他興奮到忘記小說和事實的區分，認真地問老師：「十九世紀的倫敦真有那種事嗎？」那個最近才從英國返國的老師，從黑色墨爾登呢[49]禮服的口袋掏出麻質手帕擦一下嘴角，答道：「豈止十九世紀，目前也還有啊！倫敦真是一個不可思議的都市。」那時候敬太郎的眼睛立刻閃出驚嘆的光芒。老師隨即從椅子上起身說出這段話：

「作家到底是作家，觀察力也是出人意表，對於事件的獨特詮釋也和普通人不一樣，也許具有這種特點才能夠寫出這些精采的故事吧！事實上，史帝芬森是一個連看到在街上等客人的馬車[50]，都能衍生出一段羅曼史的人。」

敬太郎不懂老師所說等客人的馬車會衍生出羅曼史到底怎麼回事？決定問個清楚，聽完說明後終於明白了。從此以後，無論走在這個極為平常的東京的任何地方，每次看到極為平常的等客馬車，就會開始想像或許昨晚這輛馬車曾載了一個手帶刃器的殺手飛馳在街道上，或許載著一個隱藏在馬車簾子後的美女，朝向與正在追逐她的人的反方向，飛奔前往不知位在何處的車站趕火車吧！敬太郎一下子感到有趣、一下子感到害怕，卻有種樂趣不斷從心中湧上來。

敬太郎一再反覆那些想像後，自然而然認為在這個錯綜複雜的世間，縱使不如自己所推測那般有趣，至少在什麼地方理應會碰上一、兩件狠狠刺激他神經的不尋常新鮮事才對啊！然而自從學校畢業以來，他的生活就是搭乘電車和持著介紹信去拜見不認識的人，根本沒有一件如小說[51]般精彩而值得一提的特別事件。他已經厭倦每天都要看到的那個打理自己生活的女傭，也厭倦房東每天提供的飯菜。為打破這種單調無趣的生活，假如新聞事件中出現滿鐵[52]鋪設完畢啦！朝鮮要合併啦！之類的話題，至少能在衣食之外的日常生活增添幾分刺激，不過也清楚地看得出來這兩件事一天半日之內不可能有結果。他覺得眼前的平凡生活和自己的無能力有密切的關係，這種感覺愈發讓他終日恍惚而無所事事。因此，為餬口[53]不得不奔波的勞累自不在話下，連走在路上找找看有沒有人掉錢的閒情逸趣，或坐在電車上漫不經心去探尋別人身上事的動力都沒了，昨晚才會苦悶到喝下很多不喜歡的啤酒後跑去睡覺。

這種時候，遇到有不平凡經歷卻又不得不評為平凡人的森本，對敬太郎而言簡直就是一種興奮劑。這也是為什麼敬太郎願意陪森本去買卷紙又把他帶回自己房間的原因。

中島國彥　註

45 マント：manteau，無袖外套。

46 高等學校：舊制的高等學校。相當於第二次大戰後新制度的大學教養課程。

47 スチーヴンソン：指羅伯特・路易斯・史帝芬森（Robert Louis Stevenson, 1850-1894），英國小說家。代表作有《金銀島》（一八八三）等，以富冒險心的作品為多。

48 新亞剌比亞物語：包含短篇故事集《新天方夜譚》（*New Arabian Nights, 1882*）中傳奇風格的《自殺俱樂部》、《太守的鑽石》、《一夜之宿》等六部作品。夏目漱石的藏書中史帝芬森的作品藏有10冊以上之多（還有若干本寫到史帝芬森的書籍）。這部作品為Chatto & Windus出版社Sixpence Edition版（一九〇一）。

49 メルトン：melton，用來當外套或冬天西服的厚毛織品。

50 辻待の馬車：史帝芬森的這個軼聞，根據《新天方夜譚》第一卷《自殺俱樂部》的第三個故事〈兩人馬車的冒險〉的開頭而來。有關《自殺俱樂部》在《我是貓》中也提及。

51 小說：這裡指有如小說般的特別事件。

52 滿鉄：南滿州鐵路。在中國東北部鋪設鐵路，為日本的中國大陸政策之一環。南滿州鐵道株式會社設立於明治三十九（一九〇六）年。在工作機會很少的明治末年，也有人前往中國或朝鮮求職。

53 餬口：維持生活。生計。七〇頁有「也得為找口飯吃而苦惱」。

六

森本坐在窗邊，往下眺望一陣子。「從你的房間看到的風景總是那麼好，今天尤其美。一碧如洗的天空下，從已染上秋色的暖洋洋樹木與樹木間露出紅磚[54]的景致，宛如是一幅美麗的繪畫。」

「是啊！」

敬太郎不得不答了一句。森本把自己的手肘放在窗際，看著從窗邊延伸約有一尺寬的緣板說道：

「這裡怎能不擺一、兩盆植栽呢？」

雖然敬太郎認為確實應如此，不過根本沒心情一直重複回答「是啊！」反而問道：

「你對繪畫和盆栽也有涉獵嗎？」

「說有涉獵倒是不敢當。完全稱不上涉獵，被人家這樣一問真不知該如何回答才好？——不過因為是田川桑在問，我就坦白說，我玩過盆栽、養過金魚，也曾經很喜歡觀賞繪畫，自己也能畫上幾筆。」

「你真的什麼都會。」

「什麼都會的人成不了大事[55]，下場就變成這樣了。」

森本下了如此結論，既看不出是對自己過去的懊悔，也看不出是對現在的悲觀，以幾乎沒有任何激動的表情直盯著敬太郎看。

「可是像你這樣多彩多姿的經歷，哪怕只是一下子也好，我真的很想嘗試看看。」

敬太郎認真地說道。森本立刻伸出自己的右手，好像醉漢般誇張地在自己的眼前左右擺動。

「那可非常不好。年輕的時候——話雖說如此，其實你和我也沒差幾歲[56]——總而言之，年輕的時候總想嘗試些與眾不同的事。可是做過那些與眾不同的事後，回頭再想想根本就是很愚蠢，甚至會發現那種事還是別做比較不吃虧。像你這樣的人，只要循規蹈矩努力，往後的社會地位一定會有所發展，重點在於假如有冒險心或叛逆心，引起周圍人的不高興就是對父母親的不孝了。——說到這裡，找工作的事到底怎樣呢？我一直想問你，忙得都忘記了。找到什麼好工作了嗎？」

忠厚老實的敬太郎沮喪地把事情一五一十告訴他。反正短期內工作大概不會有著落，他又加上一句打算暫時停止為找工作到處奔波。聽完後，森本露出有些驚訝的神情。

「咦？最近就算大學畢業，也找不到比較像樣的工作嗎？真是不景氣[57]啊！但是現在不是已經明治四十好幾年了嗎？問題肯定就是出在那裡吧！」

森本說到這裡斜著頭露出一副疑惑、細細咀嚼自己的哲理的模樣。敬太郎看到對方的舉止，並不覺得滑稽，心中暗忖這個男人是明知而故意這麼說嗎？還是因為不學無術才用這種方法來表達呢？誰知森本突然直起斜歪的頭說道：

「怎麼樣？若不討厭的話，就到鐵道局上班吧！我想辦法去說說看吧！」

敬太郎無論怎麼不切實際，也無法想像自己得去拜託這個人求得一個好職位。不過對於森本如此輕易承諾的好意，也不會解釋成在戲弄自己。無可奈何之餘，只能邊苦笑邊呼叫女傭。「把森本桑的午餐送到這裡。」又交代她備酒。

中島國彥　註

54 赤い煉瓦：從敬太郎的租屋的三樓房間，可以看到帝國大學的建築物。《三四郎》的〈三之一〉中，也有將這種景色以繪畫般描述。

55 何でも屋に碌になるものなし：什麼事都想插手的人，結果是一無所成。

56 さう年も違っていないやう：本章「三」中，提到森本「已經三十幾歲」。敬太郎剛從大學畢業，約二十五、六歲。

57 不景気：接下去的「明治四十好幾年」，以及考慮這部作品的發表的時間點，推測設定時間為明治四十三年至四十四年秋末。日俄戰爭後的通貨膨脹，一直持續到明治末年，不景氣情況導致縱使東京帝國大學畢業，也很難找到工作的狀況。

七

雖然森本說近來身體不好不能喝酒而婉拒，只要酒一斟滿，立刻就一飲而盡。結果嘴上說不要再喝了，卻拿起酒瓶自己倒酒。平日那個閑靜中帶著一派輕鬆的男人，隨著一杯一杯黃湯下肚，那種閑靜開始熱絡起來，無憂無慮的氛圍則是逐漸膨脹。甚至還逞威風地說道：「我就是這般泰然自若[58]，就算明天被免職也沒什麼好驚訝。」由於敬太郎酒量不好，總是像想起什麼般把酒杯碰一下嘴唇。森本看他這種喝法，於是說道：「田川桑，你真的不能喝嗎？真是不可思議。不喝酒卻愛冒險。一切的冒險都是始於杯中物，然後結束於女人。」他剛剛還把自己的過去貶[59]得一文不值，一喝醉立刻就變了樣，彷彿頂著佛光般開始趾高氣昂。不過大抵都是一些失敗的往事。而且還把敬太郎先搬出來說道：

「像你這樣的人，我講得比較失禮，你剛從學校出來還不瞭解真正的世間事。我才不怕那些光靠什麼學士、什麼博士頭銜到處炫耀的人，我可是一步一腳印走過來。」他簡直忘記剛才自己對教育所表示出的崇拜，現在則是毫不顧忌地批評。可是話剛一說完立刻就嘆氣，好像很遺憾地怨恨自己沒學歷。

「簡單說，我是靠著一點小聰明在這世間混的啊！這樣說好像很可笑，但是我所累積的經驗比你多上十倍[60]。話雖如此，至今還是無法從煩惱中解脫，完全因為沒知識，也可以說是沒學問。假如多受些教育，也許就不會這樣流離顛沛。」

敬太郎從剛才就把對方當成一個可憐的先知先覺，打算專注聆聽他所說的話。可能是多喝了幾杯的緣故吧！今天盡是一肚子牢騷，一直都沒提起以前那種純趣味的故事，實在大失所望。他想把酒撤掉，又覺得不過癮。因此沏上茶，邊勸他喝茶邊問道：

「任何時候聽你講那些經歷都感到很有趣。其實不只這樣而已。像我這種沒見過世面的人，聽你的故事真是受益良多，非常感謝。不過在你過去的生活當中，什麼是最開心的事呢？」

森本只顧吹著熱呼呼的茶，有點充血的眼睛默默地眨了兩、三下。然後把茶杯內的茶一飲而盡，才說道：

「是啊！事過境遷，回想起來，覺得一切都很有趣，但也很無聊。連自己都無法分辨。——喔！你說的『開心』，指跟女人有關嗎？」

「倒也不是，但是指女人也可以。」

「唉呀！其實是想聽這些事吧！——好啦！不要開玩笑[61]了。田川桑，有趣沒趣先放一邊，我倒是記起世上絕無僅有的一段悠哉生活。我就來講一講這個故事吧！當作接受熱茶款待的回饋。」

敬太郎當然正中下懷。森本說了一句：「等我去小解就回來。」一起身又慎重說道：「我話說在前頭，故事內沒有女人喔！豈止沒有女人，連個人影都沒有。」於是就走出廊下。敬太郎抱著一種好奇心，等候他回來。

中島國彥　註

58　併呑自若：「併呑」，全部吞下去之意。「自若」，遇到任何大事情依然鎮定，毫無改變。一切都能吞下去，悠然自在。

59　蹴なして：貶低。說壞話。

60　十層倍：十倍。「層倍」為倍數的數法之用語。也可以表記「相倍」、「雙倍」。

61　雑談：原稿並未標上假名，最早的標音為「ざつだん」，初版的標音為「冗談」。

八

然而，五分鐘過去、十分鐘過去，左等右等總不見冒險家出現。

敬太郎終於按捺不住，自己跑下去廁所找，根本不見森本的蹤影。因不放心又上樓梯，走到森本房門前，從拉開五、六寸的格子門往內看，看到他以手枕著頭沉甸甸躺在房內正中央。「森本桑、森本桑」連續叫了兩、三聲，他仍然是一動也不動。敬太郎忍不住發火，衝進房間內，抓著森本的脖子用力搖晃。森本好像突然被蜜蜂螫到般，「啊！」一聲，立刻坐起來。睜開疲憊[62]的眼睛回頭看到敬太郎的同時，立刻搞清楚夢境和現實，連忙為自己辯解道：「原來是你啊？可能是喝太多，感到有點不舒服，想來這裡休息一下，竟然就睡著了。」

敬太郎看他那模樣不似在騙人，怒氣也全消了。可是這樣一來，他等待中的冒險故事等同中止，只好一個人返回自己的房間。森本說了一聲：「實在抱歉，讓你久等了。」跟在敬太郎後頭走過去。

森本進入房間後，端坐在方才自己的坐墊上，說道：

「那麼，來吧！我們開始來講一段世上絕無僅有的悠哉生活[63]。」

森本所謂的悠哉生活，是距今十五、六年前受雇為技術人員，跑到北海道內陸從事徒步測量時的故事。原本那就是一個人煙罕至的地方，架起帳篷就睡，隨著工作結束，扛起帳篷繼續往前進，就如他事先所說，確實不可能有女人。

「無論怎麼說，得砍掉兩丈高的山白竹才能闢出一條路來啊！」

他把右手舉得比額頭高，形容高大山白竹長得如何茂密。他還說早上起來一看，闢出來的道路兩旁，到處有盤蜷的蝮蛇，在陽光照耀下，蝮蛇的鱗片閃閃發亮。大夥從遠處先用棍子將蛇制伏，靠近後再把牠們打死烤來吃。敬太郎問他吃起來什麼味道呢？森本怎麼想也想不起來，後來回答說大約介於魚肉和獸肉之間吧！

森本說照例會在帳篷內把山白竹的枝葉堆得如山高，然後將疲憊不堪的身子埋在枝葉堆中，有時候在外頭起篝火取暖，曾看過大熊就出現在眼前。因為蚊蟲很多，一定得掛蚊帳。有一次，扛著那個蚊帳下溪流，竟然網到一尾不知名的魚，從那一晚起整個蚊帳內突然變得都是魚腥味，真是糟糕透了。——這些都是森本所謂的悠哉生活的一部分。聽說他在山中採集很多菇類來吃。有一種硫磺菇約有大托盤那麼大，切一切丟進味噌湯煮，吃起來好像魚板的味道啦！費勁採了一大堆黃金菇，竟然都不能吃，實在太可惜啦！葡萄瑚菇長得好像鴨兒芹的根部般可愛啦！等等描述得很詳盡。

他又講到曾經用大斗笠裝滿從野外摘回來的野葡萄，一時貪吃，吃到舌頭發麻了，連飯都沒辦法吞下去，簡直傷透腦筋。

敬太郎以為今天森本光講這些吃的故事，沒想到他接著又講了一個斷糧一週的悲慘故事。一個因為那時糧食已經吃盡，就派一個人到村子去取米，在等待的期間遭逢一場豪大雨的故事。原本到村子，得往下走到沼澤邊。沿著沼澤走到村子，突如其來的一場豪大雨，整個山谷都淹水了，當然無法揹著米回來。森本說肚子餓到實在受不了，只能仰躺，兩眼直直盯著半空中，最後餓到神智不清，分不清楚白天還是夜晚。

「那麼長的時間不吃不喝，恐怕大小便也沒有吧！」敬太郎問道。「哪裡是這樣，還是有啊！」森本頗為輕鬆地回答。

中島國彥　註

62 たるい：疲憊。沉悶。

63 呑気生活の御話：以下的談話，明治四十四年六月十五日日記中記載「〇春吉到北海道測量的故事（約三十二年時）」，可知依據鈴木春吉（不詳為何許人物）的故事而來。

九

敬太郎聽完後，忍不住露出微笑。不過，更讓他覺得好笑的是森本形容大風的強勁。他說在測量的途中，一行人走到茫茫的一大片芒草原裡，突然吹來一陣連站都站不起來的強風，只好爬到附近的密林中躲避。那些有一人張開雙臂環抱、也有兩人張開雙臂環抱那麼粗的樹幹和枝葉，不但發出嚇人的響聲，也被強風吹得搖搖晃晃[64]，而且是從根部開始搖晃，雙腳踏在地上，簡直就像地震般晃動。

「那麼說來，就算逃進樹林內，也應該站不起啊！」敬太郎問道。

「當然是趴在地上。」森本如此回答。

無論如何強勁的風，也不致於撼動紮根在土中的大樹，讓大樹晃動得像地震吧！敬太郎想到這裡，忍不住笑出聲來。森本也彷彿事不關己般同樣放聲大笑，不過笑聲停止後，立刻露出認真的表情，作出好像要堵住敬太郎嘴巴的手勢。

「聽起來真的是很奇怪。因為我盡碰到一些背離常識的離奇經驗，好像荒誕不經[65]，可都是千真萬確。——像你這種受過高等教育的人，聽起來當然全像謊言。不過，田川桑，世間上不只有大風，有趣的事情到處都有。看你的樣子啊！每天絞盡腦汁就希望遇到有趣的事，可是大學一畢業就不行了。因為一碰到緊要關頭，立刻就想到自己的身分。儘管你自己願意自貶身價，畢竟不是報父仇般堅毅，那種當真拋棄自己的身分地位[66]、浪跡天涯的好事之徒，在這世上已經不存在了。首先，周圍的人就不會要你這麼做，所以大可放心。」

敬太郎聽完森本的這番話，既失望又得意。心中暗忖，原來如此，也許這種異於常軌的生活不是一般的大學畢業生所能過的。然而，感覺對方有意給自己下馬威，故意以反駁的口氣說道：

「話說回來，我大學畢業是畢業了，現在什麼工作都沒有啊！你卻工作、工作講個不停。——實際上，我對於為工作到處奔波已經感到厭倦了。」森本一聽，露出嚴肅的神情，宛如在指導年輕人般答道：

「你啊！沒有工作卻像有工作。我啊！有工作卻像沒工作。那就是我們之間的不同。」

但是，敬太郎對於這句近乎籤文的話，並未感到多大的意義。兩人暫時默不作聲地抽著菸。

「我啊！」不久，森本開口說道。

「我啊！到鐵路局工作已三年多，也厭倦了。最近很想辭職不幹，其實就算我不辭職，對方也會把我解雇。三年多，對我而言實在太長了。」

敬太郎對於森本的辭不辭職未置可否。他認為自己沒有辭職的經驗，也沒被解雇的閱歷，反正他人的進退怎樣都無所謂。只是話題變成在講道理，感覺很無趣。森本好像察覺到這一點，忽然改變話題，開心地閒聊了十來分鐘後。「啊呀！謝謝你的款待。——總之，無論做什麼事都要趁年輕。」森本宛如五十多歲的老人般說完話後，就回去自己的房間。

此事之後又過了一週，敬太郎一直找不到和森本說話的機會，但因為同住在一個屋簷下，早晚難免會相遇。敬太郎在盥洗間遇到他時，總是看到他穿著一件黑領的棉袍。有時也看到他穿著大翻領的新西裝，拿著一根奇怪的手杖，下班回來經常又跑出去。所以敬太郎進出屋子時總會看一眼，假如那根手杖放在內庭瓷器傘架內，就知道森本今天在家。不過說來奇怪，最近明明看到那根手杖放在那裡，出乎意料卻沒看見森本的影子。

中島國彥　註

64 痛振られる：通常表記為「甚振られる」。激烈搖動之意。「痛振る」也可轉用為「傷害他人奪其物」（《言海》明治二十二年）。

65 不中用：無用。依據「無法用」之意的假借字。

66 位地：位階。地位。九十七頁也提到「相當有地位的人」。

十

一天、兩天就在不知不覺中過去了，到了第五天左右，還不見森本的影子，敬太郎終於開始起疑。於是就詢問送餐來的女傭，她說是出差到什麼地方去替機關辦事。既然在外上班，原本就說不準什麼時候會被派去出差，不過依他平日的行事[67]看來，敬太郎判斷應該是在車站內擔任貨物託運之類的工作，所以聽到他去出差，心中多少感到有些意外。不過他離開時說好只去五、六天，女傭說照理今天或明天就該回來，敬太郎也信以為真。但是預定回來的日子過了，只有看到森本的手杖放在傘架內，依然看不到他穿著棉袍的形影出現在盥洗間。

最後，房東太太跑來問不知是否有森本的音訊？敬太郎答說自己也正想到樓下問這件事。房東太太如貓頭鷹般圓滾滾的眼睛裡，便閃爍著不安的神情離去。又過了一週，還是沒看到森本回來。敬太郎又開始感到疑惑。經過房東的櫃台時，甚至會故意停下腳步，問聲「還沒回來嗎？」但是那時候敬太郎已經回心轉意，又開始[68]認真去求職，滿腦子當然都是這些事，除此之外，就懶得去打探別人家的事情。其實，正如森本所說，為了生計已經放棄好奇心的權利。

有一晚，房東拉開格子門邊說「打擾一下，可以嗎？」邊走進來。他從腰間摸出一個老舊的菸袋，「啵」一聲把菸筒拔出來。然後把菸絲塞進銀質菸管，巧妙地把濃煙從鼻孔噴出來。敬太郎面對他這般慢條斯理的架式，實在看不出他真正的用意，只是覺得很奇怪。

「其實，有點事想拜託您。」房東低聲說完後，接著又出其不意地補上兩句。「是否可以請您告訴我森本在哪裡？請放心，我絕不會給您添麻煩。」

敬太郎沒頭沒腦被這麼一問，一時之間連半句話都答不出來，好不容易才擠出一句「到底什麼意思？」然後看著房東的臉想讀出他的用意，可是對方假裝菸管塞住，以敬太郎的火筷子來挖菸管頭[69]。挖完後，吸了幾口試試菸管[70]是否通了？才慢慢開始說明。

依據房東的說法，森本已經有六個月沒繳房租。因為是住了三年多的房客，又有正當工作，他本人也說今年年底一定會繳清，所以沒特別去催繳房租。在這種情況下，他卻出差不回來。原本相信他去出差，可是預定日期過了，總等不到他人回來，也沒有任何音訊傳回來，所以才起疑心。因此，一方面查看他的房間，另一方面也到位於新橋、森本任職的機關詢問到哪裡出差？房間裡的物品都原封未動，就跟他在的時候一樣，可是新橋那邊的回答就很出乎意料之外。原本以為森本是去出差，聽說他上個月就被解雇了。

「由於您平常和森本交情不錯，心想您或許知道森本的去處吧！我絕不是要向您批評森本的為人如何如何。只是想麻煩您是不是可以告訴我森本在哪裡？」

敬太郎身為這個失蹤者的友人，房東又好像認為自己介入這種不名譽的行為，讓他感到相當厭煩。若說兩人有交情是事實也沒錯，前不久自己確實抱著某種讚賞[71]的心情接近森本，不過在實際問題上假如被認為和森本達成秘密約定，對於自己這個前途無量的青年卻是非常沒面子。

中島國彥　註

67 相して：看人外表，判斷其內涵、真實狀況之意。
68 出花：開端。事物的剛一開始。
69 雁首：菸管有菸袋鍋的頭部。
70 羅宇：連接菸管的菸袋鍋和菸嘴的細竹管。吹幾口是在試一試菸管通暢的情況。亦稱竹菸袋杆。
71 嘆賞を懐にして：心中抱持著讚賞心情之意。

十一

忠厚老實的敬太郎對於房東的誤解[72]，不禁怒從中來。不過在動怒之前，感覺好像手中被塞了一條小蛇般恐懼。對於這個從菸袋不慌不忙拿出菸絲塞進菸管的男人，他的誤解和事實的真相同樣帶給敬太郎不安。對方巧妙地把玩菸管，彷彿這是伴隨談判的一種藝術。敬太郎盯著他看了好一陣子。心中感到遺憾的是，與其說是不清楚事情的原委，毋寧說是想不出如何消除對方疑惑的方法。房東果然並未把菸袋放回腰間。一下子把菸管從菸筒拔出來看一看，一下子又收回去。照例每次都發出「啵」一聲。敬太郎被搞到很不耐煩，最後決定想辦法讓他不要再發出那種聲音。於是，說道：

「我啊！就如你所知是剛從學校畢業，一貧如洗也還沒找到好工作的窮學生，不過好歹也是受過一點教育的人。假如被你們當成和森本一樣的流浪漢看待，實在有傷體面。何況被人家胡亂猜疑和當事者是否有見不得人的關係？無論我如何說不知道，還是被高度懷疑，這不是很奇怪嗎？對待一個住了兩年的房客，你這種態度對嗎？我也是一個有脾氣的人。我倒想問問你，在過去的二年之間何曾給你們添過麻煩嗎？何曾拖欠過一個月的房租嗎？」

房東不斷重述對敬太郎的人格絕對沒有一絲絲的懷疑，然後又拜託敬太郎萬一有森本的消息或知道他的下落，請不要忘記通知一聲，還說假如剛才的詢問，有讓敬太郎感到不開心的話，實在非常抱歉，請千萬諒解。敬太郎一心一意希望房東趕緊把菸袋放回腰間，僅僅回答「好」。房東終於把談判的道具收進腰帶[73]。從他走出房間時的樣子，已看不出對敬太郎有什麼懷疑，敬太郎認為發一頓脾氣還是對的。

此後又過了一陣子，森本的房間不知何時住進新房客。敬太郎對於房東如何處理森本的物品，感到一團疑問。可是自從房東帶著菸袋來談判後，敬太郎下定決心對此事不聞不問，心中如何想姑且不論，總之表面上就要裝出若無其事的樣子。雖然不像原先那麼焦慮不堪，但是自己該做的首要任務就是耐著性子去尋找那個似有若無的工作。

有一晚，也是為求職跑到內幸町[74]卻吃了閉門羹，不得已只好搭電車返回，無意中發現同車對面有一個身穿黃八丈[75]棉襖、揹著小嬰兒的婦人。那婦人的眉毛又細又黑，脖子長得很美，怎麼看都是屬於俊俏型的女人，不應該是穿棉襖揹小孩之類。話雖如此，敬太郎認為背上那小嬰兒肯定是她的孩子。仔細一看，她的圍裙下面露出格子花紋的服飾，敬太郎愈看愈覺得怪異。車外正下著雨，有五、六個乘客把傘收攏當手杖用。那婦人拿著一把黑蛇目傘[76]，看起來可能嫌拿在手裡太冷，婦人把傘側立在自己身旁。敬太郎看到合攏起來的傘尖以紅漆寫著「加留多」字樣。

這個不知是良家婦女還是風塵女郎的婦人，那名不知是私生子還是普通孩子的奇怪嬰兒，以及濃眉緊鎖、雙目低垂的白皙臉龐，還有她穿的服飾和黑蛇目傘上的鮮紅「加留多」字樣等相互交錯地刺激著敬太郎的神經，此時他突然想起森本曾提到的那個和他生過小孩的女人。——「我這麼說啊！好像我對她很留戀，也許人家聽起來會很奇怪，可是她長得真不錯。眉毛又濃又黑，而且有個愛皺眉頭的毛病。」森本親口說過的這段話一點一滴浮現在他的腦海中的同時，他也在觀察寫有「加留多」雨傘的主人。不久，婦人下車後，消失在雨中。留在電車上的敬太郎繼續在心中獨自描繪森本的臉孔和各種情景，思索著命運之神如今到底將他帶到何方呢？回到自己的房間，他發現書桌上有一封沒有寫發信人的信函。

中島國彥　註

72 宿違：誤解。

73 角帯：對折裁縫的硬式，男性正式服裝使用之窄版腰帶。

74 內幸町：指當時麴町區（現在千代田區的一部分）的內幸町。因為位於江戶城幸橋門內而稱之。鄰接日比谷公園。漱石在「修善寺大病」回到東京，從明治四十三年十月至翌年二月住院，那家胃腸醫院即在內幸町。

75 黃八丈：為伊豆八丈島所產的絹織物，特色為黃底上有條紋。

76 黑蛇目：黑蛇目傘為傘的正中央塗白色，周圍塗黑色，很像蛇眼睛，故稱之。

十二

敬太郎好奇地趕緊拆開這封無名氏寄來的書信。首先映入眼簾，西式橫條信紙的第一行寫著「親愛的田川君」、下款「寄自森本」。敬太郎立刻又拿起信封。他換了好幾個角度，努力要讀出郵戳上的文字，但因為印得不清楚，無論怎樣也判讀不出來。不得已又拿起信來，決定先讀完再說。信上如此寫著：

「我突然失蹤，想必很驚訝吧！縱使你不感到驚訝，雷獸[77]和「頭鷹」（森本平日稱房東夫婦為雷獸和頭鷹，「頭鷹」是貓頭鷹的略稱）兩人肯定是非常震驚吧！坦白說，因為我還有一點房租尚未繳清，假如跟雷獸和頭鷹明講的話，一定會被囉嗦個沒完，才會事先故意不說，一聲不響地離去。他們只要把我房間內的行李處理掉——行李中有不少衣物及其他物品，就可以變賣成一筆金額。因此，請你告訴他們那些物品要穿要賣悉聽尊便。如你所知雷獸原本就是一個狡詐的人，恐怕不必等我的承諾，也許他老早就在算計那些行李吧！不僅如此，雖然我順利離開了，說不定他們會要你來收拾我所留下的殘局，出一些難題給你吧！假如這樣的話，你千萬不可接受。像你這種受過高等教育剛出社會的人，不知不覺就成為雷獸之流獵取的食物，這一點不能不注意。另外，雖然我是一個沒受過教育的人，卻也知道欠債[78]確實[79]是不好的事。我打算明年把房租還清。雖然我有種種奇奇怪怪的遭遇，可是如果連這一點都被你懷疑的話，那麼就如同失去一個難得的朋友，我將會感到非常遺憾，請你千萬不要為了像雷獸這種人而誤解我。」

森本接著寫到自己在大連[80]電氣公園[81]的遊樂場工作，又補充說明年春天預計要出差購買影片，應該也會回東京，現在很期待能夠在舊地久別重逢。他又大肆吹噓自己在滿州到處旅行的情況如何有趣。其中，最讓敬太郎感到驚訝的事，就是長春[82]一家賭場的情景，聽說那是某一個曾經當過馬賊[83]頭子的日本人所經營的。他說賭場內擠滿幾百個髒兮兮的中國人，一個個眼睛裡充著血絲，空氣中充滿這些人吸吐出來的臭氣。也有長春的富豪半是消遣，故意穿著骯髒的舊衣服，偷偷出入賭場，敬太郎不知道森本到底如何模仿富豪出入賭場？

信的最末段，提到盆栽的事。

「那盆梅栽是在動坂[84]的盆栽鋪買的，雖然並不是老幹，不過放在房間窗邊，早晚觀賞挺適合。這盆栽送給你，請搬回你的房間。雷獸和頭鷹原本就是不解風雅的兩個人，任憑放置壁龕上，也許已經枯萎了吧！還有我那把放在門口傘架內的手杖，雖然不是什麼值錢的物品，但因為是我心愛的用品，希望送給你作紀念。不管雷獸和頭鷹如何強硬，也不致為難你去拿那把手杖吧！所以請不必客氣，儘管取用。——在滿州，特別是大連真是一個好地方，像你這種有為的青年，目前恐怕找不到讓你施展才能的工作吧！是否願意毅然決然下定決心來這裡呢？我到滿鐵以來，已認識不少朋友，假如你有心要來的話，我可以給你不少照應。不過決定要來前，請先通知我一聲。再見！」

敬太郎把信折好放進書桌的抽屜內，一概不對房東夫婦提起森本的音訊。手杖依然插在傘架內，敬太郎進出時，每次看到心中都有一種奇妙的感覺。

77 雷獸：雷獸為日本傳說中隨著閃電出現，會破壞樹木、傷害人畜的一種想像中的妖怪。從江戶時代就有把稱為「雷獸」的奇怪野獸（其實是鼯鼠）帶出來耍把戲以招徠客人。朝倉無聲《見世物研究》（昭和三年）一書，記錄此事。

78 借金を踏んぢゃ：倒債。

79 まさかに：無疑。真的。

80 大連：大連為中國遼寧省的港都。位於遼東半島的尾端，日俄戰爭後成為日本的租借地（借租他國的土地而統治之）。

81 電気公園：電氣公園指位於大連西方高地的遊樂場「電氣遊樂園」。裡頭有溫室、動物園外，還有旋轉木馬等利用電力的遊樂設施。《南滿洲鐵路案內》（大正六年）載有「夜間有電影放映，全園裝飾彩燈，萬燈閃耀，大放光明，宛如白晝，極為壯觀」。明治四十二（一九〇九）年九月至十月，漱石曾到滿州、朝鮮旅行，紀行文《滿韓各地》「八」中，寫到「在車上詢問，那是什麼？回答說那是電氣公園，是內地所沒有。還說裡面有各式各樣的電動遊樂設施，公司為大連人的休閒所設立」。另外，明治四十四年五月九日日記，收到西村濤蔭的信，記有「〇收到西村的信，說是在電氣公園上班，為臨時雇員，月薪三十五圓」。

82 長春：為中國吉林省的都市。滿洲國建立時，被稱為「新京」。漱石於滿韓旅行時，九月二十三日傍晚抵達常春，翌日離開此地。九月二十四日日記載有「大重氏至。藤井氏至。經由兩人的接待參觀賭場。有十二、三處。大屋子有好幾處，賭場只有一處。極為喧囂。」

83 馬賊：清末聚集於中國東北部，掠劫行人的騎馬盜賊。

84 動坂：當時東京本鄉區的一個坡路。位於現在文京區千駄四丁目和本駒込四丁目的邊境。

車站

一

敬太郎有一個朋友姓須永。雖然他是軍人子弟卻非常討厭軍人，學法律後既不想到公司行號當職員，也不願到公務機關當公務員，可說是一個「退嬰主義」[1]的男人。至少敬太郎是如此認定。他的父親很早就過世，現在和母親兩人過著寂寞又富裕的生活。聽說他的父親原本是主計官[2]，後來升到很高的官位，又精於理財[3]，才能庇蔭他們母子至今衣食無缺、過著逍遙自在的好日子。他之成為退嬰主義者，多半也因為習慣這種安逸的環境，失去奮鬥的動力所招致的結果。換言之，因為被父親的顯赫地位所影響吧！他不僅有體面的家世，還有一些有力的親戚，很多人都可以幫助他出人頭地，不過他卻是百般執拗任性，至今還是無所事事，隨意晃蕩。

「你盡說些不食人間煙火的話，實在糟蹋那麼好的條件。假如討厭這些條件的話，就讓給我好了。」敬太郎也曾半開玩笑地要求他。須永總是露出落寞又帶點哀怨的微笑婉拒道：「可是就是不能換成你啊！沒辦法。」儘管敬太郎是在開玩笑，被拒絕後心中還是很不是滋味。同時也激起他一種自己的道路自己走的豪情氣概。由於天生就是不記仇的人，對於須永的反感也不持久。加上工作尚未有著落，心緒不定，根本無法忍受從早到晚呆坐房間。縱使沒有事要辦，也非得到外頭去溜搭個半天。結果走來走去還是最常跑到須永家拜訪，原因之一是無論何時前往，須永很少不在家，敬太郎也有個抬槓的對象。

「找工作歸找工作啦！在找到工作前，我希望能夠碰到什麼值得驚嘆的事件，可是無論搭乘電車還是到各地趴趴走，完全碰不到。連扒手[4]都沒碰過。」敬太郎說完此話，立刻又恨癢癢地感嘆道：「你啊！認為受教育是一種權利嗎？根本就是一種束縛。縱使大學畢業，也得為找口飯吃而苦惱，哪談得上有什麼權利呢？雖然使性子說管它什麼工作都無所謂，其實還是有所謂。教育真是討厭地束縛著人啊！」須永好像對於敬太郎的牢騷並不太同情。第一，實在分辨不出他的態度到底是認真呢？還是故意裝出焦慮的模樣呢？有一次須永看敬太郎沖昏頭，愈講愈激動，於是問道：「那麼你想從事什麼工作呢？衣食問題暫且不考慮。」敬太郎答說想從事警視廳的偵探[5]之類的工作。

「那為什麼不去做呢？不難啊！」
「事情也不是那麼簡單。」
敬太郎認真敘述自己為何無法當偵探的理由。因為偵探這種人原本就像從世間表面潛入底部的社會潛水夫，像這般不可思議、能夠把人抓起來的職業恐怕不多。他們的立場只是在觀察他人的陰暗面[6]而已，自己和危險性的墮落未必有關。假如只是這樣當然很好，無奈這工作的目的就是暴露罪惡，也就是建立在以陷害他人為前提的職業。自己做不來那種壞事。他說自己僅是人的研究者，不！只想以驚嘆之念，眺望人類那種異常結構在暗黑的夜裡運轉的情形。——這是敬太郎的主張。須永靜靜地聆聽，並未有任何批判的言詞。就敬太郎看來，這種態度表面上是老成持重，其實只是平凡無趣。而且認為對方是不願理睬自己，才表現出那種沉穩的神情，他感到很不愉快地離去。但是，等不到五天又想去須永家了，走出大門直接搭乘前往神田的電車[7]。

中島國彥　註

1　退嬰主義：凡事裹足不前、退縮躲避，不思積極前進的思想。

2　主計官：舊制陸海軍中，擔任會計、補給的武官。

3　貨殖の道：增加財產的方法。

4　攫徒：通常表記為「掏摸」居多。

5　警視庁の探偵：《和英語林集成》第三版，已出現「偵探」、「偵探史」之用語，《言海》也載有「偵探」為「間諜。探查內情者。隱密者。」因明治二十年代「偵探小說」（現在的推理小說）流行，「偵探」一語也隨著近代化社會而普遍化。警視廳（位於當時麴町區有樂町一丁目）機構齊備，設有警務部刑事課等，不過所謂「偵探」只是一般的通稱。漱石的作品中多次使用「偵探」一語，《我是貓》「四」載有「我想世上最下賤的職業，莫過於偵探和放高利貸者」，《草枕》「十一」載有「不衛生。就是偵探。」／「偵探？原來如此，那是警察嗎？到底是警察、巡查，又有什麼用呢？沒什麼用吧？」

6　暗黑面：以下數行，有「暴露罪惡」、「異常機構」、「暗黑的夜裡」等微妙之用語，頗令人矚目。松原岩五郎《最黑暗的東京》（明治二十六年）和橫山源之助《日本的下層社會》（明治三十二年）等記錄文學，明治三十五年前後受左拉影響的自然主義諸作品的常用語。

7　神田行の電車：作者設想是從本鄉三丁目到須田町，經由小川町到三田的三田線（參照〈車站〉註49）。當時並沒有「神田」車站，所謂「往神田」就是包含神田方面的意思的通稱吧！

二

須永住的地方，必須以原來的小川亭[8]，也就是現在天下堂[9]那棟高大建築物為目標，從須田町[10]往右轉進一條緩緩上坡的小巷子，然後又得轉彎個兩、三次才能抵達，實在非常難找。因為是一條鱗次櫛比的後街，這裡的住家和高級住宅區不一樣，並不是非常寬敞。但是他家卻是獨門獨戶的宅邸，從大門到屋子的正門得走過約有四公尺長的花岡岩[11]鋪路，才能按到裝在格子窗戶前的電鈴。這處住宅原本就是他家所有，曾經長時期借給親戚住，父親過世後，因家中人口不多，因為屋子大小剛好適合，母親就把駿河台[12]的老宅賣掉，搬到這裡來。不過，當然是經過大整修，簡直就跟新房子沒兩樣。敬太郎聽完須永的說明後，環視二樓壁龕的柱子和天花板，總算恍然大悟了。原來為讓須永有個書房，二樓又加蓋，因此颳大風時，感覺有點搖晃。除此之外，書房隔壁那兩間四張及六張榻榻米大的房間，窗明几淨，實在無可挑剔。坐在二樓的房間內，可以看見種在庭院的松樹枝梢、板牆上方還留著的小斧頭砍痕[13]，還有牆頭上防賊的尖銳物[14]。站在廊下的欄杆往下俯視，敬太郎曾經邊凝望松樹根下那一片鵝毛玉鳳花[15]，邊問須永：

「那一片白色的是什麼啊？」

每次他來找須永、被帶到這客廳時，相較少爺[16]的須永和窮學生的自己，兩人身分之懸殊實在是一清二楚。他看不起窩在這小而美的房間過日子的須永，同時也羨慕過著悠閒又富裕生活的這個朋友。一方面認為年輕人不該如此，一方面也很想變成這樣，今天他也帶著從這兩者間的矛盾所產生出來的淡淡趣味，跑來找須永。

照往常般轉了又轉，來到須永家前路上的轉角處，看到有一個女子早他一步穿過須永家的大門。敬太郎瞥見那女子的背影，基於年輕人的好奇心通病，以及他原本的浪漫情懷，他趕緊走到同一個門前。探頭一看，女子的身影已經消失了。只看到和往常一樣，那個門把上貼有紅葉圖案的格子門[17]靜靜地關閉著。敬太郎感到有點意外卻意猶未盡地望著那扇門，不久發現門下方脫鞋的地方擺著一雙木屐。當然是一雙女用木屐，非常有規矩地被擺放整齊，並且看不出經過女傭整理過的痕跡。敬太郎從木屐的擺放方向，以及女子出人意料的快速進屋的舉止來推測，像這般不必經過通報，自己拉開格子門隨意就進去，想必是十分親密的客人吧！假如不是這樣的話，說她是家人又有些怪了。敬太郎非常清楚須永家只有須永母子，一名整理內務的女傭[18]和另一名煮飯女傭，總計四人。

敬太郎在須永家門口站了一下子。與其說是打算在牆外偷偷窺視剛才進去那女子的動靜，不如說是在想像須永和那女子如何編織出兩人的浪漫[19]色彩吧！他當然是豎起耳朵仔細聽。不過，屋內一如往常般靜悄悄。別說是嬌媚的女子聲音，連一聲咳嗽都沒有。

「會是未婚妻嗎？」

敬太郎腦海中立刻想到這一點，不過他的想像力並未達到受過訓練的那種沉穩。——也許須永的母親帶著女傭到親戚家，今天不在家。煮飯女傭已回到自己的房間。現在須永和那女子正面對面竊竊私語。——果真如此的話，自己仍像往常般突然高聲大喊「拜託開門」，這樣實在不太好。或者須永和母親，以及女傭都一起外出也說不一定。煮飯女傭正在睡午覺。那女子趁著這好時機潛進來。這麼說女子就是小偷了。如果自己轉身就走，實在太對不起須永了。——敬太郎好像被狐狸附身[20]般傻愣愣站在那裡。

8 小川亭：位於神田區（現在的千代田區的一部分）小川町一番地（小川町電車車站北側），女義太夫專門的表演場地。明治二十三（一八九〇）年一月（日不詳）寫給正岡子規的書簡，提到「一日在神田的小川亭，聽到名喚鶴蝶的女義太夫的精彩演出，與愚兄都大感欽佩。」可知這處曾是漱石青春時光的舞台之一。

9 天下堂：位於建在小川亭舊跡的三層樓建築物內的洋貨店。販賣西洋小雜貨、服飾品。

10 須田町：神田區須田町。交通要道，小川町的鄰近車站。須永家，從須田町往小川町向西邊，再往右（北側）走的方位。當時的町名，推測約在小川町、淡路町一丁目一帶。漱石意圖以町名作為伏筆（這部作品的主要背景，未記載具體町名的只有須永家），「極為難找之處」。

11 御影：這裡是指花岡岩的鋪路石。

12 駿河台：神田區駿河台地一帶。因安置舊幕府駿河國的諸多官吏於此而命名之。從小川町附近往北的坡地一帶，有很多略為寬敞的宅邸。這裡並未記載是什麼町，須永家的「老宅」位於這裡，是很符合事實的設定。

13 手斧目の付いた板塀：「手斧」為木匠所使用的鎬形斧頭。可清楚看到留有斧頭砍痕的板牆。

14 忍び返し：牆上有尖木頭、尖鐵釘之類，為防盜賊偷翻牆進屋。

15 鷺草：夏天會長出如鷺鷥飛舞姿態的白色花的蘭科多年生草。

16 若旦那：對於稱一家之主為「老爺」，因此稱呼繼承家業的長男為「少爺」。雖然敬太郎只是個學生，對於還年輕的須永已成為一家之主的表示。

17 紅葉を引手に張り込んだ障子：拉開格子門的門把上貼有紅葉圖案作為裝飾。

18 仲働き：指介於內室的女傭和廚房女傭之間，幫傭的女傭。

19 浪漫：羅曼史。在這個用例，強烈凸顯富於男女色彩的故事。參照〈澡堂之後〉註25。

20 狐憑：被狐附身，變成傻愣愣的人。一八五頁有「感覺幾乎就是被狐仙附身的人」。

三

突然，二樓的格子門被拉開，須永手拿藍色玻璃瓶忽然現身在廊下，敬太郎嚇了一跳。

「你在做什麼？掉了什麼東西了嗎？」

須永從二樓覺得奇怪地問道。敬太郎抬頭一看，他的脖子圍著一條白色法蘭絨[21]，手上拿的好像是漱口水[22]。敬太郎面朝上，和須永對談幾句「你是感冒嗎？」之類的話。他依舊佇立在門口，不像要走進去的樣子。後來須永要他上來啊！敬太郎故意鄭重反問「可以上去嗎？」須永幾乎聽不出話中之意，輕輕點頭就轉身回到格子門內了。

敬太郎在上樓梯時，感覺裡面的房間好像傳來衣服輕輕摩擦的聲音。但是二樓只看到須永剛剛披著的那件黑八丈[23]領子的外套丟在那裡，其他看不出和平常有任何不一樣的地方。無論從敬太郎的個性，還是他和須永的交情而言，理應可以直率詢問自己那麼在意的女子到底是誰？然而，一方面因為自己做太多想入非非的想像而感到內疚，另一方面自己覺得假如提起這件事的話，馬上會成為一個難堪的諷刺目標。所以提不起勇氣直接了當問須永「剛剛進你家的女子到底是誰啊？」反而得一直壓抑自己一直想往前衝、往前衝的好奇心。

「我要停止一切的空想。因為吃飯問題比什麼都重要。」

敬太郎如此說道，並且認真拜託須永幫忙找工作，請他介紹那位之前[24]曾經提起住在內幸町的姨丈和自己見面。所謂的姨丈，就是須永母親的妹妹的丈夫，從官場進入商界，目前與四、五家公司有密切關係，是一個有相當地位的人。不過看不出須永有想藉助姨丈力量的想法，他曾經對敬太郎說過：「雖然姨丈跟我說了很多事，不過我並沒什麼上進心。」敬太郎還記得這番話。

聽說今天須永原本應該去見那位姨丈，因為喉嚨痛只能等好一點再出門，大概再過個四、五天才會去吧！他回答說那時候一定會跟姨丈說說看，不過為謹慎起見還是什麼理由又加上一句：「可是姨丈很忙，而且很多人都要去拜託他，我不能說事情一定順利，見面後看情形吧！」雖然敬太郎把這句話解釋為「不要期待太高，否則很困擾」，卻認為至少比沒見面好。儘管有種不曾有過的請託心情，心中並不像嘴上請人家幫忙時那般擔心和煩惱。

原本在畢業後，他為找一份好工作，絞盡腦汁到處奔波勞累，現在也還在持續中。如他本人所說的真實狀況，至今還看不見成功的曙光，但是就像非常煩悶時的叫喊聲，至少有五成是誇張成分。他不像須永是一個獨生子（妹妹已經出嫁），不過剩下寡母一人則是兩人的共通點。他不像須永般擁有房舍及土地可以收租金[25]，可是也有幾分薄田。雖然這些田的收穫量不大，每年的稻穀還可以變換些現金，所以自己不必為二、三十圓的房租而鬧窮。加上講好話哄哄母親，至今不止一次、二次向母親伸手索取本該奉養母親的錢[26]當零用錢花用。因此每天叫嚷找工作、找工作，未必完全是口是心非，實際上還有一種對故鄉親友[27]以及對自己的虛榮心作祟。早知如此，當初在學校更努力讀書，取得更好的成績就好了。可是天生的浪漫家，課業總是怠惰又怠惰的結果，只拿到一份低空掠過、勉強及格的成績。

中島國彥　註

21 フラネル：法蘭絨Flannel。柔軟絨毛的毛織品。
22 含嗽剤：漱口藥。「含漱」，為漱口之意。
23 黑八丈：為男用衣物的袖口及貼身襯衣的衣領所使用的一種黑色厚絹布。
24 兼て：從以前。事先。通常表記為「予て」。
25 地面家作：租借給他人的土地或房屋。
26 自分で自分の身を喰う：自己吃自己的身體。自己毀滅自己。以自身吃自身。
27 鄉党：鄰里親友。敬太郎出生於哪一個地方，到最後都不明。

四

雖然和須永談了一小時多，敬太郎自己提出找工作及衣食等苦惱問題，但是心中在意的還是剛才看到背影的那個女子，真正重要的出路問題只是嘴巴說說而已，並不是很當真。在談話當中，一度從樓下客廳傳來年輕女子的笑聲，實在很想問須永有什麼客人來嗎？因為考慮過久而失去問話的最佳時機，好不容易想出來的問話內容，終究還是說不出口而作罷。

儘管如此，敬太郎心裡明白須永盡量講一些可以滿足自己好奇心的話題。他告訴敬太郎，自己所住的這條電車的後街[28]，如何因許多小房子和小路而被分割成一塊一塊如骰子般的方塊，漸漸形成一些不知名都會人士的隱密住處，那些無法登上上流社會的戲碼[29]幾乎在家家戶戶上演。

須永首先提到離他家五、六棟，住著在日本橋附近經營五金的退隱老闆的小妾。那個小妾的情夫在叫什麼宮戶座[30]的劇場當演員，雖然退隱老人知道此事，仍然默許。住在小妾對面巷的一位不知是律師[31]還是代理商的一棟蠻漂亮的格子門房子，門口經常掛著一塊寫著「急徵女記者一名、女廚師一名」的黑板。有一次，來了一個

二十七、八歲，身穿藏青色斜紋大褶長披風，有如西洋護士打扮的美麗女子來拜訪找工作。聽說是那家主人未發跡前，雇他當工讀書生人家的小姐。看到這位小姐，主人的驚嚇自不在話下，連他的妻子也嚇一大跳。接著須永又提到正對他家後門的那一條後街上，住著一個滿頭白髮卻娶一個二十來歲嫩妻的放高利貸者。聽街頭巷尾的說法，那是因別人抵債而娶來的老婆。這家隔壁住了一個賭徒，每當一堆臭味相投的同類聚集，正在廝殺賭紅眼時，老婆會揹著小嬰兒跑來接一心一意只顧輸贏的老公回家。老婆邊哭邊叫老公跟我一起回家，老公答說回家當然是要回家，再一小時左右等我翻本就回家。老婆苦苦哀求說，有這種想法就會愈賭愈輸，現在就跟我回家。「不！現在不回家。」「現在立刻就回家。」縱使在路面結冰的寒冷半夜，也會把四鄰從睡夢中驚醒。

敬太郎聽須永聊起這些社會中的真實小說時，強烈感覺到已經漸漸習慣於周遭環境的須永，也許正靜悄悄在演一齣不為人所見的大戲，而且還故意裝出若無其事的模樣。當然啦！這種推測的背後，存在著剛才看到背影的女子那淡淡的投影。敬太郎直接了當說道：「順便也把你的故事講出來聽聽吧！」須永卻只是「哼」一聲，並露出冷冷的笑。接著又說：「今天喉嚨痛啊！」聽其意，好像是說故事有倒是有啦！只是不說給你聽。

當敬太郎從二樓下來走到門口時，已經看不到那雙女用木屐。不知是回家了？還是收進鞋櫃了？難道會是有意隱藏嗎？他根本就分辨不出來。一走出大門，不知在想什麼，他飛快走進一家香菸鋪。然後叼著一根菸走出來，邊抽邊走在往須田町打算搭電車的途中，突然想起電車上禁菸的規定[32]，於是往萬世橋[33]的方向走去。他在回到本鄉的租屋處之前，打算把菸一直叼在嘴上，於是邊慢慢走邊想著須永的事。但是，須永已經不像以前單獨一個人浮現在他的腦海中。每一想到須永，背影女子就隱隱約約跟著出現。最後，竟感覺到須永對他冷笑說道：「你有本事從本鄉台町三樓[34]以望眼鏡來窺探世間，作出浪漫探險的有趣模仿嗎？」

中島國彥　註

28 電車の裡通り：小川町附近，自以前就有一種獨特的氛圍。描寫明治十年代的坪內逍遙的《一讀三嘆當世書生氣質》（明治十八、十九年）的「第貳回」中，載有「進入淡路町。不走出小川町的地方。這小巷俗稱矢場巷。為三分像人、七分像鬼的娼妓聚集的巢窖。」

29 戲曲：稍後些（八一頁）可以見到「真實小說」的字眼，這兩個用詞都是指廣義的人生故事和戲劇。

30 宮戶座：位於淺草區（現在屬於台東區的一部分）千束町二丁目（淺草公園的後方）的劇場，為許多人喜歡前往的小劇場之一。

31 代言：代言人。指律師。

32 喫煙斷りといふ社則：當時的市電車，不准抽菸。所謂「社則」，因為市電車為公司組織所經營。改為市營，為明治四十四年八月以後的事。

33 萬世橋：為神田川的一座橋。從小川町往東走，在靠近須田町的前方。同名的車站，為交通要道。

34 本郷台町三階：敬太郎的租屋地點，從這裡就很清楚。「本郷台町」離東京帝國大學很近。《風俗畫報》三七三號臨時增刊〈新撰東京名所圖繪〉第四十九編「本郷區部分其二」（明治四十年十月），載有「本町大半為旅館、出租屋及寄宿宿舍，其名稱如左」，同時列舉三十家的名稱。其中載有電話者有「金水館」、「美芳館」、「福榮館」等三家。

五

直到今日，他在下町[35]的生活沒有任何親密朋友[36]和特別趣味。有時候，偶而走過日本橋的後街，每當他看到那些若不側身就無法鑽過的格子門啦！從水泥屋上方莫名其妙垂掛下來的鐵燈籠啦！大門前方鋪滿的閃亮亮漂亮竹片啦！還有陽光透過不知是杉木還是什麼木的紙拉門在下方染紅一片時，心中就有一種說不出的彆扭。這種萬物萬事整整齊齊擠在一起而且還閃閃發亮，那真是無法忍受的拘束。大家生活在這般整齊、規矩的環境中，恐怕連飯後使用的牙籤的削法都會很講究吧！他認為一切的事物都受傳說的法則所支配，就像他們所用的香菸盤般，經過世世代代先祖列宗一個傳一個的擦拭方法，才能夠閃耀出驚人的光輝吧！因此前往須永家時，就連看到他們在毫無用處的松樹上蓋上防雪披，在狹窄的庭院非常謹慎地舖上乾枯松葉[37]以禦寒等情景，都無法不聯想到須永是在模糊、纖細的江戶文化興盛期的懷抱中所養育成長的小少爺。第一，須永束緊和服腰帶、正襟危坐的模樣，在他看來就是很怪。還有，每當須永那位喜愛三弦曲的母親大人，常常過來以一口圓潤動聽、抑揚頓挫的腔調，致上一段充滿親切、魅力的歡迎詞時，感覺就像現在又把很久前擺放在倉庫二樓的疊層食物盒又端出來般，這比起既成品更加美味。當然他不會認為這是千篇一律的老套，反而覺得這辭令的背後潛藏著歷經幾代練習所累積的曼妙。

總之，敬太郎希望擁有不同於一般人的自由。但是今天的他至少在想像中，與平日的他迥然不同。他想像至今仍然飄著德川時代的濕空氣、佇立著一排黑色倉庫的後街，自己在一棟祖傳的古厝裡，和一群喊著「小敬，趕快來玩喔！」的朋友，一起玩著「官兵捉小偷」、「模仿大將軍」的遊戲中長大成人。每一個月他就會前往蠣殼町的水天宮[38]、深川的不動明王[39]參拜一次，有時也想去參加護摩儀式。（當下，須永就陪著母親理所當然地模仿那些因循守舊的禮俗。）然後穿著鐵青素色無紋[40]的短外罩，出神地走在散發出已經普及於當代大街小巷的歌舞伎氣息的街町[41]。甚至想從中找出曾經被習俗所束縛，又超越習俗的香豔糾葛。

此時，「森本」兩字瞬間浮現在他的腦海。同時圍繞著這兩個字的幻想，奇妙地變化出顏色。由於自己的好奇心，主動接近這個心中有愧的怪人，其結果就是差點惹上麻煩。幸虧房東相信自己的人格，才得以平安無事。假如人家仍然心存疑惑的話，怎麼樣都可能被懷疑，以房東的處事態度，或許得走一趟警察局也說不定。如此一想，他那天馬行空編織的浪漫故事頓時失溫，如同以醜陋想像所堆積而成的雲峰，毫無意義地崩塌了。不過，森本那張鬍鬚雜亂、有著雙眼皮的瘦瘠臉龐卻牢牢地殘留在他的內心。他對那張臉有一種像是喜愛、像是輕蔑、又像是憐憫的複雜感情。他覺得在那張庸庸碌碌的臉龐後方，朦朧中豎立一個不可解的怪異物。於是，他又聯想起說要送給自己作紀念的那根手杖。

雖然那只是一根把竹根弄彎當手柄，極為簡單的手杖，卻與一般雕著蛇的手杖不相同。不是常見那種把蛇身一圈一圈纏繞在竹子上，讓人望之生畏的外銷手杖，而是只雕了一個蛇頭，讓人握在蛇頭上那個張得大大、好像正在吞食什麼的大嘴巴上。話說回來，張開的蛇嘴巴到底正在吞食什麼呢？手柄的部分已經磨得很光滑，誰也分辨不出是青蛙，還是雞蛋。森本說這根竹子是自己砍來的，蛇也是自己雕上去的。

中島國彥　註

35 俗にいふ下町生活：當時東京市十五區中的神田區、日本橋區、京橋區、芝區、下谷區、淺草區、本所區、深川區通稱「下町」。雖然漱石作品的舞台以「山手」為主，也有好幾部作品是描寫「下町」。相對於從日俄戰爭後有很大改變的「山手」，傳達「下町」情趣有如下的田山花袋的文章。「可是，下町，特別是往日本橋方向的裡頭走去，如今也還留有江戶街町的空氣。親父橋、思案橋附近、橫山町一帶，這些地方倉庫連綿並列、有大批發店，總覺得有如看見三百年的江戶繁華的舊痕跡。／然後，下谷的竹町、御徒町的後街，也會讓人驚訝還有這種地方啊？宛如看見落後時代二、三十年的街道光景。那些地方，我認為與其說是停留在江戶時代，毋寧說是明治十五、六年代的街頭縮圖。／總體上說來，東京的外廓是新開發地區。新闢的街町。上班族和學生居住的地方。那裡沒有留下一點往昔的舊空氣。江戶的空氣，被文明壓抑，說在市中心，不如說只能在底部看到還殘留一點點。」（《東京三十年》「東京的發展」大正六年）。

36 昵懇：「なじみ」通常表記為「馴染」。

37 枯松葉：鋪松葉。把枯乾松葉散鋪在庭園，以防霜害。

38 蠣殼町の水天宮樣：位於日本橋區（現在中央區的一部分）蠣殼町三丁目的水天宮。以消水難災和安產的守護神而聞名。祭拜日為每月五日，緣日為一、五、十五、二十八日，為爭奪首都第一、二名而熱鬧滾滾。

39 深川の不動樣：位於深川區（現在的江東區）的深川不動尊。為成田山新勝寺的別院，信眾聚集。每月一、五、十五、二十八日為緣日，特別是二十八日非常熱鬧。

40 鉄無地：以鐵青素色線織成、無花紋的布。

41 歌舞伎を当世に崩して……：雖然繼承出現典型歌舞伎的江戶下町情緒，卻加上現代要素而保有那種氛圍的街町。

六

每當敬太郎穿過租屋的大門時，首先映入眼的就是這根手杖。也可以說因為方才途中的聯想，使得每當打開玻璃門時，立刻吸引他目光的就是陶製傘架。坦白說，他在收到森本的信後，每次看到這根手杖，因為有一種自己都無法說明奇妙感覺，所以出入之際都盡可能避開視線，不讓眼睛去接觸手杖。這麼一來，卻得為故意裝作沒看見又得從傘架旁經過而感到苦惱，雖然只是極為輕微的程度，竟演變成一種被這根奇異的手杖作祟的感覺。終致連他都覺得自己的神經變得有些怪怪的。他害怕從某種利害關係去回溯過去而遭到嫌疑，因此不敢告訴房東夫婦有關森本的住所和要他轉告的話，不過在良心上並未蒙上任何陰影。人家特地說要把手杖當紀念來相贈，自己卻沒勇氣豪爽地接受，就辜負人家好意這一點而言，確實讓他感到鬱卒，可是倒也沒有達到痛苦的程度。假如森本隨世浮沉的命運不久即將告終的話（恐怕會是落到暴斃街頭的下場吧！），如今那根豎立在傘架中的手杖，好像已經在預告那悲慘的最終結局。那經由多才多藝的他親手雕出來、沒有身體的蛇頭上的那張大嘴巴，好像在吞食什麼又不像在吞食，好像吐出什麼又不像在吐，就這樣永遠附著在竹棒頂端。——這樣把森本的命運和代表其命運的蛇頭連結在一起後，想像每天握住代表其命運的蛇頭手杖步行，然後又被這個不久即將暴斃於街頭的人所請託，此時的敬太郎開始有一種奇怪的感覺。他自己既沒能從傘架中拔出那根手杖，也沒理由命令房東把它收到自己看不到的地方。如果誇張地說，甚至認為兩者有一種因果關係。然而，所謂以詩染出的色彩和以散文來謀生計[42]，大抵上也有無法一致的地方，所以老實說那根手杖帶來的麻煩也還不到讓他非得換間房子的地步。

今天依然看到那根手杖豎立在傘架中。鐮刀形的手柄向著鞋櫃。敬太郎斜眼瞄它一眼，就上樓回自己的房間，不久就坐在書桌前開始寫信給森本。他打算先感謝他的來信，加上兩、三行為何沒有早點回信的辯解，不過假如毫不隱瞞說出真心話，只能寫「我認為有你這種流浪漢[43]朋友很不名譽，所以提不起勁來寫信。」不過最後還是以自己到處奔波找工作為藉口，簡單一句話含糊帶過。其次，寫幾句祝賀他在大連找到好工作的話，再提到東京已經漸漸變冷了，想必滿洲的風霜也是令人難以忍受吧！尤其你的身體肯定會起很大變化，千萬注意自己的健康不要生病等幾行體貼的話。就敬太郎而言，發出這封信的主要目的，希望能夠把自己的溫情巧妙貫穿在字裡行間並傳達給對方，而且任誰看到這封信都能感受到洋溢在信中的誠意。不過重讀一遍後，發現不過就是普通朋友的普通問候用語而已，絲毫沒有任何新意，他感到有一點失望。話說回來，他早有心理準備，原本就不是像寫給戀人的情書般灌注熾熱的真情。何況自己寫文章也笨拙，無論怎麼重寫也還是不行，就在這些藉口下，繼續往下寫。

中島國彥　註

42 詩で染めた色彩と、散文で行く活計：「活計」即生計之意。浪漫、空想的心情以「詩」來表示，傾向現實和實際生活相關聯則以「散文」來傳達，此處為顯示兩者的對比性。

43 漂浪者：vagabond，流浪者。島崎藤村《放浪者》（《來自新片町》明治四十二年）中記載，到處流浪的年輕人曾拜訪藤村。我們不清楚這裡與提供《礦工》素材給漱石的年輕人是否同一個人？這些年輕人當中，有些渡海到中國大陸，成為大陸流浪者。《放浪者》中，寫下年輕人說這麼一句話：「自己到處漂泊比較好，已經厭惡東京了」。

七

有關森本離去後，放置房間內的行李到底如何處置，就情理上無論如何也該寫上幾句。但是他不願去問房東如何處理，既然不肯去問就無法寫出詳細原委來。敬太郎停住筆不斷思索，最後終於寫出：「你拜託我跟房東說，你的行李任憑他們處置，你的千里眼[44]應該看到我還沒講以前，雷獸已經自作主張處理妥善了，請諒解。你說要送我的梅花盆栽，連個影子都沒看見，所以我無法接受。我只能向你說聲謝謝。然後……」寫到這裡，暫時把筆停下來。

敬太郎終於不得不寫到手杖了。因為秉性忠厚，實在寫不出「承蒙你好意贈送手杖，我每天都拄著它去散步」這種缺乏誠意的謊言，但是也寫不出「謝謝你的好意，我不想接受餽贈」這種真話。無可奈何之餘，只得寫下：「那根手杖還豎立在傘架中，好像不分日夜佇立在那裡盼望主人歸來。雷獸根本不敢去觸摸那個蛇頭。我每次看到那個蛇頭時，總忍不住對你那雕刻家的手藝感到佩服。」這種模稜兩可的恭維話。

他正打算要寫信封上的收信人時，怎麼樣也想不起來森本的名字，不得已只好寫「大連電氣公園娛樂部門森本先生收」。由於現在這種情況，這封信還得忌憚著房東夫婦，當然無法叫女傭拿去投進郵筒，所以敬太郎把信藏在自己的袖內，打算帶著那封信外出順便作飯後散步。走下冷清的樓梯時，須永來電話了。

須永說今天從內幸町來的表親說姨丈這四、五天內也許有事要到大阪，我想等他回來就太晚，所以打電話問姨丈是否可以在出發前見面？他說好。假如你有心要去，早點去比較好。原本須永喉嚨痛，無法在電話上詳細說明，他的目的也只打算跟敬太郎說一聲而已。敬太郎跟他說：「非常感謝，那麼我盡可能早點去。」就把電話掛斷了，繼之一想，反正要出門不如今晚就去看看吧！於是返回三樓，拿出最近剛訂製的梳毛和服裙[45]穿上，終於走出大門。

雖然走到轉角並沒有忘記把信投入郵筒，現在森本平安與否那等算是重要的事情，在敬太郎的心中只占微乎其微的部分。不過當那封信滑進郵筒口、很快就掉到郵筒底部時，想像一週後收信人拆開信時的樣子，應該不會不開心吧！

然後，敬太郎急急忙忙走去搭電車，思慮也一直集中在內幸町那邊。當電車開往明神下[46]時，腦海中不經意反覆響起剛才須永在電話中所說的話，不知不覺間突然大吃一驚。須永確實說了「今天從內幸町來的表親」這句話，這個表親無疑是姨丈的孩子。但是這個孩子到底是男？是女？曖昧的日語根本無法確認是何種關係。

「到底是男？是女？」

敬太郎突然變得很在意。假如是男生的話，只看到背影的那名女子就失去線索了。因此那女子只是徒然刺激他的好奇心而已，一切根本原地不動。然而，假如是女生的話，無論是日期、時間，還是從須永家大門走進去的情況也好，確實就是早自己一步先進去的那名女子。他巧妙把想像和事實連接在一起，在尚未確認前，已經肯定[47]這樣的結論。當他如此解釋時，至今有如起波浪般的好奇心好像被注入幾分冷水般感到滿足的同時，也感覺到出現這一條比預期還平凡的線索，實在很沒趣。

中島國彥　註

44 千里眼：具有直覺上的超能力可以知道遠距離所發生的事情。對應約在明治四十三年起，所謂有透視能力之類的人物一個接一個出現，吸引新聞媒體注目的一種社會現象。

45 セルの袴：以梳毛的毛織品裁縫的和服裙。森銑三《明治東京軼聞史》（一九六九）中，有一頁介紹明治四十二年十月《三越時報》的「流行中的梳毛和服裙」，另外《明暗》「四十八」也提及「梳毛行燈袴」。

46 明神下：俗稱從位於高台一角的神田明神寺院的境內往下的附近一帶為明神下。這裡大約是指松住町車站一帶。松住町位於從本鄉搭車，在須田町的前一個車站。

47 端的：一定。「端的」為假借字。

八

當他來到小川町[48]時，很想下車到須永家，從朋友口中確認事實的真相，但是除了單純的好奇心外，實在找不出到他家探詢這件事的任何理由，只好打消念頭立刻轉往三田線[49]。不過在他筆直穿過神田橋、急忙趕往丸之內之際，心情上並未忘記現在正在前往須永的表親家。他應該在勸業銀行[50]附近下車，不知不覺卻坐過頭，大吃一驚趕緊從櫻田本鄉町[51]返回黑暗中的方向。雖然是冷清的夜晚，很快就找到目的地的屋子。看到大門口的圓形瓦斯門燈[52]上寫著「田口」，原來是一棟比想像中還深邃的宅邸。實際上，因為玄關被舖著砂石的路從道路斜對面所遮掩，加上被一叢叢黑壓壓的植栽遮住正前方，暗黑中憑添幾分威嚴的氣勢，一進入大門，倒也不像外表所見[53]那般寬闊。

玄關上兩扇仿西洋式的玻璃門緊閉著，無論怎樣叫門，還是怎樣按電鈴，總不見門房出來應門，敬太郎不得已只好先站在屋子旁窺看屋內的情形。忽然聽到一陣腳步聲，眼前的毛玻璃門一下子變得明亮了。接著聽到幾聲穿著庭院用木屐踏在水泥地上的響聲，玄關的玻璃門被拉開一扇。此時敬太郎已經提不起興致去想像門房會是什麼模樣，只是散漫地站在那裡，暗忖大概是穿著碎白點短外罩的工讀書生或穿著雙線織[54]棉衣的女傭，前來打招呼致意並拿取他的名片以便通報吧！沒想到站在半開門前，竟然是一位服裝體面的老紳士。由於背著燈光，無法看清楚長相，立即映入他眼簾的則是那一條白縐綢腰帶。敬太郎在一瞬間，腦海中立刻意識到這位應該是須永的姨丈吧！不過，事情發生得太出乎意外，一時之間不知該如何問侯，只是有些驚愕地愣在那裡。而且敬太郎總認為自己還很年輕，對老人產生不了親密感，無論是四十幾歲、五十幾歲，乃至六十幾歲，他幾乎都無法區分，看起來都同樣是老爺爺。他對年長者不太關心就像分不出四十五歲和五十五歲，而且無論面對兩者中的哪一個年齡層都很不適應，經常覺得對方好像是令人害怕的不同人種，甚至像迷路般心慌。不過，對方毫不在意地問聲「有什麼事嗎？」態度既不是親切，也不是輕視，不做作的措詞讓敬太郎的膽量稍微恢復，總算逮到機會報上自己的姓名，並且簡短說明自己的來意。聽完後，那位長輩好似想起什麼般說道：「對、對。剛才市藏（須永的名字）來電話。可是沒想到今晚就來了。」因為話中的意思好像是不該那麼早來，敬太郎感到自己有必要盡量說明一下理由。老人不知有沒有把說明聽進去，只是默默站在那裡，然後說道：「那麼請你再走一趟。四、五天後要出外旅行，假如行前有空的話，見個面也是可以。」敬太郎恭敬地表達謝意後就離去，在黑夜中，認為自己剛才的致謝口吻太過謙卑了。

一直到很久以後，敬太郎從須永口中得知，這家的主人那時正在靠近門口的客廳，獨自一人面對棋盤，絞盡腦汁將黑白棋子交替擺佈。聽說那是和客人下的一盤棋的殘局，由於不把殘局解決就不甘心。緊要關頭時，敬太郎好像鄉巴佬般侵門踏戶來攪局，為把這個擾局者快點趕走，才會自己當門房來應門。敬太郎聽須永談起這事的原委，更加覺得自己的寒暄真是過於鄭重其事。

中島國彥　註

48 小川町：小川町車站（參照〈車站〉註138）。

49 三田線：明治三十七（一九〇四）年六月開通的電車線，從本鄉三丁目—須田町—小川町—神田橋—日比谷—櫻田本鄉町—三田。所謂「移った」可能是最初搭乘從本鄉開往江戶川橋的江戶川線，後來在小川町轉乘前往內幸町方面的三田線。

50 勧業銀行：明治三十（一八九七）年，為謀求農工業發展及改善，創設日本勸業銀行。當時銀行位於從日比谷公園東南角過馬路，麴町區內山下町一丁目一番地。前方就是內幸町車站所在地。

51 桜田本郷町：如果從小川町來的話，就是內幸町的下一個車站。

52 丸い瓦斯：圓形的瓦斯門燈。

53 見付程：外觀的程度。

54 双子：以兩根線捻成一根的線。這裡是指以這種線織成的雙子織。

九

中間隔了一天，敬太郎光明正大打電話給田口，詢問這就過去一趟，不知是否方便？接電話的人從敬太郎講話的語氣及有點傲慢[55]的態度，可能以為是一個相當有地位的人，非常恭敬答道：「請您稍後，這就立刻去請示我家主人。」再回來答話時，語氣比起先前變得非常隨便：「喂喂，現在有客人不方便，請在下午一點左右來，好嗎？」敬太郎回答：「是這樣嗎？那麼一點左右上門拜訪，請代向主人問候。」把電話掛斷後，心中湧起一種厭惡感。

原本打算在十二點整用餐，預先吩咐女傭準備，卻遲遲未見送飯過來。敬太郎好似被喧囂的大學鐘聲[56]催促般，一再催促女傭備飯後，趕緊吃完飯。在電車中，想起前日夜晚碰面時田口的態度，不知今天是否還一樣會受到簡慢的對待呢？還是因為這次是對方說要見面，會稍微熱忱接待呢？他打算只要能夠透過這位紳士找到一份好工作，縱使委屈些也要忍耐。可是如果像剛才那個應電話的傭人，不到五分鐘講話口氣立刻變得那麼不客氣，實在不愉快，心想那傢伙不要來應門就好了。敬太郎的個性就是這樣，完全沒反省自己剛才講話的口氣實在有些霸道。

在小川町的轉角處，斜斜看到轉進須永家的那條小巷時，他猛然又想起那個背影，整個人的心情立刻由陰鬱轉為開朗。對敬太郎而言，與其認為自己是為五斗米百般折騰地去懇求那個擺臉色的老人，不如告訴自己今天將前往須永那美麗的表妹家，這樣子心中就好過多了。雖然他隨意把須永的表妹和田口老爺爺斷定為父女，始終把兩人分開來思考。那天晚上和田口面對面站在玄關時，因為燈光的關係無法清楚判定對方的人品，可是就眼鼻等五官的輪廓而論也並非長得很堂皇，這就是那位老爺爺在夜晚給敬太郎的第一印象。再說假如她真是這個人的女兒的話，無論她和須永是怎樣的關係，應該也不會多標緻吧！然而敬太郎絲毫沒有這種念頭。因此，他的腦海中對田口家的感覺，就像一張可以合合離離、向陽背陽互為表裡的紙。就這樣反覆相互交錯後，不久他終於佇立在田口家的大門前。當他看到那裡停著一輛大轎車[57]，司機坐在車上正在等待，心中暗暗感到不妙。

他走到玄關拿出名片，穿著小倉和服裙的年輕書生接過去後說了聲：「請稍後。」直接就往裡頭走去。那聲音確實就是剛才在電話中聽到的聲音，敬太郎看著他的背影，心想這是一個討厭的傢伙。一會兒，那書生拿著名片又現身。直挺挺站在敬太郎面前，說道：「對不起，主人現在剛好有客人，請您下次再來。」聽完此話，敬太郎實在有點火大。

「剛才在電話中，詢問什麼時候方便來，不是回答說有客人，下午一點左右可以來嗎？」

「其實，剛才的客人還沒回去，目前還正忙著在用餐。」

只要心平氣和聽對方說明，倒也還算合理，可是敬太郎從那通電話後，就對這個傳話書生很火大，現在對他的這種說法更是不以為然。因此，不知想先下手為強還是怎樣，丟下幾句不合道理，好像脫稿演出的台詞——「是嗎？多次勞駕你了。請代問候你家主人。」——然後，對那輛轎車視而不看地擦身而過，就走出大門了。

中島國彥　註

55 橫風：妄自尊大的樣子。傲慢無禮。也表記為「大風」。
56 大学の鐘：位於本鄉台町的租屋，離帝國大學很近。當時的帝國大學，還是以鐘聲為信號。
57 自働車：汽車。司機稱為「御手」。石井研堂《明治事物起源》（明治四十一年，增補修訂版昭和十九年）中，載有「明治四十四年十月八日，東京擁有汽車者，約一百五十多人」。

十

他原本打算順利見面結束後，就轉往住在築地[58]的新婚友人家，把須永和他的表妹，還有以自己的想像力如何巧妙將他的姨丈田口連接在一起，從頭到尾講到天黑讓友人一飽耳福。但是離開田口家門，站在日比谷公園[59]旁，他腦海中早已沒那種興致了。雖然只是看到背影，卻已查明住所、現在還要拜訪她家的愉快心情已經消失了。甚至連自己是為謀求一個好工作而來的感覺都沒有了。他只為自己受到的屈辱感到非常憤怒。而且還認為把自己介紹給田口這種人的須永，應該為自己受到如此對待負責。他想在回家前到須永家，詳盡把始末說給他聽，順便好好抱怨一番。因此搭電車直接來到小川町。一看時鐘，大約再過二十分才兩點。來到須永家門前，故意從路上喊了兩聲「須永、須永」，但是也不知在家還是不在家，只見二樓的格子門緊緊關閉不見有人來開門。原本須永就是一個愛擺譜的人，平日就討厭這種喊叫方法，還說好像鄉巴佬，所以敬太郎心想該不會聽到喊叫聲故意裝作沒聽見吧！只好規規矩矩走到玄關的格子門前。當他聽到來應門的女傭說「中午過後就出門了」時，感到有點洩氣，默不吭聲地站了一會兒，才說道：

「不是好像感冒嗎？」

「是啊！少爺確實感冒了，今天說好多了，就出門了。」

敬太郎打算轉頭回去，女傭說：「請稍候，我去向老太太稟報一聲。」她讓敬太郎站在格子門內，就進到屋內了。不久，須永母親的身影從紙門後出現。那是一個高個子、鵝蛋臉，具有下町風采的高雅婦人。

「趕快請進，應該快回來了。」

須永的母親如此一說，不習慣江戶應對方式[60]的敬太郎不知是否該婉拒、回家好呢？頓時不知該如何是好。第一，語調柔軟的話語一句接一句在他的耳際響起，讓他好像找不到空隙回絕。那和一般的客套話不一樣，在被挽留之際，那種會不會給人家添麻煩的顧慮竟然打消了，不知不覺中打算留下來聊幾句再走吧！敬太郎就這樣留下來，坐在須永的書房內。須永的母親說了一聲：「會冷吧！」就拉上裱著唐紙的紙門，然後邊說：「把手伸出來！」邊把燒著佐倉[61]木炭的火盆拿過來。在這當中，敬太郎方才激動的情緒漸漸緩和下來。他時而凝視印在紙門叫什麼織的白色絹[62]上那一大片秋田蕗[63]圖案，時而凝視中國桑木製、黃得閃亮亮的手爐[64]，邊與這個優雅、善談，行事風格從不會怠慢人的母親閒聊。

她說須永今天到住在矢來[65]的舅舅家。

「他說回家會順道前往小日向[66]的寺廟參拜，他還囉囉嗦嗦說什麼母親最近精神不好，上一次不是要人家代妳去參拜嗎？還數落母親因為已經上年紀了。說著說著就出門了。你也知道他這陣子感冒喉嚨痛，叫他不要出門，年輕人就是這樣，看起來好像很細心，其實還是很莽撞，老人跟他說的話根本就聽不進去……」

每當碰巧須永不在家，總愛以這種語氣來講講自己兒子，好像是她母親唯一的樂趣。假如敬太郎也談論起須永的話，她的母親就會以問題緊追不捨，通常很難改變話題。敬太郎對這種事早已習以為常，這種時候都是靜靜聆聽，順著對方的話附和幾聲，等待對方的談話告一段落。

中島國彥　註

58 築地：京橋區（現在中央區）的築地。「築地に世帯を持つ」的意思，就是住在下町世界的正中央。

59 日比谷公園：明治三十六（一九〇三）年六月開園，為日本最早的西洋式公園。所謂「站立旁邊」，表示已經返回內幸町車站。

60 江戶慣れない：沒學會從江戶時代留下來的習慣、精鍊的講話方法。

61 佐倉：佐倉炭。千葉縣佐倉所產的上等炭。由麻櫟所燒製而成。

62 シキとかいふ白い絹：「シキ」就是絓絹（從繭的外殼抽出來的粗線）。以這種線織成的白絹布。

63 秋田蕗：秋田產的蕗非常大，葉子陰乾直接貼在紙門或屏風。這裡是直接將蕗印在絹布上作成紙門。

64 手焙：烘手的小火爐。

65 矢来：牛込區（現在新宿區的一部分）矢來町。

66 小日向：小石川區（現在文京區的一部分）的地名。位於小石川台地的小日向有許多寺院，其中的本法寺（小日向水道端二丁目）是夏目家的菩提寺。

十一

不久，話題在不知不覺中偏離關鍵人物須永，轉到矢來那個舅舅身上。這和內幸町那個姨丈不一樣，是須永母親的親弟弟，他曾聽須永說過是一個愛鋪張的人。他還記得須永說這個舅舅曾經說過，假如外套不是緞布內裡就太不體面根本不能穿。雖然不需要卻愛把玩那些連是石頭還是珊瑚都難以分辨、號稱以前從國外帶進來的更紗玉[67]。「再沒比什麼工作都不必做而能奢華玩樂更好的事了，身分地位一定相當高吧！」須永母親為否認敬太郎的這段話，說道：「唉呀！實不相瞞，好歹生活也只是過得去而已。還談不上什麼奢華玩樂啦！」

因為須永親戚的財力如何跟他沒有絲毫的關係，敬太郎就默不吭聲了。須永母親好像覺得話題中斷就是自己的過失，趕緊接下話，說道：「雖說如此，妹婿那邊倒是托大家的福，參與不少公司的經營，日子過得蠻富裕。相較之下，我家和矢來町弟弟的家境，說起來就像流浪武士的生活，我也常跟弟弟說，比起我們以前的家，真是家道沒落[68]了，講完後大家都笑成一團。」

敬太郎回顧一下自己的境遇，不禁感到一陣羞恥。幸虧對方並沒問到自己家中的情形，自顧自地一直講下去，自己只要靜靜聽就好，至少不必考慮如何回答，總算還好。「而且您也知道，市藏是一個內向的人，就算已經大學畢業了，我也還不能完全放心，實在很苦惱。我要他趕快娶一個自己喜歡的妻子，讓我這個老人家了一樁心事。他卻回答說世界上的事並非完全如母親的意，何況根本[69]就沒有對象啊！既然如此，無論什麼工作都好，就拜託人家找個工作也可以，可是他卻完全不把這件事放在心上……」

事實上，敬太郎平常對於須永這種態度就覺得太過散漫了。於是，對這位長輩非常同情地說道：「雖然有些多管閒事，是不是可以請哪位長輩來勸他一下呢？比如說矢來町的舅舅也可以啊！」母親立刻答道：「可是，那也是一個很討厭交際應酬的怪人，別說是勸告，他甚至還說進什麼銀行，每天『噼里啪啦』的算盤打個不停，哪有這種傻瓜？所以壓根兒就沒辦法和他商量。對此，市藏卻感到很開心，常說自己很喜歡矢來町的舅舅，跟他很合得來，也經常出門去找他。我告訴他今天是週日，天氣又好，內幸町的姨丈前往大阪前，應該去探望一下，他還是說要去矢來町舅舅家，最後還是選擇自己喜歡的地方。」

敬太郎聽到這裡，開始重新思考自己今天為何跑到須永家的原因。他打算見到須永，立刻要以激烈的語氣責備須永辦事不周到，以後再也不上那家的門，罵完這些話後再掉頭就走。沒想到當事人須永不在家，什麼都不知情的母親反而講了許多事給他聽，讓他的怒氣已經消失得無影無蹤。不過，事情演變成如此，就算把見不到田口的始末講給須永母親聽也沒什麼關係吧！剛好話題談到去不去內幸町的問題，現在講那些事正是最好的時機。——敬太郎如此思索。

中島國彥　註

67 古渡りの更紗玉：遠古傳到日本的更紗馬蹄螺（一種叫高瀨貝的卷貝）。貝殼用來做貝殼手工藝品、貝殼鈕扣。一七五頁可以見到「珊瑚珠」、「早期從外國傳來」等用語。

68 御羽うち枯らさない許の：落魄、看起來很寒酸。「御羽」為「尾羽」。

69 天で：完全。「天」為借用字。

十二

「其實，今天我也到內幸町那位先生的住處。」當敬太郎說出此話，滿腦子都是自己兒子的母親才露出抱歉的神情，說道：「啊！是嗎？」這陣子敬太郎積極到處找工作，找到不耐煩才拜託須永幫忙，須永於是想辦法讓他和內幸町的姨丈見面，每天都在須永身旁的母親，應該一清二楚。假如體貼些的話，在對方還沒開口前，就應該先詢問情形如何才對，所以會覺得不好意思。如此觀察的敬太郎，說了這麼一句開場白後，就很起勁把所發生的事毫無保留地全部講出來，敘述當中，因為對方不時發出「是那樣嗎？」、「啊呀！時間真是太不湊巧了。」之類對雙方都帶著同情的感嘆詞，於是那一肚子氣還有難聽的話[70]都省略了。須永的母親重複好幾次同情的話後，好像要替田口辯白般說出這樣的話：

「啊呀！他確實是一個很忙碌的人，連對妹妹也是那樣。雖然同住一個屋簷下——不知怎麼回事——兩個人好好坐下來談個話，一星期還不到一次。我實在看不下去，就說『要作啊！無論賺再多的錢，把身體搞壞，一切都沒了。偶而也要休息一下，身體才是一切的資本。』他聽了也只是笑笑說『我也是這麼想，可是事情一直跑出來，假如不處理掉一些，就會囤積腐爛，真是無可奈何。』根本就不聽勸。我才心想原來如此，他就又忽然催促我妹妹和他女兒趕快準備，說要帶她們去鎌倉，就像發生什麼十萬火急的事情……」

「田口家有小姐嗎？」

「是啊！有兩個女兒。都已經到了適婚年齡，所以也該找婆家或招婿了。」

「其中一位不是要嫁給須永君嗎？」

須永的母親一時說不出話來，敬太郎也察覺到自己只為滿足好奇心，直接就這樣問實在太冒昧。正在思考無論如何，得趕快來換個話題時，對方意味深長地說道：

「唉！不知道到底成不成呢？雙方父母親倒是有這種想法，當事人的意願，不問清楚就不知道了。我是很想撮合他們，但是光我一個人急[71]也沒辦法。」聽完這樣的回答，敬太郎一度打消的好奇心又湧上來，繼之又被動不動就出現的自制心給壓抑住了。

須永的母親還在為田口辯白，敬太郎不知道對方是要提醒還是要安慰他，提出建議說，因為忙碌成那樣子，有時候也會犯無心之過的失約，但是他不是一個講話不負責任的人，等到旅行回來，再好好談也很好。

「矢來町那邊就算在家也不一定會見客人，實在沒辦法。內幸町那邊就算不在家，只要挪得出時間一定會趕回家見客，他就是這種個性的人。所以等他旅行回來，我們這邊什麼話都不說，對方一定也會跟市藏交代些什麼，一定會。」

聽完這段話，才感覺他確實很像是這樣的人，看來自己只能乖乖地等，像自己剛才那種氣憤填膺的模樣，實在成不了大事。然而現在總不好把這些事全盤托出，所以敬太郎只是默不吭聲。須永的母親又說道：「不過，別看他端著那副臉孔。實際上，他不像外表那麼莊重，而是一個喜歡惡作劇的人。」說完後就獨自笑起來了。

中島國彥　註

70 悪体：惡形惡狀。講壞話。

71 熱急：焦急。「熱急」為借用字。

十三

敬太郎無論從田口的風采還是態度來看，對於須永的母親以「喜歡惡作劇的人」來形容，總無法接受。實際上聽了她的一番話以後，才認為確實好像如此。聽說有一次田口到某家茶屋，覺得燈光太熱，拜託店家女服務生是不是可以把燈光弄暗些呢？女服務生露出驚訝的表情問道：「是要換成小電燈球嗎？」他很正經答說：「不必啦！只要把燈光轉暗就可以了。」女服務生認定這人肯定是從沒有電燈的鄉下來的鄉巴佬，邊嗤嗤地笑邊說道：「老闆，電燈跟煤油燈不一樣，無法轉暗，只能關掉。你看！」話一說完，「啪」一聲整個屋子變得黑漆漆，「啪」一聲整個屋子又恢復原來的明亮，然後學著逗小嬰兒的語氣大聲說：「哇啊！」對於這種帶著有點嘲諷意味的舉止，田口絲毫不放在心上，還煞有其事勸說道：「哎呀呀！這不是太難為情了嗎？這種燈和屋子很不搭。快點向公司申請更換比較好，因為得按照申請先後排隊更換。」聽說女服務生信以為真，非常欽佩他，都贊成要更換，還說：「確實不方便，有很多人點燈睡覺，因為太亮而感到困擾。」

還有一次，因為有事[72]不知是前往門司還是馬關[73]時發生的事，更是有趣多了。

原本應該一起去的A男，因為發生一點事，讓田口在旅館內乾等了兩天。他百般無聊之餘，於是設下一個圈套來捉弄A男。當他走在街上，經過一家照相館店頭猛然想出一個惡作劇，他向照相館買了一張當地藝妓的照片，照片背面寫上「A先生惠存」，好像是隨函附上的贈禮。然後又雇用一個女人，給予充分的時間讓她寫出一封情文並茂，不但可以打動A男的感情，任誰看了都會露出喜悅的情書，不僅如此，還在信中寫著：「從今天的報紙上得知您明天應該會抵達此地，許久未問候，特地寫上這封信，請您讀完此信後，能夠到某處來相會。」可以說是一封相當親密的信。當晚，他就把那封信投入郵筒，翌日他自己就收到那封信，然後就等待A男的到來。A男一來，他卻遲遲不把信拿出來，一直非常認真又慎重和對方討論工作。到晚上同桌用餐時，才像突然想起來般，把放在袖袋的信交給A男。A男看到信封上寫著「火速親展」，把筷子放下，立刻拆開信，只讀了一下，就把信封內的照片拿出來，一翻開背面，急忙把整封信收進懷裡。田口問他：「是不是有什麼急事嗎？」他模棱兩可說聲：「不！沒什麼事。」又心不在焉地拿起筷子。洽談都還沒告一段落，說了「對不起，肚子有點痛」就這樣回到自己房間了。田口把女傭叫來並吩咐她，十五分鐘內A男大概會外出，當他走出門時，讓車子先在門口等，不必等他開口就讓他上車，然後照他的意思把車開到某家店門前，請他下車。而他卻比A男更早到那家店，一抵達立刻叮嚀老闆娘，等下就有一個長得如何如何的男子會乘車過來，那輛車上會掛著我住的那家旅館的燈籠，人一到就把他帶到一間漂亮的包廂，殷勤接待。在對方什麼話都還沒講前，妳跟他說「您的同伴等得很著急」後就退下，立刻來通知我。於是，田口吸著香菸，雙臂交握在胸，等待事情的發展。果然萬事如預先設計般順利進行，終於輪到他出場了。他起身走到A男的包廂隔壁，邊拉開紙門邊打招呼道：「來得真快啊！」A男頓時臉色大變，驚訝不已。田口坐在A男的前方，把自己的惡作劇一五一十講出來，還笑嘻嘻對A男說：「讓你受驚了，今晚我請客。」

「他就是這麼一個愛惡作劇[74]的人。」須永的母親話說完後，也覺得好笑而笑個不停。敬太郎在回家的途中，也在思考那輛汽車該不會是田口的惡作劇吧！

中島國彥　註

72 ある時用事が出來て：以下事件記載於明治四十四年七月二十一日的日記，所以是依據中村是公的惡作劇而來。

73 馬関：山口縣下關。「赤馬關」為源自古稱而來的俗稱。

74 飄気た：搞笑。滑稽。「飄気」為表現抓不到的借用字。

十四

自從汽車事件以來，敬太郎對想拜託田口找工作的事已經不抱希望完全死心的同時，對於那個假定是須永表妹背影的真相一直弄不清楚，卻有一種剛啟動就嘎然停止、使人感到不耐煩、拖拖拉拉的不愉快。不過，他自己也知道至今為止不曾有一件事是真正靠自己的力量完成。無論是讀書啦！運動啦！還是其他很多事，都不曾當真而努力貫徹始終。打從出娘胎以來，只有一件事算是從頭做到尾，那就是大學總算畢業了。其實，連這事也做得不起勁，只是窩在那裡被人家硬拉到終點，才不致在中途怠惰停滯，因此並無法感受到終於挖通井水的舒暢心情。

他在家中渾渾噩噩過了四、五天，突然想起學生時代，校方邀請某位宗教人士[75]來演講。那位宗教人士敘述自己對家庭、社會並沒有任何不滿，而是心甘情願當和尚。敬太郎看見人家遁入空門，無論怎麼思索都覺得非常奇怪。這個人說無論佇立在如何晴朗清爽的天空下，總覺得自己好像四面八方都被關閉般苦悶。雖然看樹、看房舍、看行人，都是鮮明而清晰，自己卻一直有種被關進玻璃屋內無法直接與外物接觸，以致如即將窒息般的痛苦。敬太郎聽到這些話，心中暗自懷疑這該不會罹患精神病[76]

吧！可是並未把這些事放在心上。不過這四、五天終日無所事事、窮極無聊之際，仔細思考後也發現，到目前為止自己本身從未感受到一件事被突破後的痛快感，感覺跟那個宗教人士還沒當和尚前的心情很相似。自己的感受當然比較膚淺，而且性質也不一樣，沒必要像這位和尚般明快果斷。只要自己稍微奮發努力，無論成功還是失敗，一定可以活得比現在痛快，可是自己從來就不曾用心做事。

敬太郎獨自思索，只要有工作無論到哪裡都好，但又有一種已錯過時機的感覺，就這樣毫無目標晃蕩了三、四天。其間，去過有樂座[77]、去聽落語、和朋友聊天、在街上閒逛。但是這一切就像去抓一個滑溜的東西般，手中握不住世上一點事物。他感覺自己明明想下棋，人家卻只願意讓他觀棋。話說回來，既然要觀棋，就得看一盤更有趣、更曲折變化[78]的棋局。

於是，敬太郎又開始想像須永和背影女子的關係。他想到也許兩人並不像自己腦海中胡亂染上的色彩般關係密切，自己忍不住嘲笑自己，真是多管閒事[79]，實在愚蠢。繼之一想，不！兩人之間一定有什麼，好奇心馬上又閃現出來。他認為假如自己稍微忍耐繼續向前走，也許會碰到前所未有的浪漫事物。又想到自己在田口家的玄關發脾氣，連對那背影女子也不想追究，這種急性子的個性和自己的好奇心真是不相稱，是一大缺點。

關於找工作一事，為了點細微錯誤就感到厭煩，縱使被抱怨幾句又如何？他心中很清楚，自己和田口家的門檻永遠無法一樣高。到底能否找到工作還不知道，現在事情進行到一半又中斷了，反而得為事件拖拖拉拉、沒有一個結果而苦惱。依須永母親的保證，田口老人不像外表那般不可接近，其實是一個親切的人。那麼也許旅行回來後，還會跟自己見面吧！如果自己主動再去詢問何時方便見面的話，那就是一個沒常識的傻瓜，只會被人家看不起。可是為能夠突破困局找到好工作，縱使被當作傻瓜，也有必要去突破吧！——敬太郎百般無聊，想了很多事。

中島國彥　註

75 或宗教家：雖然「某宗教家」的姓名不詳，這裡所謂「自己好像四面八方都被關閉」的感覺，漱石在後來的演講〈我的個人主義〉中，敘述自己年輕時候的體驗，提到「有種被關進囊中，有如窒息般什麼事都做不出來的感覺」。

76 神経病：已經在〈車站 六〉（八八頁）出現「連他都覺得自己的神經變得有些怪怪的」。從明治末到大正，「神經病」的用例很多，廣津和郎《神經病時代》（《中央公論》大正六年十月）算是一個頂點。《我是貓》「七」中，出現「原本主人就是左鄰右舍中有名的怪人，現在確實有人斷言他就是神經病」。

77 有楽座：明治四十一（一九〇八）年十二月一日，於麴町區（現在千代田區的一部分）有樂町二丁目的數寄屋橋北側開幕的劇場。翌年十一月，小山內薰的自由劇場上演易卜生的*John Gabriel Borkman*，成為日本近代戲劇的據點。漱石屢次前往有樂座觀賞戲劇。

78 波瀾曲折：變化，起伏激烈。

79 御切買：通常表記為「御節介」。

十五

然而，這件事和必得立刻作出重大決定不一樣，敬太郎焦慮擔心的背後，總覺得還有一種輕飄飄的悠哉感。到底該在這條路上一直走下去呢？還是就此打住，準備轉移新陣地呢？這個問題根本無須深究，原本從一開始就能簡簡單單解決。敬太郎之所以會猶豫不決，並非抽錯一次籤就無法脫離困境、一直倒楣下去，而是無論選擇哪一條道路都不會有重大影響，反而產生一種隨便都好的怠惰心。這就像讀書時打瞌睡的人，一方面努力對抗瞌睡蟲，一方面還要試圖把文字的意義清晰地輸入大腦般，想在悠哉的懷抱中孵化果斷的蛋，只會為無法順利孵出小雞而苦惱罷了。為避免這種優柔寡斷的藉口，他暗自想滿足自己的好奇心。於是，他有意找一個占卜者[80]以八卦來預卜自己的未來。他非常相信所謂加持、祈禱、護身符、消災解厄、巫俗[81]之類的事情，不但不認為那是不科學的迷信，甚至還抱持相當的興趣。從很久以前到現在，這些有關求神問卜的任何事情都不曾消失在他的成長過程中。他的父親本身就是一個精研風水方位、星象[82]而帶著神經質的人。記得在他還在讀小學時，某一個星期日，父親把衣服後擺摺進腰帶內，扛著鋤頭往庭院飛快走去。敬太郎不知父親要做什麼，於是就跟在後頭想一看究竟。父親對他說：「你就站在那裡，看著時鐘，一到十二點就要大聲告訴我。」父親準備挑好時辰才開始挖那棵位於西北方位[83]的梅樹。幼小的敬太郎知道又是那一套風水，時鐘剛一響，立刻大聲高喊十二點了。雖然順利完成使命，不過他認為父親既然那麼在乎挖掘的時辰，就應該把走不準的時鐘對準才對。敬太郎覺得迂腐的父親實在太好笑了，因為學校和家裡的時鐘相差將近二十分鐘。不過後來又發生一件事讓他不得不信，就是他去摘草的回家途中，被馬踢了一腳從土堤滾下去，竟不可思議地沒有受到任何傷。祖母非常高興說是地藏菩薩保佑，成為他的替身為他受傷。她拉著敬太郎走到有匹馬繫在旁邊的一座地藏菩薩前一看，石像的頭部已經不見了，只剩下圍兜。從那時候起，敬太郎的腦海裡留下一抹帶著神秘色彩的雲朵。那朵雲彩因身體情形和四周的情況，產生時而濃時而淡的變化，不過長大成人至今，這抹色彩卻是一直不曾消失。

因此，他認為這是自古流傳到明治時期的一種有趣職業，經常凝視路邊占卜師[84]攤位上所懸掛的弓燈籠。話雖如此，可也還沒熱衷到花錢去卜卦聽籤聲，只是在散步時總喜歡悄悄地佇立一旁，看著燈籠的光照射在婦人的憂愁臉龐。不知占卜師到底要給予那個未來布滿陰霾、心事重重的可憐人，怎樣的希望、不安或恐懼呢？敬太郎經常半是好奇、半是感興趣地，靜靜站在一旁偷聽。記得以前某個朋友經常為自己記憶力衰退而苦惱，正在猶豫是否參加考試，還是乾脆退學時，恰好有一個朋友從旅行地的善光寺寄來一張如來籤詩[85]，上方寫著「第五十五號 吉／雲散月重明／花發再重榮」。一看之後，那個朋友認為應該試試看吧！決定參加考試，結果順利地金榜題名。敬太郎常常乘興到處走廟拜神社，每到一處就抽支籤，其實他去拜神求籤並沒有特別目的。話說回來，敬太郎在平日肯定就具有成為占卜師顧客的傾向。面對當下的情況，他很想到哪裡去找慰藉，於是閃出不如去卜一卦的念頭。

中島國彥　註

80 売卜者：漱石好像比一般人更關注占卜之類的事，經常出現在各種作品裡。《從今之後》「六之三」中，「於是嫂嫂就贊成，說是一週前才前去占卜，判斷這人肯定有出息，所以認為沒問題」。有關漱石本身占卜的經驗，在《往事種種》「二十八」中，「離開學校當時，寄宿在小石川的某寺廟」時候的事情，「那裡的和尚」占卜說「你是往西再往西的命」。

81 加持、祈禱……：這些都是基於迷信認為可以消除病痛、災難的祈禱、咒語之類。

82 方位九星：以九星組合五行和方位來占卜人的運勢。

83 乾：西北的方位。

84 大道占ひ：在道路旁為人占卜。將竹子彎曲成弓形，上下掛著弓形燈籠，為其標記。

85 善光寺如來：長野市善光寺內的本尊阿彌陀如來像。自古就有很多參拜信眾。

十六

敬太郎心想到底要去哪裡占卜好呢？很不湊巧怎樣都想不出來。以前聽說白山[86]後方、芝公園內[87]、銀座幾丁目，有兩、三家占卜屋，可是那些過於風靡的占卜師很像騙子，所以提不起勁前往。另外那些明知自己在胡扯卻又裝模作樣講經說教的傢伙，就更別提了。假如可能的話，他希望找一處人不多的占卜屋，有一位長著鬍子、悠然自得的老爺爺，發出出人意表的警語，簡潔俐落地道破自己心中的疑惑。他邊想邊在腦海中，描繪起以前父親經常出門請教的一位住在故鄉一本寺的隱退和尚。突然不知道自己到底有沒有在思考些什麼？還只是枯坐而已呢？反正這種模樣實在太愚蠢了。總之，還是出去外頭走一走，也許命運之神就會牽引自己去撞上占卜師的招牌吧！於是起身，漠然地把帽子戴在頭上。

他已經好久沒來下谷的車坂[88]，從那裡往東直直走，看著左右兩旁櫛次鱗比的山門、佛具店、老舊的生藥鋪、具有源自德川時代布滿灰塵的破爛物品的傢俱店，他故意穿過東本願寺[89]，走到奴鰻[90]的轉角。

他小時候曾聽過熟知江戶時代淺草的祖父談起觀音菩薩[91]附近的繁華景象。商店街[92]啦！奧山[93]啦！林蔭道[94]啦！駒形町[95]啦！祖父講了很多故事，有些地名甚至連現代人都不知道。聽說廣小路[96]上有專供菜飯和醬烤串的雅緻餐館「隅屋」[97]、在駒形町的駒形堂[98]前掛著美麗繩門簾的「鰌屋」[99]等自古以來就很有名的餐館，也講了很多有關美食的故事。不過敬太郎認為最刺激的，還是長井兵助[100]的坐姿神速拔刀法、豆藏[101]的連吞小刀把戲、江州伊吹山山腳下那隻有四條前腿、六條後腿的癩蛤蟆[102]。那些收藏在二樓倉庫櫃子內的草雙紙的圖說[103]，剛好為小孩的想像作了說明。譬如：穿著單齒木屐蹲在小小的三寶台上，正要拔出比他身高還長的彎刀，還有盤坐在大癩蛤蟆上的怪盜兒雷也[104]不知正在使出什麼法術，以及拿著比臉還大的大型凸鏡的白髯老公公，坐在紫檀桌前，低頭俯視趴在地上[105]、結著髮髻的男人……，這些奇妙的人都是草雙紙中的場面，對敬太郎來說，淺草就是充滿奇妙想像的地方。因此，從小時候起，敬太郎腦海中的觀音堂寺的十八間正殿，就是被歷史中那光怪陸離[106]的色彩及煙靄所包圍著。到東京以後，那個奇怪的夢早已被徹底打碎。儘管如此，現在也還在思索，觀音堂屋頂上的鵠鳥[107]不知是否還在築巢呢！如果今天到淺草會發生什麼事呢？——這些想法讓他不自覺就往這邊走過來。但是從遊樂場[108]後方來到電影院前，對於熱鬧景象驚訝之餘，也知道這裡不會有占卜師。不過心中暗忖至少也得去撫摸一下賓頭顱尊者[109]吧！因為忘記尊者到底位在哪裡，於是走向正殿，只看到魚河岸的大燈籠[110]和源賴政降伏虎斑地鶇的畫[111]，立刻從雷門出來。依敬太郎的想法，從這裡走到淺草橋途中，總該有一、二家占卜屋吧！假如有的話，管它什麼都好，就進去吧！不然從高等工業學校[112]前轉彎，往柳橋方向穿過去也不是不可以。敬太郎的心情根本就像該到吃飯的時候就隨意到處去找飯館一樣。但是特意去找卻找不到，平常散步都會撞到占卜師的招牌，沒想到這麼寬大的街道上竟然看不個半個占卜師。敬太郎認為自己這個企圖，說不定也像以前的許多例子又會半途而廢。當他正感到有點失望時已走到藏前，好不容易終於看到有一家自己要占卜的店舖。細長的硬厚木板上寫著「占卜前程」，下方雕著白字的「文錢卦」[113]，最下方以紅漆畫了個鮮紅色的辣椒。敬太郎的目光，被這個奇特的招牌深深吸引。

中島國彥　註

86 白山：小石川區的地名。約在帝國大學西北方。

87 芝公園：位於芝區（現在港區的一部分）的公園。有芝增上寺。

88 下谷の車坂：下谷區車坂（現在台東區東上野）。現在的上野車站淺草口附近。從那裡往東走的道路上，有許多佛具店。

89 門跡：位於淺草區松清町（現在台東區西上野一丁目），為淨土真宗大谷派的東本院寺別院。

90 奴鰻：淺草區北田原町的一家料理店。

91 観音樣：指金龍山淺草寺。安置從隅田川網上來的一尊小觀音像。周圍為淺草公園，畫分為七區。

92 仲見世：從淺草寺雷門到寶藏門參拜道路兩旁連綿的商店。

93 奥山：從淺草寺境內到五區、六區一帶的俗稱。寺的後方，從江戶時代就有雜耍、戲曲演出，非常熱鬧。花屋敷和淩雲閣（通稱「十二階」，明治二十三年開業）也在此處。

94 並木：從雷門往南向駒形方向的道路。

95 駒方：淺草駒形町。接下來也寫成「駒片」。單行本《彼岸過迄》作「駒形」。漱石寫給為單行本校稿的林原耕三的書簡，提醒「形的讀音為『カタ』。非『ガタ』」（大正元年八月九日）這一帶，離漱石小時候和養父鹽原昌之助一起居住的淺草壽町十番地很近。

96 広小路：雷門前廣小路。

97 すみ屋：影射在廣小路專做奈良茶飯的「壽美屋勇八」。（武田勝彥《漱石的東京II》二〇〇〇年）。

98 駒片の御堂：駒形堂。膜拜馬頭觀音。

99 鰌屋：以「駒形的泥鰍」聞名的越後屋。有久保田萬太郎有名俳句歌吟「你現在 駒形一帶 喝泥鰍湯」。

100 長井兵助：住在代代藏前，以居合道招徠客人，販賣家傳牙粉和膏藥的街頭商人。漱石有「春風　永井兵助　人山人海」（明治二十九年），「拔出 長井兵助的太刀 春之風」（明治三十年）。

101 豆蔵：江戶時代，在淺草表演魔術、戲曲等的街頭藝人。

102 大蟇：傳說是住在伊吹山的「四六癩蛤蟆」。長井兵助等街頭藝人取這癩蛤蟆的油製成膏藥，所以具有特別功效。

103 草双紙の画解：江戶時代的大眾讀物草雙紙插圖的說明文。

104 児雷也：出現在草雙紙、歌舞伎、講古裡，會使出癩蛤蟆妖術的怪盜。亦作「自來也」。

105 平突張った：「這い蹲った」之誤。

106 妖嬌陸離：可疑。「陸離」為美麗豐饒、光線四射。漱石在寫到沙士比亞的《哈姆雷特》時，對於第四幕第三場哈姆雷特的言行，為「不可捉摸的光怪陸離」（參照岩波書店新版《漱石全集》第二十七卷）。

107 鵠の鳥：「鵠」為白鳥之意。

108 ルナパーク：**lunar park**，「月公園」之意。明治四十三（一九一〇）年九月，於淺草六區南端設立的美式遊樂園。以科尼島（Coney Island）的遊樂園為範本，有遊戲設施、禮品店和餐飲店等。翌年四十四年四月，火車活動館起火全部燒毀。秋天起部分設施又開始營業。

109 御賓頭顱：十六羅漢之一的賓頭顱尊者。這裡是指他的人像。在觀音堂右邊。

110 魚河岸の大提燈：魚河岸居民捐獻的大燈籠。

111 賴政の鵺を退治ている額：匾額上畫有《平家物語》中，描述源賴政射中紫宸殿上的鵺（虛構的怪獸）的故事。

112 高等工業：淺草區藏前片町（現在台東區藏前一丁目）的藏前高等工業學校。東京工業大學的前身。從淺草方面走來這裡往左轉，過隅田川那一帶就是柳橋。

113 文錢占なひ：「文錢」為文字錢的簡稱。江戶寬文年間，熔掉京都方廣寺大佛所鑄的銅錢。寬永通寶之一，背面刻有「文」字。利用文錢來占卜謂之。

十七

仔細一看，那是由一家藥材鋪隔開，在狹窄處又往外搭建[114]的小屋子，從屋內擺著七香粉袋看來，肯定就如招牌所示也賣辣椒也幫人家算命。敬太郎觀察後，悄悄地往這間搭得好像糕餅鋪的小屋裡頭窺探一下，屋內只有一個身材瘦小的老太婆在做女紅。在斗室內可以住人的地方，卻沒看到關鍵人物占卜師，他認為可能是丈夫有事外出，留下老婆看家。但是從店頭的隔間看來，也許裡頭和藥材鋪是相連的，所以不能斷然認為占卜師不在家。於是向前走了兩、三步，往藥材鋪那頭一看，既沒吊著八目鰻魚乾，也沒看見大龜甲擺飾，更沒看見那種把腹部弄空、放置五種顏料作為五臟的老式人形。當然，也沒看見像一本寺退隱和尚那樣留著鬍鬚的老爺爺坐在那裡。他再度返回掛著「占卜前程」、「文錢卦」招牌的門口，掀起門簾鑽進去。正在做女紅的老太婆放下手中的針線，從大眼鏡的上方盯著敬太郎看，只問了聲：「要占卜嗎？」敬太郎答說：「對，想占卜一下。占卜師好像不在家。」老太婆一聽，邊把膝上那些衣物收拾到角落邊招呼道：「請進。」敬太郎老實地照對方的話走進去，屋內雖然狹窄，倒也不是髒到無法居住，剛剛更換的榻榻米還散發出新草蓆的氣味。老太婆把鐵壺中的熱開水倒入茶杯，把香煎[115]茶端給敬太郎。然後搬出一張以前可能是擺藥箱的小桌子，桌上鋪上一塊素色呢絨布。老太婆把小桌子放在敬太郎正前面，又回到原來的座位說道：「我就是占卜師。」

敬太郎真是太意外了。這個紮著小小橢圓形髮髻，黑緞布領子的和服上披著樸素的條紋短外罩，專心做女紅，看起來純然就是一個家庭主婦的老太婆，令人無法想像她就是自己未來命運的預言者。他不可思議地盯著老太婆看，因為桌上既沒有卜籤、沒有算籌，也沒有面相用的凸鏡。老太婆從桌上的一個細長布袋中，嘎拉嘎拉地拿出九個有孔的古錢。敬太郎推測這約莫就是「文錢卦」的文錢吧！這九個文錢和冥冥之中操控自己命運的細線，到底有怎樣的關聯呢？他實在想像不出來，只能默默看著文錢上鑄出來的圖案和裝文錢的袋子，什麼話都沒說。那只袋子好像是以能樂服裝的碎布或裱褙剩布做成的，雖然金線還有些閃亮，但可能舊了，加上經年累月地使用，已經失去艷麗的色澤。

老太婆以和自己年齡不相稱的白皙、纖細手指，將九個文錢三個、三個地排成三列後，突然仰起頭問道：「占卜運途嗎？」

「哎呀！占卜我這輩子的運途也可以，不過當下該如何是好？那位握有決定權的人對我很重要，所以就問這件事吧！」

老太婆說了一聲：「是嗎？」之後，又問敬太郎今年幾歲，確認出生年月日。然後擺出一副正在推算的架勢[116]，一會兒屈指、一會兒思索，不久又以纖纖手指把三堆文錢重新排列。老太婆一下子把文錢的圖案面翻過來，一下子又把文字面翻過來，三堆文錢不斷變換順序及排列方式，敬太郎看著她那好似具有深遠意義的一切動作。

中島國彥　註

114 差掛：由母屋的屋簷往外搭建如廂房般。
115 香煎：小麥之類炒過，加入香料成粉狀。注入熱開水當成飲料。
116 案排しきで：……的樣子。

十八

老太婆把手放在膝蓋上一陣子，悶不吭聲，全神貫注凝視著古錢。不久好似神領意會般，對著敬太郎斷言道：「您正在猶豫不決當中。」敬太郎故意什麼話都不回答。

「您現在對於該前進呢？還是該停止呢？正在猶豫不決，這樣對您並不好。還是應該往前進，縱使一時並不滿意，到頭來還是會有好結果[117]。」

老太婆的話告一段落後閉上嘴，打量敬太郎的模樣。敬太郎一開始在心中暗自打定主意，無論對方講什麼，都只要「嗯、嗯」回答，什麼話都不說。可是老太婆這一句話，感覺讓自己渾沌不清的腦袋瓜，隨著對方的聲音驚鴻一瞥地閃出一個身影，他終於想對這個刺激做出反應。

「往前進會不會有可能失敗呢？」

「是的。所以盡量以平常心來看待。不要太性急。」

雖然敬太郎認為這句話並非占卜，只是適用於所有人的常識性忠告，不過老太婆的態度看不出有故作神秘的樣子。他更進一步問道：

「所謂往前進，該往哪個方向前進呢？」

「這個問題您應該非常清楚才對。我只能請您稍稍往前進，因為那樣才能趨吉避凶。」

如此一來，敬太郎不得不順水推舟說了一句：「原來是這樣啊？」

「但是有兩條路，我想問的就是到底該走其中的哪一條呢？」

老太婆再度沉默，盯著文錢看，以一種比剛才更沉悶的語氣答道：「兩條路都一樣嘛。」然後拿起剛才做女紅散落的線屑，從中挑選出較長的藏青色和紅色兩條線，就在敬太郎跟前巧妙地將兩條捻在一起。敬太郎認為她只是無聊消磨時間，並沒有特別留心。老太婆細心地捻成五、六寸長，放在文錢上方。

「您看，把它捻在一起，一條線等於兩條線，兩條線等於一條線，不是嗎？那是鮮艷的紅色和樸素的藏青色。年輕的時候總是想奔向鮮艷的一方，這樣並不好。可是您現在的情況就像兩條線捻在一起般相得益彰，正是走運的好時機。」

老太婆以絲線來做比喻倒是挺有趣，但是敬太郎被說正在走運，與其說是高興不如說感到很滑稽。

「那麼，您的意思是說假如往藏青色這條踏實的道路前進的話，其間也會閃出艷麗的紅色來嗎？」敬太郎以領悟對方意思的語氣問道。

「看起來應該就是那樣了。」老太婆答道。

雖然敬太郎打從一開始，就不認為光憑占卜師的一句話，就一定會得到非左或非右的明確指示，不過這樣就要回去的話，總覺得意猶未盡。老太婆所說的話，假如與自己心中的困惑完全沾不上邊，那就另當別論，但是就對方所說的意涵上，對自己當下的困境仍有足以供參考之處，以致敬太郎對此還想知道更多一點。

「您還有任何想告訴我的事嗎？」

「說到這裡，也許最近會發生一點事。」

「災難嗎？」

「倒不是災難。可是不小心防範，就要吃虧了。假如一有損失，恐怕就無法挽回了。」

中島國彥　註

117　末始終：最後。永遠。

十九

敬太郎的好奇心又被牽動了。

「到底是怎樣的事呢？」

「假如事情不發生的話就無法得知。但是並不是遭小偷或遇水災之類。」

「那該如何趨吉避凶呢？這也無法得知嗎？」

「倒也不是無法得知，假如您想知道的話，可以再為您卜一卦重新算一次。」

敬太郎沒理由不說「那就拜託了」。老太婆再次以纖細的手指巧妙翻動文錢，重新排列。對敬太郎而言，剛才的排列和現在的排列看起來都差不多，不過老太婆好像發現有什麼重大的差異般，每翻轉一個文錢都不再輕率地放回去。好不容易才把九個文錢一個一個仔細觀看後，才對敬太郎說道：「大致上已經算出來了。」

「那該如何做才好呢？」

「說到該如何，卜卦只是以陰陽之理顯現出大概輪廓而已，實際情況得靠當事人在事情發生時將這個大概輪廓一併考量外別無他法。這一卦是這樣的。因為您有一樣好像屬於自己又像屬於別人，好像長長的又像短短的，好像要出來又像要進去的物品，當事情發生時千萬不要忘記這一樣東西。假如能夠這樣的話，就可以逢凶化吉。」

敬太郎聽完後如墜五里霧中。無論陰陽之理怎麼顯現大概輪廓，老太婆的話宛如是連方位都無法分辨的濃霧。敬太郎心想管它是真話還是謊話，再讓她多講些話也許可以當參考，不過兩、三個問題的答問後，依然毫無所獲。敬太郎終於把這些好似禪師的夢話，當成以布巾包著的懷爐，揣在懷中走出大門。而且當他要出來時，還買了兩袋七香粉放進袖袋。

翌日，他面向小餐桌，打開冒著熱氣的味噌湯碗蓋時，立刻想起昨天的辣椒，從袖袋取出七香粉，把七香粉充分撒在湯上，忍著辣呼呼地把飯吃完。老太婆所謂的「陰陽之理顯現出大概輪廓」又在腦海中閃現，卻依舊如煙霧般模糊不清。不過他對卜卦的信仰並不是虔誠到非絞盡腦汁逼出謎底不可，所以不致因解釋不出卦中顯示的現象而焦慮苦悶。話說回來，他對尚未明朗化的部分感到有種微妙的趣味，想趁著還沒淡忘前把老太婆所講的話寫在紙上，放進書桌的抽屜內。

敬太郎把昨天老太婆的忠告，作為可否再次求見田口的解決手段。但是他認為自己並不是相信卜卦才行動，只不過是想行動才去找老太婆加深信心。他想去找須永問問看他的姨丈是否從大阪旅行回來了？但是汽車事件至今仍讓他耿耿於懷，實在提不起勇氣再度登門拜訪。這時候以電話來聯絡也很難啟齒，不得已只好寫信。大致上把前些日子講給須永母親聽的事情本末簡略描述後，詢問田口是否旅行歸來了呢？假如已經回來，雖然對方在百忙之中，如果方便的話，是否可以跟我見面呢？反正我每天都很閒，隨時都可以配合對方的時間前往。敬太郎的這種語氣，看起來已經把前些日子的怒氣通通忘得一乾二淨了。敬太郎寄出這封信的同時，預料須永應該會在隔天回信。可是過了兩天、過了三天仍然沒有動靜，他開始感到不安、煩躁，心想實在不該被占卜師的話所動搖，如今自取侮辱真是倒霉。敬太郎的懊惱中交雜著後悔。沒想到第四天上午，突然接到田口的來電。

二十

敬太郎一接電話，出乎意料竟然從話筒傳來田口的聲音，對方只簡單問一句：「現在可以立刻過來嗎？」敬太郎答說：「好，立刻出門。」又覺得這樣就把電話掛斷，未免太粗魯不夠殷勤，便又客氣問道：「須永君已經跟您說過了嗎？」對方答說：「是啊！市藏已經把你的希望告訴我，麻煩你直接過來和我談一談。我在家等候你，請立刻過來。」話一說完就把電話掛斷了。敬太郎照例穿上和服裙褲，暗忖這次的情況看來比較好。然後從帽架上拿起最近才買的禮帽，帶著對未來充滿希望的表情，高高興興踏出家門。外頭曾經一度結滿的白霜已被陽光融化，寒風尚未吹襲，太陽照射下的街道顯得恬靜。敬太郎坐在穿街而過的電車上，感覺有如浴光前進。

田口家的玄關和上次不一樣，顯得靜悄悄。當穿著和服裙褲的應門書生現身時，敬太郎感到有點不好意思，卻也說不出「上次實在很失禮」這種話，只得裝作若無其事，客氣地說明來意。書生不知是否記得敬太郎，只說了一聲「喔」，接過名片就往裡頭走去，不久返回說了「請進」，就引著敬太郎進客廳。敬太郎換上應門人擺在前方的室內拖鞋，像個客人般跟著走進去，客廳上擺著四、五把椅子，有些猶豫不知該坐哪一把才適當。他認為謙虛地坐最小的那一把準不會錯，所以選了沒有扶把、沒有任何裝飾、看起來最不起眼的椅子，而且故意只坐在椅面邊緣。

不久，主人走出來了。敬太郎以自己不習慣的慎重敬語，向對方致上初次見面的寒暄和表達會面的謝意，主人只是漫不經心地「嗯、嗯」應酬幾聲。無論自己停頓幾次，對方總沒開口講些話。雖然他對主人的態度還不到失望的程度，可是自己也沒辦法隨心把客套話一直講下去。大致上，把腦海中的寒暄語全部講完後，只能彆扭地悶不吭聲。主人從菸盒拿出一根敷島牌香菸，稍稍把菸盒往敬太郎那方推一下。

「市藏已經把你的事稍微跟我講過了，你究竟希望找怎樣的工作呢？」

其實，敬太郎並沒有特別的希望，只想找一個相當不錯的工作。被對方如此一問，只能愣住，不得不回答：

「我對任何工作都抱著希望。」

田口忍不住笑出來。他露出愉快的表情懇切地告訴敬太郎，現在大學畢業生的人數日增，縱使有人關照也未必能夠在一開始就找到好工作。不過，這些事根本不勞田口再次教誨，敬太郎已經深切體會了。

「我什麼工作都願意做。」

「雖說什麼工作都願意做，總不能到鐵路局去剪票啊？」

「不。也可以去剪票。總比到處遊蕩好。只要有未來性的工作，我真的什麼都願意做。只要能夠脫離天天遊蕩的痛苦就可以。」

「假如你有這種想法，我就可以好好留意。但是並不是立刻就能夠成功。」

「謝謝。——請您先試用一下，譬如您府上的事。——這樣說有點奇怪，就算您的私事也可以，請您吩咐。」

「連那些事也有意做做看嗎？」

「是。」

「那麼，說不定有什麼特別的事情要麻煩你。任何時候都可以嗎？」

「對，都可以。請盡早吩咐。」

敬太郎結束這場會面後，帶著朗爽的神情走出大門。

二十一

平靜的冬日又過了兩、三天。敬太郎從三樓房間眺望窗外的天空、樹木及屋頂上的瓦片，整個大地被和煦的陽光染成橙黃色，感覺太陽好像是為自己才把這世間照耀得暖洋洋般令他非常愉快。他深信上次的會面後，近日內必定會有一個好結果落到自己頭上。那個結果會以怎樣的奇異形式，出現在他的眼前呢？這是他每天生活中最期待的事情。他懇求田口幫忙找工作，還包含超出一般求職者的請託事項。他不僅希望找到固定工作，還期待田口交給他一些充滿刺激的臨時交辦事情。就他的個性而言，假如有一點成功的影子閃過，大抵就認定將有不同於普通雜務、精彩絕倫的特別任務突然降臨在自己身上。因為抱著那樣的期待，所以他每天都沐浴在美好的陽光中。

如此過了四天，田口又來電話。說是有點事情想拜託，但是特地要你跑一趟又不忍心，用電話講太費事又麻煩，無可奈何之下，寄了一封限時專送[118]的信出去了，看完信就知道詳情。假如有不明白的地方，打電話來問就可以。敬太郎聽完電話後，就像平日以望遠鏡把遠處不清楚的景物對準，一下子變得很清晰般大為雀躍。

他寸步不離地坐在書桌前等待限時專送。其間照例天馬行空地想像，不斷猜測田口所謂的事情到底是什麼呢？馳思之間，連在須永家門口看到背影的那個女子，也不意鑽進他的腦海中。猛然驚覺自己應該思考些更實際的事情，不禁暗自指責自己總愛胡思亂想。他的情緒就在這種焦慮的狀態中起伏。

不久，讓他等得如鍋中蟻的信終於送達手中。他「唰」一聲撕開信，迫不急待先把信從頭到尾讀過一次，忍不住輕輕地叫了聲「啊」。因為交付的工作比他自己胡思亂想的還要浪漫。信中的詞句簡單扼要，除交待事項外沒有其他贅言。信中提到今天下午四點到五點之間，有一個四十來歲的男人會從三田方面搭電車，在小川町車站下車。那是一個頭戴黑色禮帽[119]、身穿小白點黑外套、長臉、身材高瘦的紳士，最大的特徵就是眉心之間有一顆黑痣。希望能把這男人下車後兩小時的行蹤向他報告。敬太郎第一次有種自己即將擔任偵探小說中，歷盡險境的主人公的心情。繼之一想，他不禁開始對田口起疑心，難道他是為了獲取自己的社會利益，暗中掌握他人的把柄，以備後日之用嗎？想到這裡，他覺得自己好像別人的走狗[120]般被侮辱和不道德，腋下不禁流出羞愧的汗水。他手拿信函，一動也不動地直視前方。不過想起須永母親談起田口的個性，並和自己和他見面的直覺印象歸納起來，田口絕不是那般惡質的人，縱使他去窺探別人的隱私[121]，未必就是要去做卑鄙的事。幾經判斷後，僵硬的肌肉底下，溫暖的血液又開始流通，那種要去做缺德事的感覺立刻雲消霧散，反而還能從容、興致盎然地去審視這件事。他要將這件事作為自己接觸社會的第一次經驗，總而言之，一定要依照田口的交待把工作完成。他再次把田口的來信重新讀過一次，然後把信中所寫的特徵和條件好好確認，希望能在實際上獲得滿意的結果。

中島國彥　註

118 速達便：當時東京市內，寄信的話可以在當天送達對方，「速達便」更快，數小時內即可送達。速達便的制度始於明治四十四年二月。

119 黑の中折：「中折」為中央凹下的禮帽。Soft。帽頂中央縱向凹下、有帽簷的毛料帽子。一三九頁有「沒有人戴那種正規正矩的禮帽」，茶色為當時主流，黑色較罕見。

120 狗：密探。

121 內行：家裡的事情。私生活。

二十二

從田口得知的特徵中，真正不離身的只有眉心之間的那顆黑痣而已。日漸短的今天[122]下午四、五點，天色已經微暗，要從眾多下車的乘客當中，憑局部臉上的那一點特徵作為目標找出那個男人，實在不是一件容易的事。尤其四、五點之間，正是政府機關下班的尖峰時刻[123]，光是從丸之內搭乘唯一的電車線前往神田橋[124]的公務員，就不是一筆小數目。而且小川町和其他車站不一樣，由於年關已近，店家為增加買氣，除在店門口點亮燈光外，還會擺設些帷幕、戶外演奏、留聲機等，所以買客的混雜情況也得一併考量。想像這些情景後，不得不懷疑光靠自己一個人，事情是否可能成功。話說回來，只要看到身穿小白點黑外套、頭戴黑禮帽打扮的人，可能就是自己要找的那個人，想到這裡又重燃一縷希望。當然僅僅只有小白點黑外套，無論如何也無法成為線索，可是頭戴黑禮帽的話，因為現在大家都喜歡戴較新穎的帽子，沒有人戴那種正規正矩的禮帽，應該可以一眼就認出來。只要留意這個目標的話或許就會成功。

如此思考的敬太郎，認為無論如何得先到車站實地勘察一下。一看時鐘，才一點而已。他決定三點半前抵達，三點左右出家門就綽綽有餘，所以還有兩小時的空檔。

他打算在這兩小時作最有效的運用，於是一動也不動坐在那裡。眼前浮現的，只有美土代町[125]和小川町構成的丁字形交叉路口[126]處人山人海的雜沓情景。雖然如此，卻想不出一個最好的致勝絕招。他愈想，整個思緒就愈被牽引到同樣的地方而不知該如何靈活應變。這時候，他擔心見不到目標人物所伴隨的不安，突然充斥整個心頭。敬太郎心想不如趁著這段時間，索性到外面走一走。下定決心後，兩手貼在桌緣，作勢要起身的途中，想起上次在淺草占卜時老太婆提醒的話：「最近會發生一點事。當事情發生時千萬不要忘記這東西。」儘管他幾乎已經把老太婆這種如一團迷霧的話拋到九霄雲外，不過為了把老太婆的話拿來當參考還特地記下來，放在書桌的抽屜。於是，拿出那張紙條，不厭其煩反覆讀著所謂「好像屬於自己又像屬於別人，好像長長的又像短短的，好像要出來又像要進去」的句子。剛開始時，仍然像以前一樣實在看不出有何涵義，反覆讀過幾次後，漸漸覺得只要耐心地思考，具有這種奇異特性的東西也許就能被想出來吧！而且敬太郎又想起老太婆提醒的話：「那是屬於你自己的東西，萬一碰到什麼情況，千萬不要忘記。」因此他認為無論什麼都好，只要從自己身邊開始找那件好像屬於自己又像屬於別人，好像長長的又像短短的，好像要出來又像要進去的東西，縮小到比較狹窄的範圍內，這問題理當可以解決，也許會出人意料地迅速找出來。因此，他決定好好利用這兩小時，徹底解開謎底。

然而，首先從眼前的書桌、書本、毛巾、坐墊，依序一件一件找到行李箱、襪子等，卻沒有一樣符合。這樣就已經過一小時了。隨著焦慮的心情，他的腦子也變得很亂。他的思緒沉不住氣地在房間內東轉西轉，甚至已經控制不住地跑到戶外。不久，有一個身穿小白點黑外套、頭戴黑禮帽的高瘦紳士清楚地出現在眼前，那個人具備他即將尋找的目標的所有特徵。仔細一看，那張臉瞬間刻在大連的森本臉上。當他以想像之眼眺望長滿邋遢鬍鬚的森本容貌時，突然有一道電流襲過來般「啊」地叫了一聲。

中島國彥　註

122 日の短かい昨今：因為設定的時間點為年底十二月，所以一過下午四點，天色已漸暗。明治四十四年十二月一日日落時間，為下午四時二十八分。

123 役所の退ける刻限：《門》一書中敘述在某公家機關上班的宗助，為「早上出門，四點過後回到家的男人」（一之二）。

124 神田橋：架在麴町區和神田區境內外城濠上的橋。當時的官廳大部分設在麴町區丸之內，從神田方面往小川町的市電車路線（三田線），因為從官廳下班等人很多而非常混亂。

125 美土代町：神田區美土代町。計有四丁目。

126 丁字になって交叉している三つ角：現在這個交叉點已成為十字交叉，當時為丁字形。

二十三

雖然「森本」兩字早就成為向敬太郎傳遞奇怪回響的媒介，最近更完全提升、幻化成一種符號。甚至一提到這男人的名字，必然就會聯想到那根手杖，縱使手杖可解釋為連繫兩人之間的緣分，或許也可以看成是夾在兩人當中的障礙物。總之，森本和那根竹手杖還是有某種距離，並非一口氣就能從一邊轉移到另一邊，可是現在卻已二而合一，一說到森本等於是在說手杖、一說到手杖等於是在說森本般，強烈地刺激敬太郎的大腦。他受到這種刺激的腦袋中，熱血流過，偶然浮起「好像屬於自己又像屬於森本所有，卻無法斷定到底屬於誰」的概念時，他高聲叫喊：「啊！就是這個啦！」從眼前胡亂逃竄的黑影子當中，緊緊抓住那根手杖。

敬太郎相信老太婆所謂「屬於自己又像屬於別人」的謎終於解開了，獨自一人喜孜孜。但是他還沒想出「好像長長的又像短短的，好像要出來又像要進去」的謎底，他重新鼓起士氣，想從手杖中找出等於這兩條特性的蛛絲馬跡。

一開始，敬太郎認為也許「好像長長的又像短短的」是在描述外表。試著更深入後，發現這樣未免過於平凡，感覺有解釋和沒解釋都一樣，只好又向後退，邊在口中反覆唸幾次「好像長長的又像短短的」，一邊思索。不過卻不是那麼容易就能解決。一看時鐘，可以自己支配的兩小時，只剩下三十分鐘。他原想抄小路、走捷徑，結果竟然走進死巷，正在為這種自作自受的狀態感到苦悶時，他對於自己的判斷開始擔心起來了。他也考慮到既然已經無路可走[127]而呆站，不如重新再來，找出一條新的道路。但是，時間已經逼近，想從頭再來已經來不及了，事到如今不如將它當為成功的起始點[128]，努力往前突破才妥切。當他還在不知哪個才好，胡思亂想中，他的思考突然抽離整體的手杖，轉移到雕刻出來的蛇頭握把上。一瞬間，他下意識將鱗光閃閃的細長蛇身和好似湯匙前端的蛇頭相比較，沒有身體的鐮刀形脖子，理應很長卻被切得很短，頓時覺悟到這不就是「好像長長的又像短短的」嗎？這答案好像閃電般閃過腦海的深處，他得意到忍不住雀躍起來。最後剩下這句「好像要出來又像要進去」，一點也不費事，不到五分鐘就解開了。蛇嘴巴裡不像雞蛋又不像青蛙、很難形容的東西，一半在嘴巴裡，一半在嘴巴外，吞不進去又吐不出來，所謂「好像要出來又像要進去」的狀態自然就浮現出來，立刻能夠判斷謎底就在這裡。

至此，敬太郎認為萬事已經圓滿解決，跳也似地離開書桌，將懷錶的鍊子扣好，手持帽子，連和服裙也不穿就走出房間外。不過無論如何都想帶出去的手杖卻有一點問題，這讓他感到頗為猶豫。森本把它丟在那裡已經很久了，今天縱使事先沒跟房東說一聲，也不用擔心被責備或被懷疑。但別說是用手摸手杖，就算把它從傘架拿出來也得費一番苦心或稍作準備，因為必須趁房東夫婦不在或沒看到的時候把手杖帶出去。敬太郎從小就生長在充滿迷信的家庭中，住在鄉下時經常聽母親提起，說要碰觸符咒加持的物品（當下就是為使用在這種目的），一定得偷偷地不能讓人家看到才有效力。敬太郎往下走到二樓的樓梯間，假裝要看掛在屋子正面的時鐘，暗中窺探樓下的情形。

中島國彥　註

127 出端：端緒、開端。剛好要開始的時候，或場合。
128 縁喜：前兆。好預兆。

二十四

房東坐在六疊大的起居室，如往常抱著瓷製大圓火盆。敬太郎根本沒看到房東太太的影子，在樓梯中途彎著腰，透過玻璃窺探拉門內的情形。房東頭上的鈴聲突然大響，房東仰頭邊看房間號碼，邊對著隔壁房叫道：「喂、喂，有誰在嗎？」敬太郎趕緊返回自己三樓的房間。

他特地打開櫥櫃，拿出丟在行李上的斜紋嗶嘰和服褲裙。他穿上時，讓後腰裙襬拖在地上，在房間內轉了一圈，然後脫掉和服短布襪，換上普通襪子。如此換裝後，他又從三樓走下去。再度窺視起居間，依然看不到房東太太的影子，也沒看到女傭。這次電鈴不再響了。整間屋子靜悄悄。只有房東依然靠著大圓火盆，面朝樓梯口一動也不動坐在那裡。敬太郎慢慢走到樓梯的最後一階，從高處斜著看見房東弓成圓形的背，雖然覺得還不是好時機，終究還是下定決心走出樓梯口。房東果然打招呼道：「您要出門啦？」隨即照例想叫女傭把放在鞋櫃的鞋子拿出來。敬太郎為了要避開房東的眼光已經煞費苦心，心想叫女傭出來又怎能應付呢？於是邊說「不必，我自己來」，邊掀起鞋櫃的垂簾忙不迭地拿出鞋子。幸好在他走到地面時，女傭都沒出來，可是房東依然面向這邊。

「是不是可以麻煩一下。幫我把放在房間書桌上的那一本本月號的法學協會雜誌[129]拿下來，好嗎？因為已經穿好鞋子，還要上去很費事。」

敬太郎知道房東多少懂點法律，故意這樣拜託他。房東清楚除了自己外，無人可以幫忙做這件事，爽快說聲：「好啊！」立刻起身上樓梯。敬太郎趁著這空隙趕緊從傘架抽出手杖，塞進短外罩內，在房東還沒返回前悄悄地走出大門。他把手杖彎頭夾在右腋下，匆忙來到本鄉的大馬路，才把塞在短外罩內的手杖拿出來，一直盯著蛇頭看。然後取出袖袋內的手帕，從上往下把塵埃擦拭乾淨，才把它當成一般手杖，右手握著並使勁揮動。坐在電車上，雙手重疊握住蛇頭，把下顎托在手上。心想總算告一段落，回顧自己的努力，才鬆一口氣的同時，開始擔心現在自己前往指定的車站，到底能不能完成任務呢？仔細一思考，自己費盡心思好像偷竊般把這根手杖帶出來，到底該如何才能讓它成為識別位在眉心之間的一顆黑痣的助力呢？但是這種事根本不是自己所能預料的，自己不過是依照老太婆所說，努力找出一樣「好像屬於自己又像屬於別人，好像長長的又像短短的，好像要出來又像要進去」的物品，然後記得把它帶出來而已。這根看似怪異卻平凡且無足輕重的竹竿，丟在一旁也可以、拿起來也可以、握在手中也可以、藏在袖子也可以，在尋找未曾謀面者這件事上，到底能夠發揮什麼功能呢？他感到疑惑的一時之間，竟然像抖落瘧疾[130]般豁然開朗。雙眼環視一下車內，他忽然對自己剛才急如風火和煞費苦心的努力感到羞恥。他為掩飾自己的所作所為，故意拿起手杖，輕輕地敲著電車的地板。

不久，他來到目的地，先從青年會館[131]前折回，來到小川町的大馬路，在離四點還有十五分的空檔，穿過人群和電車的響聲走到馬路對面。那裡有一間派出所。他和站在派出所前的警察擺出同樣姿勢，從紅色郵筒旁凝視筆直往南的大馬路[132]，以及左右兩側彎過來形成平緩弧線的寬廣街道。他大致上檢視了自己即將活躍的舞台後，準備開始確認車站的所在地。

中島國彥　註

129 法学協会雑誌：明治十七（一八八四）年三月創刊的法學協會機關誌。
130 瘧を振ひ落した人：「瘧」，為瘧疾、惡性流行病。從夢魘狀態中醒過來的人。
131 青年会館：位於神田區美土代町三丁目的東京基督教青年會館。現址為YMCA會館。約在敬太郎下車處前一帶。
132 真直に南へ走る大通り：從小川町往神田橋、日比谷方面的「神田橋大街」。

二十五

敬太郎看到距離紅色郵筒東方約十一、二公尺[133]的地方，有一根以白漆寫著「小川町車站」的鐵柱[134]。他認為只要站在那裡等，就算來往人群混亂而漏掉那個目標人物，只要自己事先在預定時刻部署妥當，就已經占有優勢，至少在心情上也比較安心。他的目光短暫離開目標物的鐵柱，環視一下周邊的光景。他的正後方有一棟倉庫結構的陶瓷店，有一個擺滿小杯子的箱子掛在屋簷下，看起來好像匾額。那裡還掛著一個鐵製大鳥籠，籠子外頭綁了好幾個陶耳罐。陶瓷店的隔壁是一家皮貨店。這家店的主要裝飾是一張周邊滾著紅綾羅紗，眼睛、爪子都栩栩如生的大虎皮。敬太郎靜靜佇立店外，凝視好似琥珀的老虎眼睛。他還看到一條以細細長長的皮革做成的圍巾，有一端還有一張好像豆狸的臉，實在很滑稽。他拿出懷錶邊算時間，邊走到下一家店。他從那家珠寶店的玻璃窗，看到有瑪瑙刻成的兔子、紫水晶做成的方形印章、翡翠的髮飾[135]、孔雀石的束口墜子[136]、金戒子及手鍊[137]等擺得琳瑯滿目。

敬太郎如此一家店挨一家店地走走看看，不知不覺過了天下堂前的馬路，來到一家木具行。這時候，從後方駛來一輛電車，突然停在自己正在步行的道路對面，心中產生一種說不準的疑惑，於是斜穿過馬路，走進小巷子轉角一家賣外國貨的商店旁一看，沒想到這裡竟然也豎著一根鐵柱，和剛才看到的那根一樣以白漆寫著「小川町車站」[138]。他為謹慎起見，站在轉角等候兩、三輛電車停靠。最先來的一輛從「青山」發車，接著是從「九段」、「新宿」發車，全部都是從萬世橋方向開過來的電車，這下子總算才放心。他正打算走回原來的地方，就在他轉身起步時，有一輛從南邊開過來的電車在美士代町的角落回轉，又停在敬太郎身旁。當他看到司機頭頂上方掛著斗大的「巢鴨」[139]兩個黑字，才察覺自己的粗心大意[140]。原來從三田方面出發、穿過丸之內、要在小川町停站的電車，可以直接開到神田橋大街的盡頭左轉，也就是在現在敬太郎佇立的地方下車，向右轉也可以在剛才實地勘查過的陶瓷店前方下車。既然兩邊同樣以白漆寫著「小川町車站」，等一下自己要跟蹤的那個戴黑禮帽的人，到底會從哪一個車站下車呢？敬太郎完全無法判斷。他目測兩根紅鐵柱之間的距離，應該不到一百公尺[141]，儘管相距不遠，但是他想專心盯住一個車站都沒把握，無論如何高估自己的能力，也沒辦法嚴謹而不出錯地盯梢兩個車站。由於住處的地緣關係，通常都是搭乘往返本鄉和三田之間的電車，從巢鴨經過水道橋同樣可以抵達三田的電車線，至今竟然都沒注意到，敬太郎不得不懊惱自己的糊塗。

他實在束手無策，甚至想要向須永求助。不過離四點只剩七分鐘，雖然須永就住在相隔不遠的後街，算一算跑到他家門口的時間和把事情的來龍去脈講清楚的時間，怎麼都來不及。就算來得及，拜託須永幫忙守住一個車站，假如那個紳士從須永那邊下車，他要用什麼方法來通知敬太郎呢？因為在雜沓的人潮中，舉起手或揮手帕可能都行不通。若要確實讓敬太郎知道人已經來了，恐怕得以嚇到路人的高聲叫喊才行，可是對於須永這種愛面子的人，肯定不願意做出那麼離譜的事來。萬一他願意硬著頭皮做，自己從這邊跑到那邊後，說不定那個戴黑禮帽的重要人物已經走得無影無蹤了。——如此一想，敬太郎不得已，決定聽天由命選擇守住其中一邊。

133 五六間：約十公尺。一間約為一・八公尺。

134 白いペンキ小川町停留所と書いた鉄の柱：當時電車站的標示，以紅漆塗鐵柱上、以白漆寫上站名。《從今而後》「二之五」中，有「豎著紅色鐵棒的車站」。

135 根懸：日本髮型插在髮髻上的髮飾。以寶石或金屬之類等各種材料做成。

136 緒締：以石類、獸角或金屬做成的手工藝品，繫在繩子上可用來束住袋子口。

137 リンクス：links，做成圓圈形的裝飾品之類。

138 小川町停留所：小川町的西乘車處。從萬世橋方面開來往新宿（經九段下、四谷見附）或往青山一丁目（經四谷見附、鹽町）都在這裡停車。下一行的「九段新宿」等，為表示電車前往的地點。從三田方面往巢鴨的電車，也是在這個西乘車處停車。

139 巣鴨：從三田經由小川町、神保町，往巢鴨的路線。電車從「巣鴨」發車。

140 自分の不注意：指從三田方面來小川町的乘客，由於搭乘路線不同，不知在東邊還是西邊的乘車處下車。《彼岸過迄》執筆時，正是市電車突然蓬勃發展時，也是市電車的路線變得非常複雜的時期。雖然市電車很便利，不熟悉的人卻很容易迷路。東京旅遊手冊之一《東京案内》（大正三年，實業之日本社）書中，闢有「電車的搭乘方法」一項，記載如下。「車掌親切把車票遞過來，這次問道：『要換車嗎？』到這裡就很重要，這時候應該告訴車掌，自己想要前往的地名。除了讓對方非常清楚自己要換車外，也要說出前往的地點。這樣子的話，車掌就會遞給乘客一張有二、三箇所被剪的細長換車券。這張換車券上印有許多換車地點和時間，車掌會用票剪依情形在時間的一箇所和換車地點二箇所，剪下三箇所。換車地點的二箇所，其一為前往的地點，其二為非換車不可的地點。仔細看清楚後，只要注意換車地點，不要弄錯的話就可以順利換車。」另外，永井荷風《收帳》（《三田文學》雜誌，明治四十五年二月）主人公阿葉，從銀座尾張町想要搭電車，遇到朋友，有如下的交談。「阿姐要去哪裡……？」「去大久保啦！聽說搭乘前往新宿的電車，就在這裡搭車吧！」「新宿……，那要到對面啦！阿姐，對面。要到對面搭車啦！」「啊呀！」

141 一町：一町（丁）為六十間，相當於一〇九公尺。

二十六

雖然他已下定決心卻是一動也不動地站在原地，簡直就像在偷懶，又好像故意把成敗置之度外，心中不由產生一股不安。他伸長脖子，又往東邊的車站望過去。不知是地緣關係？方向關係？還是因為自己一直都習慣在那邊上下車呢？總覺得那邊看起來比較順眼，也覺得自己要找的人比較可能從那邊下車。他覺得還是到那邊去盯梢比較好吧！正在猶豫不決難以下決定時，一輛開往江戶川的電車[142]慢慢停下來。車掌確認無人要下車時，立刻又要發車。敬太郎背對著穿過錦町[143]的小巷子，還在猶豫到底該留在這邊還是走到另一邊，以致幾乎沒察覺到眼前這輛車的到來。這時候，有一個男人從錦町衝出來，把敬太郎推開，飛快地衝進司機已經開始轉動方向盤的這輛電車上。敬太郎驚魂未定，電車發出沉重的「咕咚」一聲就開動了。跳上車的那個男人半彎著身子，從玻璃門向敬太郎說了聲「對不起」。敬太郎和那男人四目相接後，對方的視線最後落在自己的腳底下。原來剛才對方推開敬太郎時，把他拿在手中的手杖給踢飛而掉落在地上。當敬太郎彎下腰，打算把手杖撿起的同時，他不意發現手杖的蛇頭倒向東方，感覺那個蛇頭正像在指示[144]自己該往哪個方向走。

「果然還是東邊才對。」

敬太郎快速走回陶瓷店前。他站立此處，決心要把從本鄉三丁目來的電車走下來的乘客，一個不漏地看清楚。剛開始時，他以如看待殺父仇敵般的可怕眼神盯著從電車走下來的乘客，兩、三輛過後，隨著心情的鎮定，意志越來越堅強。他把前方眼光所及的廣場當成一個舞台，發現舞台上有三個男人和自己抱持一樣的態度。其中一人是派出所的警察，他和自己朝著同樣的方向站立，另一個是天下堂前的轉轍員[145]，第三個就是一名站在廣場正中央揮著宛如象徵神聖的綠旗和紅旗[146]、極具判斷力的中年男人。敬太郎認為這幾個人當中，可能只有警察和自己正在等待不知何時會發生的事情，在眾人眼中看起來想必是一副窮極無聊的模樣吧！

電車一輛接一輛停在他面前，乘車的人硬要擠進那個狹窄的車廂，下車的人立刻威猛地從上方壓下來。敬太郎看著一群群不知從何處來的男女聚聚散散，在自己眼前一次又一次上演著爭先恐後的粗魯劇碼。但是怎麼等也等不到他的目標物——那個戴黑禮帽的男人出現。一想到那個人說不定已經從另一邊下車，自己還直挺挺站在這裡，眼睛對著那些不相干的人不斷游移掃射，這種舉動看起來必定十分愚蠢。敬太郎覺得自己剛才坐在書桌前太過於熱衷思索老太婆所說的話，真應該把浪費掉的那兩小時拿來和須永好好商量，並且設法得到他的協助，這才是符合常識的做法。當敬太郎懊惱地在嘗這個苦果時，天空漸漸失去光彩，映入眼中的景象全部變得灰白。陰鬱的冬日傍晚，一盞一盞瓦斯燈和電燈的燈光開始點綴在店家的玻璃上。敬太郎猛然發覺距離自己約兩公尺處，佇立一位梳著「庇髮」[147]的年輕女子。每當乘客在上下車時，他都會將警覺的餘光向左右掃一下，發現這名不知何時靠到附近的婦人，第一個反應就是驚訝不已。

中島國彥　註

142 江戸川行の電車：從須田町經小川町往神保町方面，直接前往江戸川橋的市電車。「江戸川橋」才是正確的站名。
143 錦町：神田區錦町。計有三丁目。
144 指標：finger post，路標。
145 ポイントマン：pointsman，路線的轉轍員。當時以手動來切換路線。
146 青と赤の旗：信號手所持的旗子。當時沒有信號器，以人來處理電車的通行。
147 廂髮：一種西式束髮的髮型。流行於女學生之間。

二十七

女子穿著一件和她年齡相稱、長到幾乎拖地的樸素大衣。在敬太郎的想像裡，大衣裡頭是年輕艷麗的肉體。女子佇立那裡，好像故意將世間置之於外地把自己包起來，連襯衣的領子都以一條白綢圍巾隱藏起來。隨著夜色漸漸低垂，除了那一條綢布圍巾的純白色[148]浮現在空氣中外，女子全身上下無一處可以引人注目。但是這個毫不把時節放在心上的單一顏色，正顯示當事人的品味，敬太郎覺得這種打扮格外顯眼。因此，與其說他是在天光逐漸消失的寒冷天空下遇到一個不協調的異物，毋寧說是在漆黑的馬路上發現一團清澈的銀光，才注意到這名女子的頸部。女子感受到從敬太郎正面而來的視線時，有意識地改變身體的站立方向。儘管如此，她好像還是心神不寧，右手舉到耳邊，把掉下來的鬢髮往後撥。原本女子的頭髮就梳理得很整齊，因此映入敬太郎眼中的這個舉止只是故作嬌態[149]，看到她的手時不由再度被吸引。

女子不似一般日本女性般戴著絲綢手套，而是戴著合手的羊皮手套，把纖細的手指恰到好處地包起來。而且皮膚和羊皮緊貼在一起，沒有一點皺褶和鬆弛，看起來簡直就像手背上抹了一層有顏色的蠟。敬太郎注意到女子舉起手時，那個手套把她白皙的脖子遮住三寸之多。看到這裡，他又把眼睛轉向電車。在上下車的一片混亂之後，期待的人依然沒出現，他的心情又放鬆一點。雖然他沒有執著到想利用這機會，但是每當電車通過後的空檔，一直都以不被對方察覺的視線留意那個女子。

敬太郎起初以為女子可能要搭乘「前往本鄉」或「前往龜澤町」[150]的電車，但是這兩線電車陸續開過來，停在自己前方，女子絲毫沒有要乘車的樣子，讓人覺得有點奇怪。他又想該不會是一個善於權衡利害的人，不願忍受被擠在擁擠的車內而不想上車，所以寧可多浪費點時間等候較空的電車。可是未掛出「客滿」[151]的牌子、還有兩三個空位的電車停下來時，也不見女子有搭車的樣子，這讓敬太郎更感到奇怪。女子好似感覺出敬太郎超乎尋常的眼神，所以只要他稍微改變身體的姿態，女子立刻躲開他的視線，這種動作就好像是還沒下雨前就準備要撐開雨傘。敬太郎產生一種莫名奇妙的避嫌心態，故意往相反方向望去，或往前方走兩、三步，盡量不要露骨地盯著女子看。最後，他忽然想到女子該不會因為不熟悉狀況，依自己的喜好隨意走到這車站，一直在等待永遠都搭乘不到的電車吧！倘若是這樣的話，突然產生一種應該好心去告訴她的勇氣，於是他毫不猶豫往女子的正前方走過去。沒想到女子突然走到五、六公尺前方的珠寶店窗邊，好像根本沒有敬太郎存在般，把額頭貼在玻璃窗上，開始端詳擺在店內的戒子、固定腰帶的金飾、枝狀珊瑚擺飾[152]等商品。敬太郎覺得自己原本出自對陌生人的善意，人家不領情反而貶低他的身分和品格，真是愚不可及。

敬太郎從一開始就覺得女子的容貌並非很出色。從正面還看不出來，從側面看就會發現有一個任誰都會覺得過低的鼻子。不過她的皮膚白皙，眸子清澈動人。珠寶店的燈光透過玻璃照射在她的鼻子、額頭和豐腴的臉頰上，從站在斜邊的敬太郎看來，有光和影形成的一種奇妙輪廓。不過他把那個輪廓和包在長大衣內的美麗容姿收進心底，又往電車方向走去。

中島國彥　註

148 羽二重の白いのが：原稿為「羽二重〇に白いのが」，中間有一字為空白。初出和單行本，都作「羽二重の白いのが」。「羽二重」為品質優良的絲線所織成的細緻絹布。非常細又具光澤。

149 科：愛嬌。嬌態。對男人諂媚的樣子。

150 亀沢町行：停在東乘車處，開往本所龜澤町的電車。

151 満員といふ札：森鷗外《有樂門》（《心花》，明治四十年一月）中，「車掌，如往常般露出微笑，伸出右手，拿下「客滿」的紅色牌子，然後拉一下鈴」。

152 枝珊瑚：樹枝狀珊瑚。

二十八

電車又來了兩、三輛，但是這兩、三輛只是讓敬太郎一再失望，然後又往東駛去。他對今天這件事已死心，從口袋拿出懷錶看一下時間，已經過五點了。他好像此刻才發現夜空已是一片漆黑般地仰頭望，懊惱地咂了聲舌。一想到那隻鳥不飛向自己辛苦張開的網，卻從西邊輕鬆地逃走，還有老太婆為騙人而故意捏造出來的預言、自己小心翼翼帶出來的竹手杖、手杖對自己暗示的方向等，如今全都成為可恨的根源。他環視點綴在暗夜中閃爍的燈光，發現自己正處於這當中時，心想難道這明亮的光輝終究只是自己殘夢中的幻影嗎？雖然他感到這般敗興，仍然抱著恍惚的心情佇立不動，不久，才覺悟該早點回住處當一個正常人吧！手杖已經成為嘲笑自己的見證，暗自決定在歸途中找個沒人看見的地方折成兩半，把蛇頭和鐵箍砸得稀爛，從萬世橋扔到御茶之水。

他正打算移動腳步時，又發現剛才那名年輕女子。女子不知何時離開珠寶店的窗子，佇立在距離他兩公尺的原來地方。由於她身材修長，手腳當然長得比一般人好看，敬太郎開始愉快地眺望，她的右手對他特別有吸引力。女子的手自然下垂，根本沒料到有人在注意自己。敬太郎利用夜光看到五根手指規矩地合攏、柔軟的皮革服貼地裹住手背、手背和袖口之間微微露出一點肌膚。雖然夜裡的風並不大，可是長時間不動地站立於同一地點，想必寒冷難當。女子把下顎微縮在圍巾內，雙目低垂，一動也不動。敬太郎相信在女子故意忽視自己存在的眼神深處，反而是很在乎自己的反證。他剛才一直以敏銳的眼睛在尋找戴黑禮帽紳士的期間，難保女子不會和他一樣以銳利的眼神不斷往這邊觀察？更難保在過去的一小時中，他一邊在盯梢某男子，卻一邊被某女子盯梢？然而，自己不曾考慮過為什麼要去盯梢一個不知從何處來、不清楚要有什麼行動的男人，繼之一想，自己怎麼會被當成不知會做出什麼勾當而受一個不明來歷的女子盯住呢？當他想到這裡，無論如何都想不通。敬太郎又想到假如自己稍微走幾步看看她有什麼反應，就能更清楚對方的態度，於是悄悄地從派出所後方往西走。當然，為了不讓女子發現，他硬是不回頭往後看。然而一直往前走，就無法把握住重要的機會。他走了大約二十公尺後，故意望著根本不感興趣的玻璃櫥窗，假裝在凝視櫥窗內那件天鵝絨領子的女用披風，然後偷偷往後瞥一眼。豈止女子早已消失在自己的背後，即使伸長脖子看，只見四面八方來的人群彷彿要超越自己般，不斷從後方擁過來，圍著白圍巾、身穿長大衣的女子就是沒有映入眼簾。他懷疑自己是否有勇氣往前進？如今已過了約定的五點了，縱使對戴黑禮帽的人死心也沒有遺憾，但是繼續追縱那女子，無論結果是如何不足為道，還是很想再觀察一陣子。他懷疑自己被女子盯梢而想以牙還牙，也起了好奇心想觀察女子的行動。他好像要趕回去撿起遺失物般，快步地走到原先派出所附近，躲在暗處窺看。女子依然面向馬路佇立，看起來好像沒察覺到敬太郎又回來的樣子。

二十九

這時候，敬太郎突然產生一個疑問，這女子是小姐？還是太太呢？由於女子梳著現代多數日本婦人所流行的「庇髮」，因而自始就無法清楚判斷。但是慢慢走到暗處打量女子半側面的背影時，一個新的疑問又向他襲過來，女子到底屬於哪個社會階層呢？

從外表看來，好似已經嫁人了。不過身體的發育情形遠比一般人好，也許還很年輕。果真如此，為什麼穿得那般素樸呢？雖然敬太郎對於婦人衣物的顏色和圖案，只是一個沒有發言資格的男生，可是對於年輕女子好像要驅散隆冬的陰鬱空氣般、以艷麗色彩包裹的身體，還有些模糊[153]的觀察。他覺得不可思議的是，這女子並未給年輕熱情的自己帶來任何刺激性的色彩。女子身上的衣物，僅有圍在脖子的白綢圍巾稍微引人注目，然而也不過是給人清新感覺的冷色系而已。剩下的就全部隱藏在與冬日淒冷天空相似的長大衣內。

敬太郎再度從背後打量這身與年齡不相稱、過於缺乏魅力的打扮，得出的結論是怎麼看都是一個有過男人經驗的女人。而且，這女子的舉止態度給人一種落落大方的感覺。看起來，這種落落大方的態度不像從品格和教育培養而來，他懷疑那是因為接觸過家庭以外的空氣，清純的羞恥心就像灑在手帕上的香水味般自然而然地消失吧！不僅如此，女子落落大方的舉止中，經常流露出忐忑不安，時而表現在整個身體的動作，時而表現在眉頭和嘴部的動作，他剛才已經親眼目擊了。同時，他很早就發現，女子的動作中最敏銳的就是那雙眼睛。不過，也不得不認為女子的表情正努力在控制自己敏銳的雙眼。因此敬太郎判斷女子的落落大方，是出自於有意識地自我控制。

然而，現在從背後看女子，無論是身體也好、情緒也好，都顯得比較沉穩，給人雙方面都很協調的感覺。她和剛才不一樣，既不改變姿勢，也不是慢慢走開，也不是靠近珠寶店的櫥窗，更不是受不了刺骨寒風的模樣，幾乎可以用優雅來形容她站在比馬路高的人行道上的姿態。她的身旁總有三三兩兩等候下一班電車的人，大家全都望著從對面開過來的電車，看起來好像很希望把車子招到自己的身邊。由於她已經看不到敬太郎，好像鬆了一口氣，成為其中最熱切在等候什麼的人般，一動也不動地盯著斜對面的轉角看。敬太郎從派出所後方繞到電車站的上方，走到馬路上。然後以塗著油漆的警察值班崗亭作掩護，從站立的警察旁凝視女子的臉部，對女子表情的變化感到很驚訝。由於剛才一直躲在暗處眺望她的背影，雖然以她那一身引人注目的單色大衣、修長的身材以及蓬鬆的「庇髮」為依據，在想像的國度中，毋寧說撥弄出過於離譜的結論。現在卻在她不知不覺中，毫無忌憚地觀看她的容貌，不得不產生一種好像和另一個人相遇的感覺。總之，女子看起來比剛才年輕很多。那熱切不知在等候什麼的眼睛和嘴巴，充滿生氣勃勃的艷麗神情，除此之外絲毫找不到其他的表情。敬太郎從當中認定是少女的天真爛漫。

不久，從女子注視的方向又來了一輛電車，沿著弧形曲線慢慢地轉過來。當車子好似滑到女子前方停下，車內走下來兩個男人。一個提著好像用紙包起來的紙箱般的東西，急忙從警察面前走過，另一個則一下車立刻走向女子，走到她面前就停下腳步。

中島國彥　註

153 漠とした：漠然之意。《言海》的「ばつと」項，「為不受管控狀、留不住狀之意的詞語。漫然、漠然」。

三十

敬太郎現在才第一次看到女子的笑容。他從最初就發覺薄薄的嘴唇配上相對較大的嘴巴是她的特徵之一，當她笑得露出美麗的牙齒、水汪汪的一雙大眼睛瞇得上下睫毛幾乎要合在一起時，敬太郎的腦海中對女子產生一種作夢都想不到的新印象。與其說敬太郎對女子笑容著迷，更驚訝地還是當他把視線移到那男人身上時，發現那男人頭上戴著一頂禮帽。雖然敬太郎看不清楚外套是否白點混紡，看起來卻和帽子的光澤一樣。而且那人的身材高挑，瘦骨嶙峋。至於年齡方面，敬太郎難以作出明確判斷。不過那個人的壽命刻度，肯定遠遠在自己之上，因此他毫不猶豫地認定那男人約在四十上下。這些特點不分前後同時接收到大腦時，他不得不承認自己從剛才就愚蠢地到處搜尋的目標人物，現在才終於從電車下車。原本約定的五點早已過了，卻因為突發奇想又在同一地點到處閒逛，果真為自己帶來幸運。他很感激這偶然相遇的年輕女子勾起自己的好奇心，才引起他的突發奇想。而且那年輕女子為等候自己要找的人，以多於自己一倍的信心和耐力堅持到最後，才有這種幸運的結果。他相信能向田口提供這個X男的某些情報時，同樣的情報也可以滿足自己對Y女的幾分好奇心吧！

看來這一男一女完全沒注意到敬太郎的存在，對周遭的人也毫不顧慮，只顧站著一直談話。女子始終掛著微笑，男人不時發出笑聲。從兩人一碰面打招呼的樣子看來，他們的關係絕對不生疏，可是也看不出兩人有那種異性間的連接，卻故意作些男女間殷勤的禮儀讓人看不出雙方的關係。男人甚至把手搭在帽緣致禮都嫌麻煩。敬太郎認定帽緣下應該有一顆很大的黑痣，很想面對面把這事弄清楚。假如女子不在場的話，為確認男人臉上是否有顆異樣的黑點，他也許會不客氣地走到男人面前，隨便亂問個什麼事都好。縱使不是如此，也可以直接靠到他身邊把那張臉看清楚。但是此時站在男人面前的女子，卻妨礙他這種大膽的行動。問題在於女子對敬太郎的態度是否已經反感了呢？剛才長時間站在同一處，他親眼看到她對自己的舉動抱有懷疑的態度。既然明知如此，偏偏又肆無忌憚進入她的視線內，不但不像個紳士，反而像加油添火般惹人更加討厭，其結果可能會自亂陣腳。

如此考慮後，敬太郎得出的結論就是確認黑痣一事只能順其自然，等待時機才是上策。不過他也暗下決定要悄悄地跟在兩人背後，就算片片斷斷也好，盡可能豎起耳朵聽他們在講什麼。雖然他並未得到對方的允許，就把人家的言談放在心上，但在道德價值上，並不認為有對不起良心。他隱約相信自己費盡千辛萬苦得來的結果，處世老練的田口必定會善加使用。

不久，男人好像邀請女子的樣子。看起來女子好像笑著拒絕了。最後，半側身相向的兩個人，肩並肩往陶瓷店的屋簷走過去。然後只差沒有手牽手，靠得很近地往東走。敬太郎快步走了五、六公尺，跟在他們後方，並且把自己的腳步調整得跟他們一樣。為了避免萬一女子回頭時，看到他而產生懷疑，他的眼睛絕對不注視他們的背後。他故意看著別的地方，裝作偶然一前一後走在同方向大街上的樣子。

三十一

「可是也太過分了。讓人家等這麼久。」

敬太郎聽進耳朵的第一句話，出自女子的這般抱怨，不過完全聽不清楚男人的回應。大約又走了十多公尺，兩人的腳步突然變慢了，並排的影子幾乎就落在敬太郎的前方。敬太郎為避免從後方與他們碰個正著，若不趕緊走在兩人前頭的話就會變得很難堪。他怕他們轉過頭來，急忙走到附近一家糖果店的櫥窗邊躲開，然後邊假裝注視大玻璃罐中的餅乾，邊靜待兩人的動向。看到男人把手伸進外套中，然後側著身將拿在右手的物品對著店家的燈光。這時敬太郎才明白，原來在男人臉上閃著亮光的是一只金色懷錶。

「才六點而已。還不算太晚。」

「不早了。已經六點了，再一下子我就該回家了。」

「真是對不起。」

兩人又開始往前走。敬太郎不再看餅乾罐，又尾隨其後。兩人走到淡路町，從那裡穿過駿河台下[154]、轉進小巷子。敬太郎跟著轉進去，看到兩人走進轉角的一家西餐廳。這時候，他從側面看到門口的明亮燈光下這一男一女的臉部。當他們離開車站時，敬太郎實在想像不出兩人到底要走到哪裡？突然看到他們走進這家不怎麼樣的餐廳，不得不感到非常意外。敬太郎原本就知道這家名喚「寶亭」[155]的餐廳，因為以前進出大學都會經過這裡。最近，餐廳重新整修刷漆而煥然一新，有半面朝向電車道路，看起來好像朝南斜斜矗立的樓房般，有時路過還會特別看一眼。他甚至還記得抬頭看那個閃著淡藍漆光、裝在框內的「慕尼黑啤酒」[156]廣告圖片，也曾數度聽到屋內傳來刀、叉碰擊的驚人聲響。

關於兩人的去向，敬太郎既沒有十足把握也沒有清楚的預期，可是暗中感覺也許會被引導進煙霧瀰漫的迷宮[157]中，正因如此才會跟蹤到這裡。但是看著馬鈴薯和牛肉的油炸煙味不斷從廚房飄到路上，這家西餐廳看起來未免太平凡了。不過繼之一想，這兩人比起藏身在自己無法靠近的隱密處，走進這家新油漆、任誰都可以進去的普通西餐廳，對他而言反而更方便、更安心。幸好他荷包內的錢還夠讓他進入這種水準的餐廳，填飽因冬日寒冷空氣引起的食慾。他正打算直接跟在兩人後方上二樓時，走到明亮燈光照著的街道上的門口，猛然想起一件事。既然女子已經記得自己的臉孔，幾乎同時上樓的話，那就太愚昧了。說不定他們是因為懷疑有人跟蹤，所以故意設下這陷阱。

敬太郎故作若無其事，穿過明亮的道路，走到約一百公尺前方的暗巷。站在小巷盡頭下坡處的暗處，一會兒他好像把自己的黑影收進自己的身體般，悄悄地又回到明亮的餐廳門口，穿過大門。由於以前常常來，大體上清楚這家餐廳的狀況。縱使樓下的客席不夠，也可以上二樓、三樓，不過若不是真的客滿，通常只使用到二樓就可以。因此上樓後，只要往右邊裡頭或左邊的大廳一看，肯定可以看到兩人坐在哪個位子，假如都找不到的話，就打開前頭那個細長的房間看看。當他暗下決心如此行動，剛要上樓時，就發現有一個穿白制服的服務生站在樓梯口，準備幫他帶位。

中島國彥　註

154 駿河台下：神田區的地名。小說中人物從小川町走到東邊，雖然和位在小川町西邊的駿河台下的方向不一樣，但是小巷內的巷弄還是可以通往駿河台下。

155 宝亭：位於神田區淡路町一丁目一番地的西餐廳多加羅亭。在神田區也另外有一家標記為「寶亭」的店，不過一般認為是位於西紅梅町的「多加羅亭」。明治四十四年十一月二十三日日記，載有「與（寺田寅彥）來多加羅亭用午餐」。

156 ミュンヘン麦酒：明治四十三（一九一〇）年大日本啤酒株式會社販賣的啤酒牌子。新聞廣告上，有「類似黑啤酒般風味清爽、最富滋養，酒精成分低，也是婦女容易入口的好飲料」。（《都新聞》明治四十三年六月一日）

157 迷路：maze，二〇七頁作「迷宮」。充滿秘密的空間「迷宮」的用例，在《虞美人草》「十」、「十二」已使用過。

三十二

由於敬太郎手拿手杖一階一階上樓梯，服務生在帶位前就先把手杖接過去，同時邊說「這邊請」，邊轉身把他帶到右手邊的大廳。他跟在服務生後頭，一直看著自己的手杖到底放在何處，結果看到剛才引他注意的黑禮帽掛在那裡，白點混紡的外套和女子身上的素雅大衣也在那裡。當服務生掀起大衣下擺，把竹手杖塞進去時，素色紡綢裡子在敬太郎的眼中閃了一下，等到蛇頭隱藏在大衣後方，才把視線轉到大衣的主人。幸好女子與男人相對而坐，背向著樓梯口。敬太郎認為縱使感覺有新客人的動靜很想回頭看，入座後作出這種舉動實在有失教養，若非必要，一般婦人都會避免，因此就安心地注視女子的背影。果然不出所料，女子不曾回頭觀看。他趁著空檔，走到女子座位旁，打算坐在和她背對背的第二排餐桌。這時，男人抬起頭看一下尚未就坐也尚未轉身的敬太郎。男人的餐桌上擺著一個中國風的花盆，盆內植有松梅。他的前頭有一盤湯，當他和敬太郎四目相接時，大湯匙還擺在盤內。女子和男人對坐相距不到六尺，燈光明亮地照耀每一處。桌上鋪的白桌巾顯得更加明亮，從整張餐桌反射出潔白的亮光。敬太郎在如此好條件下，把男人的臉孔看個夠。果然如田口所告知的，眉心之間有一顆大黑痣。

除了這顆大黑痣外，男人的相貌並無特殊之處，眼、鼻、口都長得很普通。不過從另一個觀點看的話，這些平庸的五官組合在一起、在那張長形臉占有各自的位置時，任誰都不得不承認他像是一個有非凡品格的紳士。從他和敬太郎四目相接時，把湯匙放在湯盤內、暫時停止喝湯的動作看來，怎麼說都是帶著一股高尚的風範。敬太郎就此背向他們坐在自己的座位，不過腦海中開始思考所謂「偵探」兩字一般而言被賦予的意義，因為他察覺這男人的舉止態度都和偵探扯不上邊。就敬太郎看來，這個人的面貌毫無需要偵探之處。他臉上的五官，無論是眼、鼻、口任何一項所隱藏的秘密，未免都太過於平常了。當他就坐時，對於自己興致勃勃接受田口今晚交付的工作，已經如蒸發掉三分之一的熱忱般而感到失望。首先，從田口那邊接受這種性質的工作，他甚至懷疑在道德上是否站得住腳？他點完餐後，就呆呆坐在那裡，連麵包都沒碰。男人和女子可能顧慮鄰桌的新客人，談話暫時中斷。但是，等到敬太郎的餐桌上端來熱騰騰的白色盤子，又慢慢熱絡起來，交談的聲音不時進入敬太郎的耳朵。

「今晚不行啦！因為我有點事要辦。」

「什麼事？」

「什麼事？就是重要的事。沒辦法一下子說清楚的事。」

「唉呀！算了[158]。我知道啦！——就是喜歡讓人家苦等。」

女子帶些硬拗的口氣。男人好像顧慮周圍的人，低聲笑著。兩人的談話聲到此就安靜下來。不久，男人好像想起什麼似地說道：

「總之，今晚有點晚了，就算了吧！」

「一點都不晚。搭電車不就直接到了嗎？」

對於女子的勸說、男人的猶豫，敬太郎都聽得十分清楚。但是他們到底打算去哪裡呢？敬太郎對於那個重要的目的地，心中一點底都沒有。

中島國彥　註

158 好くってよ：好啊！明治時代女學生喜愛使用的話之一。

三十三

敬太郎注視著擺在自己面前的盤子上的刀子，和掉在旁邊的一塊紅蘿蔔，心想再聽一會兒也許就明白目的地是哪裡。女子仍然堅持自己的作法。男人好說歹說百般推託。但是為不惹對方生氣，溫和的態度始終沒變。當另一道肉和青碗豆端上來時，女子終於開始讓步了。其實，敬太郎心中暗暗祈望要不就是女子堅持到底，否則就是男人稍微軟化，無論那種情況都好，所以發現女子並不如想像中強硬，不禁感到非常遺憾。至少希望有機會能偷聽到兩人省略不說出名稱的目的地，不過現在看來這件事不會有結果了。這一男一女的話題自然而然轉移到其他方面，因此敬太郎只能暫時不抱這個希望。

「那麼不去也可以，就送我那個好了。」不久，女子說道。

「那個？什麼那個？這樣子我可不知道。」

「就是那個啊！上一次啊！這樣知道了吧！」

「完全不知道。」

「很失禮喔，你啊！明明就知道。」

敬太郎有點想回頭看。這時，傳來很大聲的踏樓梯聲，原來是三個客人一起上樓來。其中之一是身穿卡其服、腳蹬長筒皮靴的軍人。隨著踏在地板上的腳步聲，腰間佩帶的劍也鏘鏘作響。三人一上樓就被帶到左側的一室。因為這陣吵雜聲擾亂了這一男一女談話，敬太郎也趕緊收起對劍光的好奇心。

「上次給你看的東西啊！這樣知道了吧！」

男人既不說知道，也不說不知道。敬太郎當然想像不出來。他真恨女子為什麼不坦率、清楚地說出自己想要的東西呢？他當然很想知道到底是什麼？這時候，男人說道：

「那東西，現在怎會帶在身上呢？」

「沒有人說會帶在身上啊！我只是說我想要，下次給我也可以。」

「既然那麼想要，給妳也可以。但是……」

「哇！太開心了。」

敬太郎又很想回頭看一下女子的表情，順便也看一下男人的表情。不過考慮到自己的位子和女子背面背成一直線，此時不應輕舉妄動，非得戒慎行事，只得做出不知將視線往哪裡擺的為難模樣，呆呆朝前方環視。不久，廚房口有服務生端著兩個白盤子走過來，把兩人面前使用過的盤子更換後又走開。

「嫩雞。不吃點嗎？」男人說道。

「我已經飽了。」

女子好像沒去動烤嫩雞的樣子，所以比男人更有閒暇東扯西扯。從兩人的一問一答推測，女子向男人硬要的可能是珊瑚珠之類。男人以精於此道的口吻，對女子作出各種說明。但是，那不過是收藏家津津樂道的知識而已，敬太郎既不感興趣，也不了解。男人向女子仔細說明有些贗品是黏土捏出來後以手指尖按出紋路，有時可以含混騙人，摸起來卻很粗糙，跟早期從外國傳來的真品相較立刻可以判斷出來。敬太郎從他們前後的談話大致上聽出，女子向男人要一件非常昂貴、珍奇，而且現在已經不容易入手的古珠寶之類的物品。

「給是可以給妳，但是妳要那東西做什麼呢？」

「你才要它做什麼呢？一個大男人還留著那種東西。」

三十四

一陣子後，聽到男人問女子：「吃點心？還是吃水果？」女子答道：「隨便。」一直被兩人談話吸引得恍恍惚惚的敬太郎聽到這簡單的對答，認為他們飯局即將結束的信號響起，所以立刻意識到自己該盡的義務。當兩人離開餐廳後還有必要觀察兩人的行動，這是他自己給自己的工作。他也知道如果和他們一起從二樓走下去的話，那就太失策了。如果比他們晚離席的話，不消一根菸的時間，他們的身影就會消失在黑夜和人潮、雜沓和黑暗中。因此想要踏著他們的影子緊緊跟住，無論如何得比兩人早走，除了躲在他們不會發現的暗處或什麼地方等待外，沒有更好的方法。敬太郎覺悟到不能不趕快結帳，於是喚來服務生把帳單[159]拿來。

男人和女子還在閒聊。不過兩人已沒有確定的話題，因此也不是靠話題來聯絡感情或交換意見的時候，只是天馬行空地亂扯一通。連可以算是男人特徵的眉心那顆黑痣，也被女子提出來問道：

「為什麼在那地方會長出一顆黑痣呢？」

「又不是最近突然長出來，一生下來就有了。」

「不過長在那地方，倒是不難看。」

「無論怎麼難看也是沒辦法，天生就是這樣。」

「那就趕快到大學[160]，請人家把黑痣點掉就好啦！」

敬太郎這時正低頭，看著從洗指缽的水映出來的臉，用雙手掩住臉頰，邊忍邊竊笑。不過，在服務生把找錢的盤子端來時，敬太郎悄悄起身，盡量不惹人注意、從容地走到樓梯口。站在那裡的服務生大聲高喊：「客人要走了！」以通知樓下送客的同時，敬太郎發現忘記拿走剛才託服務生寄放的手杖。那手杖還放在屋子角落某頂帽子的下方，被一件女用大衣的下擺遮住。敬太郎顧慮餐廳內那一男一女，躡手躡腳往回走，默默地拿走手杖。當他握住蛇頭時，碰觸到他手背的光滑紡綢裡子和外套的柔軟裡子，感覺非常舒適。他小心翼翼、幾乎以腳尖走到樓梯後，突然改變腳步「咚、咚、咚」地急忙衝下樓。一走出大門，立刻穿過電車馬路走到對面。然後走到盡頭，有一家像洋服店又像賣中古衣的大店鋪，他就站在那家店的背光處。因為只要站在這裡，從餐廳走出來的兩人不管是從大馬路右轉、左轉，或是沿著中川[161]的轉角穿過連雀町[162]，還是一出門口就沿著小巷往駿河台下走，都不必擔心會逃過他的視線，所以敬太郎安心地握著手杖，雙眼盯著餐廳的大門。

敬太郎等了大約十分鐘後，在自己注視焦點下的燈光中總不見人影出現，他開始產生懷疑。不得已之下，只能朝著二樓的窗子眺望燈光明亮的屋內，期望他們趕快離席。每次移開盯得疲憊不堪的雙眼時，必定仰望屋頂上方的黑暗夜空。他發現直到剛才為止，自己一心一意只在意照亮地面的人造燈火，簡直就忘記這浩瀚的夜空，還有自己頭上的這一片黑暗，從剛才好像就開始飄起寒冷的細雨，讓敬太郎的心中不禁湧上一股淒楚。猛然之間，有一個念頭閃出來，兩人該不會顧慮自己所以才盡談些無關要緊的事吧？當自己離開後，才開始講一些自己今晚工作務必得聽的重要事情呢？當他懷著如此的疑惑仰首夜空時，好似清清楚楚看到兩人相向而坐的身影。

中島國彥　註

159 ビル：bill，帳單。
160 大学：這裡是指東京帝國大學醫科大學附屬醫院。
161 中川：淡路町一丁目一番地的中川牛肉店。和風的牛肉料理店。
162 連雀町：神田區的地名。為緊鄰淡路町的東邊。

三十五

他後悔自己過於謹慎，太早走出西餐廳。不過話說回來，兩人既然對他有所戒心，縱使一直呆呆坐到屁股生根，也聽不到閒聊以外的事情，所以自己坐著不動或提早離席，其結果大致上相同。想到這裡，他除了強忍寒冷、繼續站著監視，也沒有其他辦法。這時候，感覺有兩滴雨落在帽緣上，他再度仰首眺望黑色的夜空。頭頂上沒有任何遮掩的黑暗夜空，和他所站立的電車馬路不一樣，顯得非常靜謐。他仰著臉，等待雨滴落在臉頰上，凝視什麼都看不見的一大片黑暗的夜空時，原本擔心下雨的情緒已經雲消霧散。他不經意想起一個問題，在這般寧靜夜空下的自己，為什麼心甘情願把自己弄得這般不平靜呢？同時又覺得一切的責任都在手中握的這根竹手杖。他握住蛇頭，好像要發洩對寒冷的憤恨般，重重揮了兩、三下。這時候，突然看到讓自己等得不耐煩的那對男女一起走出西餐廳的大門，最早映入敬太郎眼中的當然是圍在女子細長脖子的白色圍巾。兩人直接走到大馬路，在敬太郎對面朝著剛才來時的相反方向，走回原來的路。敬太郎毫不猶豫穿過馬路走到對面。

他們以緩慢的腳步，邊走邊觀看屋簷下每一家店頭的熱鬧裝飾。跟在後面的敬太郎非得配合兩人的腳步，對於他們如此緩慢的步伐真是傷透腦筋。男人叼著濃香的雪茄，邊走邊在黑夜中吐出微微的白煙。隨風吹到後方，敬太郎不時可以聞到濃香的菸味。他邊聞著濃烈的菸香邊踩著緩慢的腳步，亦步亦趨。男人個子很高，從背後看起來，很像洋人。可能也因為他抽雪茄，才讓人有這種錯覺。從這裡立刻聯想到他的同伴，那女子看起來好像戴著丈夫買給她的皮手套的洋人小老婆[163]。敬太郎如此胡思亂想一陣子，連自己都覺得好笑，正在自得其樂時，兩人走到剛才碰面的車站站了一會兒後，穿越電車路線走到對面。敬太郎也跟著走過去。兩人又從美土代町的轉角走到對面。敬太郎繼續跟著走過去。兩人又往南走，走到距離轉角約五十公尺，那裡有一根漆成紅色的鐵柱[164]。兩人就站立在紅鐵柱旁。敬太郎才想起他們可能搭三田線往南回家呢？還是去哪裡呢？他暗下決心一定要跟他們搭同一班電車。兩人忽然不約而同回頭往敬太郎這邊看。原本電車就是從他所站方向的街道轉過來，不過敬太郎還是覺得彆不自在。他把帽緣翻下來，用力往下拉，又用手撫摸臉，也盡可能藏身在屋簷下，或故意東張西望，焦急等著電車出現。

不久，終於來了一輛電車。敬太郎煞費苦心地避嫌，故意要讓兩人先上車。當他在後方拖拖拉拉，女子為避免被踩到，拉起大衣後擺走上車掌台。但是他以為接著要上車的男人，出乎意料竟然沒有要上車的樣子，男人雙腿併攏，雙手插在外套口袋內直直站立。敬太郎才恍然大悟，原來男人是為目送女子而特地一起走到這裡來。實際上，比起那男人，敬太郎對女子更感興趣。既然這對男女在這裡道別，實在很想不理睬男人，一直跟著女子走到底。不過，自己受田口所託的事是跟蹤戴黑禮帽的男人，跟女子毫無關係，所以他只能強忍跳上車的衝動。

中島國彥　註

163 洋妾：成為在日西洋人的情婦的日本女性。

164 赤く塗つた鉄の柱：這裡表示小川町南乘車處。（參照〈車站〉註134）

三十六

女子上車時，以目光和男人致意後，就進入車內了。由於是寒冷冬夜，玻璃窗都緊緊關閉。女子並未特地打開窗子，伸出頭來道別。儘管如此，男人依舊直挺挺地站立，等待電車開動。車子終於開走了。好似已經認定兩人已無打招呼的必要般，車窗內燈光明亮的電車快速往南駛去。這時候，男人把叼在嘴上的雪茄丟在地上。然後，轉身又走到三角交叉點，往左轉走到一家舶來品店前停下來。這裡正是敬太郎的竹手杖被人撞飛的車站，這件事仍然記憶猶新。他躲躲藏藏跟在男人後方走到這裡，看著那些擺在舶來品店頭的新花色領帶、大禮帽、新穎圍毯等。當他想到自己竟然如此顧慮重重，當偵探的興致全部一掃而光。如果說是女子離去，自己才會對工作感到厭倦倒也未必，而是和以前一樣的那種鬱悶突然又湧上心頭。他被委託的工作是跟蹤戴黑禮帽的男人，從小川町下車後兩小時內的行動，所以這次的偵察工作早就可以結束，不如乾脆回家睡覺吧！

男人一看到自己等候的電車來了，立刻伸出長手臂抓住車門的鐵桿，消瘦的身子俐落地上了尚未停妥的電車。原本還在猶豫不決的敬太郎，突然察覺機不可失，立刻跟著跳上車。電車內並不太擠，乘客之間都可以看見彼此的臉。當敬太郎走進車廂時，有五、六個已就坐的乘客同時把視線射向他。其中也包括和剛就坐的戴黑禮帽男人四目相接，他露出看過敬太郎的眼神，卻沒顯現疑惑的表情。敬太郎終於放鬆心情，他選擇和男人坐在同一側。忽然想到這電車到底要開往哪裡呢？看到簷前寫著黑字「往江戶川」。他心想假如男人要換車的話，自己也打算趕緊下車，所以每到一站就得偷看一下男人。男人始終把手插在口袋，大部分的時候都看著前方或自己的膝蓋。若要形容他的樣子，似乎像什麼都不想的模樣，但又像在深思什麼。然而快到九段下[165]時，好像要確認什麼，不時伸長脖子往窗外看。敬太郎不知不覺也被影響，跟著凝視什麼都看不到的窗外景色。不久，在電車行駛聲中，耳際響起滴滴答答打在玻璃窗上的雨聲。他盯著帶在身邊的竹手杖，暗忖假如帶的是雨傘就好了。

他自離開西餐廳以後，一直在觀察戴禮帽男人的人品和那種好似對人不帶任何懷疑的眼神。敬太郎突然覺得與其這般無聊地收集一些無濟於事的情報，乾脆主動去搭訕他，把從當事人口中得到的實際情形向田口報告，雖然現在有些遲了，卻是比較聰明的方法，於是開始思考如何向他自我介紹的好辦法。想著想著時，電車已經開到終點[166]了。雨愈下愈大，電車剛停下來，突然傳來一陣「嘩啦、嘩啦」的大雨聲。戴禮帽男人嘟囔一聲「糟糕啦！」，就把外套領子豎起、褲管捲起。敬太郎柱著手杖站起來。男人走到雨中，立刻叫了一輛靠過來的人力車。敬太郎隨後也叫了一輛。車伕邊把車轅拉高，邊問了聲「請問上哪裡？」，敬太郎吩咐車伕跟著前面的車走。車伕應了聲「是」，就拼命往前衝。沿著道路來到矢來派出所[167]前，車伕停下問：「先生，請問往哪去呢？」敬太郎從車篷內往外東張西望，就是看不到男人乘坐的人力車。敬太郎坐在車[168]上拄著手杖，在宣洩的雨聲中不知該往何處去。

中島國彥　註

165 九段下：從小川町「往江戶川」路線，為經過九段下、飯田橋、大曲，抵達終點站江戶川橋。
166 終点：指江戶川橋車站。
167 矢来の交番：位於牛込矢來町北端的派出所。現在也和當時一樣，在相同位置設有派出所。從江戶川橋到派出所，直線約六五〇公尺，若不是下雨天的話，走路不到十分鐘。
168 車：人力車。

報告

一

敬太郎醒來時，發現和往常一樣躺在自己熟悉的六張榻榻米大的房間內，感到非常奇怪。昨天發生的事好像很真實，又很像一場沒結局的夢。倘若要更周延地形容，只能說好像一場「真實的夢」。醺醺然在街道活動的情景依然在記憶中。豈止如此？最強烈的感覺還是醺醺然的氣氛充滿整個世間。無論是車站還是電車內，也都充滿醺醺然的感覺。寶石商、皮革店、搖著紅綠旗的人也都醺醺然於相同的空氣中。淡藍色油漆西餐廳的二樓上，眉心之間有一顆黑痣的紳士、肌膚白皙的女子等全被那種氣氛所包圍。兩人對話中提到的不知在何處的地名、男人約定要送給女子的珊瑚珠也全帶著一種陶然的氣氛。其中，最有那種氣氛、最活躍的就屬那根竹手杖。當他拄著那根手杖坐在下著雨的車篷中，那不知該往何處去的心情，若以這種達到最高點的氣氛作為戲劇的一個段落，他的感覺幾乎就是被狐仙附身的人。那時候當他環視四周，店家的燈光寂靜地照著溼答答的街道、坡道上低矮的派出所、左邊那一片黑濛濛的林木[1]，不禁懷疑這真的就是今天的工作結局嗎？他還記得在迫不得已之下，命令車伕將車轅調頭，往料想不到的本鄉奔去。

他躺在被窩裡凝視著天花板，讓自己大開眼界的昨日景象一次又一次在眼前反覆出現。他帶著宿醉的眼睛和頭腦，不厭其煩地一直凝視好像春蠶吐絲般接連不斷出現的那些極富紀念性的畫面，最後卻無法忍受飄浮在眼前的那些輕飄飄之夢的糾纏。然而，還是一個接一個隨意浮現出來。雖然他自覺頭腦清楚，還是忍不住懷疑自己是否被什麼鬼魅迷惑呢？有關這個淺薄的疑問，他的腦海中不禁想起那根手杖。昨日那對男女，在他眼中有如繪畫般清晰。容貌就不必說了，從穿著、打扮到走路的姿態，全部清清楚楚映照在記憶之鏡。儘管如此，感覺那兩人卻好像在很遙遠的國度。雖說是遙遠的國度，彷彿又很接近地以極富鮮艷色彩的形狀侵入眼眸。敬太郎覺得這種不可思議的影響說不定來自那根手杖。昨晚，他的車費被大敲竹槓，經過大門時，無意間把手杖帶進自己的房間。他認為這種東西應該放在人家看不到的地方，所以睡覺前就把它丟在櫥櫃裡頭的行李後方。

今天早晨感覺蛇頭並不具有多大的意義，尤其等一下就要找田口、非得把跟蹤結果作出報告的現實問題浮上時，這種感覺更加強烈。雖然自覺從昨天下午到夜裡的行動，奇妙地陶醉在空氣中醺醺然的氣氛，不過一旦要把行動的結果當作普通人的待人處世，並且歸納為有條理的報告，幾乎就分不清自己受委託的工作到底算是成功還是失敗呢？因此也不清楚是否曾受到那根手杖的庇蔭呢？敬太郎躺在床上反覆思索，看起來確實受到它的庇蔭，卻又覺得好像根本沒有受到庇蔭。

總而言之，他下定決心要先擺脫那種好似宿醉的魔障，猛然掀開棉被跳起來，然後走到樓下洗面檯，以溫度近乎冰塊的冷水把頭嘩啦嘩啦地洗一陣。把昨天的夢從髮根上徹底抖落，恢復成一個普通人，精神充沛地爬上三樓的房間。他俐落打開窗戶，向東挺直站立，讓全身沐浴在從上野森林上方高高照下來的陽光中，深呼吸了約十次，再以普通人的方法提升精神。他邊抽菸邊用心思考要向田口報告應有內容的順序和項目。

中島國彥　註

1　左手にぼうやり黑くうつる木立：從江戶川橋到矢來的派出所，是緩上坡道路，其前方有廣闊的牛込台地的高台。左前方的矢來町還有許多林木。

二

徹底追究起來，似乎並無有用的訊息可以向田口報告，敬太郎開始感到心虛。但是對方焦急地等待今早給他的報告，他趕緊打了一通電話到田口家，問現在是否可以直接去嗎？等了很久，接電話的那名書生轉答說可以，他毫不遲疑立刻動身前往內幸町。

田口家的大門前，停了兩輛車在等候。玄關上擺著鞋子和木屐各一雙。今天和上次不一樣，他被接待到一間和室。那是一間約有十張榻榻米的房間，寬長的壁龕上掛著兩幅大字畫。書生端來一杯沏著粗茶的茶碗。同樣這名書生又搬來梧桐木手爐。勸他坐在柔軟的坐墊上也是同一名男子，完全沒看到任何女人露臉。敬太郎畢恭畢敬在寬敞的和室內，等待主人的到來。等了許久，總不見主人談完公務來現身。敬太郎百般無聊之餘，時而想像已經變成褐色的老舊字畫到底值多少錢？時而把手放在手爐邊緣轉圈圈，時而將雙手整齊擺放在穿著褲裙的膝蓋上正襟危坐。因為周遭的一切擺設實在太漂亮，讓他感到非常新奇，情緒一直無法平靜。後來很想動手把放在櫥架上好似畫冊的書拿起來看，可是那華麗的封面，金碧輝煌到讓人覺得這是不可碰觸的裝飾品，終究不好意思伸手去拿。

如此讓敬太郎傷腦筋的主人，大約一小時後，才好不容易從客廳走進來。

「對不起，讓你久等了。——客人一直都不走。」

敬太郎對這個說詞，也作了一番自認適當的客套話，並且恭敬地彎腰行禮，然後打算立刻報告昨天的事。但臨場時，突然開始猶豫到底該先說哪一段，以致失去先機。雖然從一開始主人的聲音和舉止動作都讓人覺得他很忙碌，可是又讓人覺得他已經胸有成竹，根本不想聽煞費周章跟蹤的結果報告，只顧問些諸如：本鄉那一帶已經結冰了嗎？三樓的風很大吧？住處也有電話嗎？看似很有趣，實則很無聊的話題。敬太郎配合主人的問題，盡量回答得讓他滿意。不過對方在問這些無聊的事時，他也隱隱約約感覺到對方好像在暗中觀察他。但是主人為什麼要如此觀察自己呢？他完全不明白其中的道理。

「怎麼樣？昨天。順利嗎？」主人突然問道。雖然敬太郎早有心理準備會被如此詢問，不過假如老實回答的話，恐怕會被當作怠慢對方而含糊其辭，所以他停頓一下後，才答道：

「是的，依照您的吩咐，終於找到那個人了。」

「眉心有一顆黑痣嗎?」

敬太郎回答已確認那個稍為隆起的黑點了。

「衣著打扮也像我說的那樣嗎?頭戴黑禮帽,身穿小白點黑外套。」

「是的。」

「如果那樣的話,大抵上就錯不了。四、五點之間在小川町下車的吧!」

「下車的時間比較晚一點。」

「晚了幾分鐘呢?」

「不知道晚了幾分鐘,但是好像已經過了五點之後。」

「那就過了很久。不是告訴你時間一過,就不必等了嗎?我特地將時間鎖定在四點到五點之間,五點一過不就等同工作已經結束了嗎?為什麼不立刻回來如實報告呢?」

敬太郎做夢都沒想到,自己竟然會遭受原本心情愉快、平靜在談話的年長者[2]突如其來的一頓斥責。

中島國彥　註

2 長者:年長的人,且是比眾人具有德望的人。

三

到目前為止，敬太郎認為對方是出身下町的大老闆，突然以紀律嚴謹的軍人般的威嚴態度出現時，他的心立刻就慌了。假如對待朋友，可以說「我是為了你才這樣做」之類的話語，但是現在的情況沒辦法如此回應。

「只是我自己的情況，時間到了還不想離開那裡。」

當敬太郎如此回答時，田口立刻一改剛才的嚴厲態度，說道：

「那對我而言，實在是太好了。」語氣中帶著開心，然後又反問道：

「你說你自己的情況，到底怎麼回事呢？」

敬太郎一聽，有些猶豫。

「那些事我不用知道也沒關係。你自己的私事，不想講就不要講，無所謂。」

田口如此說著，就把手提香菸盤拉到自己跟前，打開抽屜，找出一根牛角做成的細長掏耳勺，放進自己的右耳朵內，好像很癢的樣子，來回掏了好幾次。故意裝作沒在看對方，只顧專心掏耳朵，其實正在觀察對方。敬太郎看到田口眉頭緊皺的表情，實在有些令人害怕。

「其實，有一個女子站在車站。」他終於坦白說出來。

「老婦人呢？還是年輕女子呢？」

「年輕女子。」

「原來如此。」

田口只說這麼一句，就沒再繼續說話了。敬太郎也停下來，不再吭聲。兩人面面相覷，沉靜一會兒。

「哎呀！不管是老婦人也好，年輕女子也好，我問那人的事就不太好。因為那是你的私事，就此打住吧！我在意的是那個有一顆黑痣的男人，只想聽聽跟蹤的結果就可以了。」

「可是那女子始終和有黑痣的男人在一起。剛開始時，女子在等那男人。」

「哦——」

田口露出有些出乎意料的表情，問道：「那麼，你認識那女子嗎？」敬太郎當然不敢回答是朋友。雖然覺得頗難為情，還是不得不老實回答是一個素昧平生的女子。田口聽完敬太郎的說明後，只平靜回了一句：「是這樣子啊？」絲毫看不出要追究的樣子。可是，口氣突然變得溫和地問道：

「怎麼樣的女人呢？你說的那個年輕女子，就容貌上來說的話。」他那張充滿興趣的臉，從手提香菸盤上探出來。

「不，沒什麼。長相普通的女子。」敬太郎前後想了一下才回答，實際上在他心中也認為「長相普通」。然而，依不同的對象和情況，原本也不難說是「嗯，長相頗為標緻」。沒想到田口一聽敬太郎認為「長相普通」，立刻放聲大笑。雖然敬太郎不太明白他為何大笑，卻宛如有一個巨浪往頭上襲捲過來般的感覺，頓時感到臉上開始發燙。

「好吧！暫時不提這事。──後來怎樣？男人有出現在女子等候的車站嗎？」

田口恢復正常的語氣，認真詢問事情的經過。坦白說，敬太郎原本想先敘述自己如何吃盡苦頭才把事情辦理妥當，把經過詳盡地說一遍順便邀功一番。他打算一開始就從被兩個同名的車站搞得不知所措，如何靠那根謎樣般不可思議的手杖指點迷津，好好炫耀一下自己的功勞。但是一見面就為了四點至五點的問題[3]被訓一頓，加上隨意延長跟蹤時間竟然是為了一名女子，而且還是一名素不相識的女子，就覺得挺難堪，因此想替自己吹噓的勇氣也沒了，所以只把那一男一女進入西餐廳後的情形輕描淡寫。如此一來，自己的報告正如離開住處時所擔心的那樣，絲毫展現不出精彩處，就像端著一把灰濛濛的雲給田口看一般平淡無奇。

中島國彥 註

3 行拶：經緯。事件的經過。

四

儘管如此，田口並未露出厭煩的表情。始終平靜地雙臂交叉在胸，只是不時對敬太郎的敘述插進「嗯」、「原來如此」、「然後呢」之類的幫腔語而已。當報告結束後，他好像還在期待什麼，依舊維持相同的姿勢。敬太郎不得已，只好抱歉道：「只有這樣而已。沒有什麼值得一提的結果，真是對不起。」

「不，值得做參考。辛苦了。看來是費盡苦心！」

田口的這句客套話，當然不含有多大的謝意，不過聽在一直被人看不起的敬太郎耳裡，卻非常受用。這時候他終於放下一顆忐忑不安的心，暗忖還好沒丟人。放鬆[4]心情的同時，他又立刻大膽地向田口問道：

「他到底是怎樣的人呢？」

「是啊！到底是怎樣的人，你覺得呢？」

敬太郎的眼前，立刻浮現那個頭戴黑禮帽、身穿開襟小白點黑外套的男人的身影。無論是那人的模樣也好、言談也好、走路的姿態也好，雖然一切都歷歷在目，卻一句話也答不出來。

「實在不清楚。」

「那麼人品呢？你覺得他的人品如何呢？」

假如提到人品，敬太郎大體上可以推斷得出來。他就依照自己觀察回答：「好像是一個穩重的人。」

「因為看到他和年輕女子講話，所以才這麼認為嗎？」

田口說這話時，唇角泛起一抹淡淡的冷笑。敬太郎看到這情形，原本想說的話到嘴邊又吞進去。

「不管誰對年輕女子都會很和善啊！你也未必沒有這種經驗吧！尤其那個男人，也許比其他人都更勝一籌啊！」田口說完後，毫無顧慮地笑出來，邊笑眼睛還邊注視著敬太郎。敬太郎心想人家大概把自己當作一個不機靈的蠢蛋吧！雖然感到很尷尬卻也不得不跟著田口一起笑。

「那麼，你覺得那女人又怎樣呢？」

田口突然又把焦點從男人轉到女子身上。而且這次還是他向敬太郎問起，敬太郎一聽立刻老實答道：「女子比男人更難了解。」

「良家婦女呢？還是風塵女郎呢？大致上可以分辨得出來嗎？」

「這個嘛——」敬太郎邊說邊想了一下。皮手套、白色圍巾、美麗的笑容、長大衣等不斷地浮現在記憶的表層，一旦綜合起來卻無從下手，抓不到要領來回應這個問題。

「穿著挺素雅的大衣，戴著皮手套……」

女子身上的裝扮中，特別引起敬太郎注意的就是這兩樣了，田口卻似乎毫無興趣。不久，他露出認真的神情問道：「那麼，你看這一男一女是什麼關係呢？」

敬太郎方才已經順利報告完畢，也接受人家「辛苦了」的謝辭，絲毫沒想到之後還得遭受這種連珠炮的難題。也許因為自己窮於應付的關係吧！總覺得那些問題好像漸漸升級般一個比一個還難。田口看到敬太郎窘迫的樣子，就用另一種方式來問同樣的問題。

「譬如夫婦啦！兄弟姊妹啦！還是只是朋友啦！情婦啦！你覺得他們是當中的哪一種關係呢？」

「我在看那女子時，也在考慮她到底是一名小姐呢？還是人妻呢？……不過，我總覺得他們不是夫婦。」

「縱使不是夫婦，你認為他們有肉體上的關係嗎？」

中島國彥　註

4　垂味：鬆弛。

五

敬太郎的心裡，最初也不是沒有產生這種疑竇。假如重新剖析自己的心理，他們兩人之間的祕密關係業已成立的一種假設在遠處遙控著他，正因為如此，才使得他的偵探興趣更加濃厚起來。雖然他不是那種主張男女間除了肉體關係就沒有研究價值的理論家，不過就一個熱血青年之常情，從這個觀察點眺望男女間的關係，才會湧現一種男女的感情，因此盡量不偏離這種觀點來俯視世間。在他年輕的眼中，對於人類這個大世界不甚了解，反而對於男女這個小宇宙感到新鮮。因此，他盡可能以凝縮大部分的社會關係在這一點為樂。相約車站見面的那兩人的關係，在敬太郎不加思索的腦袋瓜中，從最初就好像已將他們連接成一對男女。他不是那種在背後想像人家的罪惡，並產生不必要之恐懼的道德家。雖然他只是具有一般道德良心的人，不過那種道德心和他的空想不一樣，通常得在緊急關頭才會發揮效力。縱使把車站那兩人推到自己最感興趣的男女關係上，也沒有特別不愉快的感覺。一方面，對於兩人年齡的顯著差距感到疑惑，另一方面，那種差距映入他的眼中反而把「男女世界」的特色更鮮明地顯現出來。

但是他對兩人的那種感覺不知不覺漸漸地淡漠，田口當真問起這件事時，自己無法斷然回答，這倒不是因為怕負什麼責任，而是他腦海中難以形成具體的結論。因此，他如此回答。——

「肉體上的關係也許有，也許沒有。」

田口聽了，只是露出微笑。這時候，穿著和服褲裙的書生端著放了一張名片的托盤走進來。田口輕輕拿起名片，對敬太郎答道：「看來你是真不知道吧！」一馬上又轉向書生，命令道：「先請到客廳……」從剛才就窮於應付的敬太郎，正想趁著來客的好機會趕緊脫身，沒想到剛要起身，田口又在他起身前把他阻止了。雖然敬太郎被問得不知該如何回應，對方仍然毫不在意繼續追問。敬太郎幾乎沒有一個問題能夠簡單明瞭回答清楚，他感覺比在大學接受口試還痛苦。

「那麼，最後一個問題，你知道那一男一女的名字嗎？」

對於田口宣稱的最後這個問題，敬太郎依然無法給一個滿意的答覆。他在西餐廳注意兩人談話時，就期待交談中應該會出現「某某桑」、「某某子」或「阿什麼的」之類的稱呼，不過他們好像有意避開般，彼此的名字就不必說了，就連第三者的名字也不曾提過。

「完全不知道他們的名字。」

田口聽到這種答案，放在手爐邊緣的手開始敲動，好像打拍子般以手指頭前端敲著桐木手爐的邊緣。一陣子後，他回答道：「怎麼一回事呢？好像全都抓不到要領啊！」接著又說道：「話說回來，你很誠實。那正是你的優點吧！比起不懂硬說懂的報告，好得太多了。假如要稱讚，應該就是稱讚這一點。」他話一說完就笑出來了。敬太郎發現自己的觀察果真太不實際了，對於自己的粗心大意多少也感到羞愧。不過僅只兩、三小時的觀察、忍耐和推測，縱使委託比自己細心十倍的人去辦，他相信還是無法獲得田口的滿意。因此，對於這種評價，敬太郎並不覺得難堪。當然，被稱讚為誠實的，也不覺得特別高興。因為就他看來，這種程度的誠實，不過是社會上很普通的事情而已。

六

敬太郎從剛才就在考慮，哪怕只是一句話也好，他希望能在讓自己一直抬不起頭來的田口面前，直截了當地把心中的話說出來。忽然有一個念頭，這時候不說就永遠沒機會說了。

「我對您感到非常抱歉，因為盡是一些不得要領的情報，但是您所問及的那些事情，我認為在這麼短的時間內，以我這種魯鈍的個性是無法看清楚的。這麼說也許會被當成自大，不過我認為與其賣弄小技巧跟在後頭尾行，不如直接會面、開門見山問個清楚，不是省掉麻煩又確實嗎？」

敬太郎說完後，心想肯定會被老於世故的對方嘲笑或冷諷吧！一看田口，他以出乎意料的認真態度說道：「連這種事你也明白啊？真是欽佩。」敬太郎故意不答腔。

「你所說的方法看來好像愚蠢，其實是最簡便也是最正當的方法。假如能夠察覺到這一點，那就是一個很了不起的人。」田口再次稱讚時，敬太郎愈發不知該如何回答。

「你有這般深刻的想法，卻拜託你去做那種無聊的事，這是我的不好。這和看錯人沒兩樣。其實，市藏介紹你的時候，是這麼說的啊！說你對於偵探之類的工作很感興趣，所以才會拜託你去做這種荒唐的事情。早知道就不要這樣做……」

「對。我確實跟須永君說過類似的話。」敬太郎尷尬地答道。

「是有這麼回事嗎？」

田口一句話道破敬太郎的矛盾後，就不再窮追猛打，立刻又換了一個話題。

「那麼你覺得該如何呢？不要鬼鬼祟祟跟在後頭，如你所說正大光明從大門進去吧！但是，你有勇氣這麼做嗎？」

「也不能說沒有。」

「你在跟蹤人家之後，還敢上人家的門嗎？」

「雖然是跟蹤，我並不打算做出任何有損他們名譽的事情來。」

「確實如此。那麼就走一趟試試看吧！我來幫忙介紹。」

田口話一說完，放聲大笑。敬太郎不認為這個提議是開玩笑，反而興起帶著介紹函和那個眉心有一顆黑痣的男人面對面談一談的念頭。

「請您替我寫介紹函，我想和那個人談一談。」

「可以。因為這也是一種經驗，見個面直接觀察一下。以你的為人，你一定會說受田口拜託，前幾天晚上曾經跟蹤過他們吧！不過說出來也無所謂。想說就說出來。

不必對我有任何顧忌。另外，他和那女人的關係，只要你有勇氣也可以問問看。怎樣？你有膽量問那種問題嗎？」

田口說到這裡停頓下來，看了敬太郎一眼。對方都還沒答話，他又逕自繼續說下去。

「但是得在雙方都能保持在自然輕鬆的氣氛下才說出口，否則千萬不能問也不能說。因為無論你有多大的勇氣，沒弄清楚狀況，只會被認為是一個沒常識的傢伙。何況那個人也不是那麼容易見到面，假如胡亂提起那些事，難保他不會立刻下逐客令。雖然我幫你寫介紹函，這一點還是得小心注意……」

敬太郎當然是回答「我知道了」，心中卻暗忖——實在看不出那個帶黑禮帽的男人像田口所說的那樣。

七

田口拿起筆、硯和紙，開始流利地寫起介紹函。不久，寫上收信人名字就完成了，他邊說：「寫些官樣八股文就可以了吧！」邊把信舉在手爐上方唸給敬太郎聽。信中所說完全如他本人所說，絲毫沒有值得一提的地方。內容只是這個人是剛從大學畢業的法學士，因某種因素是一個自己必須關照的人，拜託您和他見面並且談一談。田口抬頭看了沒有任何異議的敬太郎一眼，立刻把信捲起來裝進信封後，在信封上寫著大大的「松本恒三樣」，故意不封口就遞給敬太郎。敬太郎認真地看著「松本恒三樣」五個字，字體肥大而鬆散，心想這人的字原來這般拙笨啊？

「總不能吃驚到一直看著那幾個字吧！」

「可是沒有寫地址。」

「啊！是嗎？我忘記寫了。」

田口再次拿起信，寫上收信人的地址。

「這樣應該可以了。字體笨拙又大，還被人家說像土橋大壽司流的字體[5]，反正字能達意就好，忍耐一下吧！」

「不，這樣就可以。」

「要不要順便寫一封給那女人呢？」

「您也認識那女人嗎？」

「說不定認識。」回答此話的田口，帶著某種別有意味的微笑。

「您不覺得麻煩的話，請您順便再寫一封也可以。」敬太郎半帶開玩笑地請求道。

「啊呀！還是不要比較安全。介紹你這種年輕男子前往，萬一發生差錯就得負責任。像你這樣的人，不就叫做羅曼蒂克什麼的嗎？我是一個沒學問的人，現在流行的那些時髦話，我是這耳聽那耳出，一下子就忘光光，真沒辦法。那些小說家所使用的名詞，該怎麼說呢？……」

敬太郎當然不至於真的教他該如何說，只是傻呼呼地憨笑。因為待的時間愈長，就愈會被嘲笑，他心中暗暗認為還是趕緊告一個段落，走為上策。他把田口的介紹函收進懷中，說：「那麼，在兩、三天之內，我會帶著介紹函前去拜訪，然後再來向您報告見面的狀況。」一邊從柔軟的坐墊起身。田口只客氣說聲「那就辛苦了」，跟著也站起來，臉上的神情早就把什麼羅曼蒂克（romantic）什麼蔻斯曼蒂克（cosmetic）[6]都忘得一乾二淨了。

敬太郎在回家的途中，把剛剛見面的田口和即將見面的松本，還有那個等待松本的漂亮女人，三個人的關係合起來又分開，反反覆覆地思考，愈想愈有一種被引進迷宮深處的趣味性。雖然今天在田口家得到的收穫，只有松本的姓名而已，他卻認為這姓名就像一個神奇的錦囊，裡頭裝滿自己很想知道的各種錯綜複雜的事實。愈是不知道裡頭將會出現什麼，愈讓他感到非常期待。依據田口的說法，松本是一個難已接近的人，但就他自己所看到的應該遠比田口好說話。今天他對田口的印象中，對於他待人接物之老練確實不得不發出讚嘆聲外，作為一個人也有他傑出之處，甚至他的眼神還不時閃出耀人光芒。儘管如此，坐在他面前時，敬太郎卻始終有種不知被什麼束縛住、無法自由自在的拘束感。那是一種好像處於一直被監視的狀態，而且不是短暫性的，無論和田口見面多少次，這種感覺也無法逐漸消滅。與自己對田口的這種感覺正好相反，敬太郎不但對於松本說話的聲音已經有一種懷念，更想像松本是一個無論問他什麼都不會動怒的人。

中島國彥 註

5 土橋の大寿司流：好像是土橋（連結銀座和新橋，離內幸町最近的橋）附近的壽司店「大壽司」（握壽司以份量大而聞名）的壽司那樣粗大。

6 コスメチック：cosmetic，男性化妝品。《辭林》（明治四十四年，十二版）中，載有「以脂肪為原料，加上香料製造的化妝品，可塗抹在頭髮或嘴邊的鬍子」。

八

翌日早上，立刻準備動身去見松本時，沒想到下起冰冷的雨。把窗子打開細縫，從三樓往外望過去，遍地濕淋淋。敬太郎眺望一陣子屋頂上彷彿濕透的冷清瓦片，把田口的介紹函放在書桌上，思索到底要不要外出呢？最後還是早點見面的心情比較強烈，終於離開書桌。這時候，樓下的馬路上傳來賣豆腐尖銳的喇叭聲，彷彿要把陰鬱的空氣撕裂。

松本家位於矢來，敬太郎想起那天晚上好像被狐仙附身般置身在派出所的情景，一來到這裡，才發現原來坡上和坡下分成兩條路，卻在斜坡的正中央隆起。他不顧寒雨會把褲裙的下擺淋濕，停下腳步、環視一下四周，那一晚車伕手握著車轅不知往哪裡去？應該就是這地方了。那一晚也和今天同樣下著滂沱大雨，踏在腳下的土地，被雨淋得鬆軟到連埋在地下的鉛管都露出來。不過因為是大白天，儘管天色陰霾但還算明亮，佇立時的心情和上次相比，有種迥然不同的情趣。敬太郎邊看著後方黑壓壓、高聳的目白台[7]森林，以及右手邊遠處「高田稻荷明神」[8]寺院那裡朦朧重疊的樹木，邊往上走過去。然後，就在同一門號、卻有好幾處人家的矢來[9]轉來轉去。起初在一條小巷子右彎後又左轉，一下子看到被雨淋濕的枸橘籬笆，一下子又經過被老欓山茶花樹覆蓋如墳墓的屋子，就是找不到松本家。最後找得實在沒辦法，看到小巷轉角有一家車行，向裡頭的年輕人一問，對方簡單明瞭告訴敬太郎前往松本家的走法。

從車行斜對面走進去，盡頭一棟圍著竹籬笆的漂亮住家就是松本家。當他穿過大門，就傳來孩子在敲小鼓的聲音，走到玄關喊門時，鼓聲依然未停歇。不過，住家四周寂靜無聲，不像是有人居住的地方。下雨天，從房門深鎖的屋內走出一個十六、七歲的女傭，接過介紹函、默默返回去，不久出來說道：「實在非常抱歉，是不是可以請您在非下雨天再來呢？」敬太郎為求職到處奔波，至今也被拒絕過好幾次，但是這個理由聽起來真是不可思議。他很想直接反問，為什麼下雨天不能見面呢？但是和女傭爭辯這種事未免不像話，為釋懷只得問道：「那麼，好天氣來的話，就能見到面嗎？」女傭只回答一聲「是的」，敬太郎無可奈何，再度往雨中走去。這時候雨勢突然變得又大又急，在滂沱的雨聲中，仍然可以聽到孩子敲鼓的「咚咚」響聲。他邊走下矢來的坡道，邊反覆暗忖「這真是一個怪人啊！」。雖然田口只說很難見到這個人，難道指的就是這種事嗎？當天回到家，因為莫名其妙被拒絕，心中感到很不是滋味，無論做什麼事都不順心而感到煩躁。他也想到好久沒去的須永家，不如把最近發生的事當成茶餘飯後的閒聊，也好消磨半日。繼之一想，既然要去還是等事情全部告一段落，自己也好吹噓[10]一番，否則不上不下也講不出個所以然。因此，最後還是決定不去了。

翌日與昨天相反，是一個好天氣。敬太郎起床時，仰望一碧如洗、令人炫目的絢麗天空。他感到很高興，今天應該可以見到松本了。他拿出前幾天藏在行李後方的手杖，今天打算帶著它一起前往。他拄著手杖邊走上矢來的坡道邊想像，假如昨天那個女傭對他說「麻煩您特地走一趟，但是今天天氣實在好過頭了，是不是可以請您有一點陰的天氣再來呢？」，那又該怎麼辦呢？

中島國彥　註

7 目白台：從小川町西南部到東京府北豐島郡高田村（現在的豐島區）的廣大台地。山縣有朋宅邸、細川護成宅邸都在此，林木很多自然環境優美。

8 水稻荷：位於豐多摩郡戶塚村（現在為新宿區的一部分）的高田稻荷明神社的俗稱。被稱為戶塚村的土地神。

9 同じ番地の家の何軒でもある矢来：《風俗畫報》二八二號臨時增刊「新撰東京名所圖繪」第四十一編「牛込區之部上」（明治三十七年一月），載有「番地從一至六十三。（中略）從一番地到十一番地之間為舊酒井若狹守的別墅，（中略）酒井宅邸內，番地錯綜複雜，很難尋找，和本鄉西片町的阿部宅邸，同為屈指可數的難找。」

10 話しばい：講話的價值。「話し栄え」的訛音。

九

然而，今天與昨天不一樣，穿過大門時並沒聽到孩子的敲鼓聲。房門前擺了一個上次沒看到的屏風。屏風上只有一隻以淡彩繪成的仙鶴佇立其中，最引起敬太郎注意的是屏風的尺寸，和一般不一樣，很像穿衣鏡般的細長狀。果然又是昨天那個女傭來應門，不過後頭跟著兩個蹦蹦跳跳的孩子，從屏風背後露出好奇的表情盯著敬太郎看。他認為這和昨天相較起來，變化未免太大，最後在一聲「請進」當中，他被帶到玻璃門緊閉的客廳。正中央有一個如金魚缸般大的陶製火爐，女傭在其兩側各擺上一張坐墊，其中一張就是敬太郎的坐席。坐墊為棉布材質，是染有圖案[11]的圓形狀，敬太郎邊感到奇怪邊坐了下去。壁龕掛著一幅刷筆卷軸，上面簡單揮刷兩筆看似山水圖。不過敬太郎分不出當中哪裡是樹？哪裡是岩石？看起來像是不值分文的裝飾品。一看，旁邊還掛著一面銅鑼，連敲鑼的槌子都準備齊全。愈看愈發覺得真是一間怪異的客廳。

不久，從隔壁房間打開隔門，眉心有一顆黑痣的主人走了進來，說了聲「歡迎」，立刻坐在敬太郎對面的坐墊上，那樣子完全說不上是一個親切的人。不過，因為態度雍容大方，不致給對方沉重的壓力，反倒讓敬太郎感到輕鬆。雖然隔著火爐，面對面相視而坐，敬太郎並沒有那種喘不過氣的感覺。儘管他一直認定主人在那一晚肯定已經記住他的面貌，但今天一見面，到底記得還是不記得，如果對方態度如此，無論嘴巴還是表情都沒有任何表示，那他覺得自己更沒必要有所顧慮。另外，主人對於昨天因為下雨而婉拒見面的理由也不置一辭。到底是不想提起呢？還是認為不提也無所謂呢？敬太郎完全無法判斷。

話題自然而然地從介紹人田口開始談起。主人一開頭就問道：「今後你將為田口工作嗎？」又把敬太郎的志向、畢業成績大致問了一下。然後不時提出一些敬太郎至今不曾思考過的困難問題，諸如社會觀啦！人生觀啦！讓他苦於回答。那時他的心中不禁懷疑，這個松本難道是不為世人所知的一位學者[12]嗎？玄妙的理論一個接一個滔滔不絕地講個不停。不僅如此，松本還舉田口為例，罵他是有用處卻沒思想的人。

「首先，像他那麼忙，腦袋瓜怎麼會有空閒去作系統性的思考呢？這樣不行啦！那傢伙的腦袋就像一個研缽，一年到頭都被研棒搗得好像在製作味噌般啊！過度行動，根本無法成形。」

敬太郎完全不明白這家主人對田口為什麼會口吐罵聲？然而他感到驚訝的是，用這般激動言詞的主人，無論是他的態度，還是口氣，都讓人看不出有絲毫的惡毒，或讓人厭惡之處。他罵人的言詞，透過他好像不曾有罵人經驗的穩重聲調傳達出來。聽在敬太郎的耳裡，根本引不起敬太郎強烈對抗的情緒，只感受到一種全新的刺激，那就是這個人肯定是一個怪人。

「而且他還會下棋、唱歌謠。什麼都想插一手，卻什麼都做不好。」

「這不就是他還有閒情[13]的最好證據嗎？」

「說到閒情，那我就告訴你——昨天，我不是因為下雨婉拒和你見面，請你找個好天氣再來嗎？現在我沒必要說明理由。總之，你認為在這世上會有人以這種任性的說辭來婉拒人家嗎？假如是田口的話，一定不會以這種理由婉拒。你倒說說看，為什麼田口喜歡和人家見面呢？因為田口是一個對世間有所求的人。總而言之，他不是我這種高等遊民，因為他沒有我這種無論如何傷害別人的感情也不在意的從容。」

中島國彥　註

11 更紗の模樣：從東南亞傳來的更紗布上拔染出人物、花鳥、幾何圖案。漱石藏有更紗圖案集《花袱紗》（明治三十六年），自幀《玻璃窗內》時，曾運用其中部分圖案。

12 世に著はれない学者：不為世上所知、隱藏在市井之中的學者。

13 余裕：因為敬太郎的一句「余裕」為開端，松本開始把自己的心情和立場一口氣都講出來。另外，漱石在〈虛子著《雞頭》序〉中，論及「余裕」。（參照岩波書店新版《漱石全集》第十六卷）

十

「其實，我來之前並未從田口那邊打聽過您的任何事情。您剛剛所說的高等遊民[14]，真的是那種意義嗎？」

「正如字面上的意義，我就是一個遊民啊！有什麼問題嗎？」

松本把兩肘放在火爐邊緣，邊以其中一隻手的拳頭撐著下巴邊看著敬太郎。敬太郎感覺松本不把初次見面的客人當成客人，心想這好像就是高等遊民的本色吧！看起來抽菸也是他的愛好吧！今天他叼著一個又大又圓的西洋菸斗，而且須臾不離口。不時，他好似突然想起般噴幾口有如狼煙般的濃煙，以證明火還沒有熄滅。那些煙不知不覺中在他的臉龐兩側消失的情形，總覺得和他那不會令人拘束的眼、鼻相映成趣，帶給敬太郎一種至今不曾經驗過的平和感。松本已經開始稀薄的頭髮，從頭的正中央向左右分，平平的頭頂顯得平凡而穩重。他穿著一件普通人不會穿的咖啡色無花紋短外罩，白色襪子上又套了一雙和短外罩同色的和式短布襪。那種顏色讓人立刻聯想到和尚的僧服，敬太郎看在眼裡，更覺得他是一個很特別的怪人。這是敬太郎第一次碰到自稱高等遊民的人，雖然冷不防地嚇了一跳，然而無論是松本的風采也好、態度也好，確實讓人覺得他就是那種階層的代表。

「對不起，請問您的家人很多嗎？」

敬太郎對於自稱高等遊民的人，不知為何竟然最想問這個問題。「有啊！有好幾個孩子。」松本答道後，從那個敬太郎都快忘記的菸斗中又噴出一口煙來。

「夫人呢……」

「妻子，當然有。怎麼了呢？」

敬太郎後悔自己提出這個難以收回的愚蠢問題，以致不知該如何收拾。儘管看不出對方的感情有受到傷害的樣子，他卻疑惑地盯著自己在等待答案。這種情況下，敬太郎也不得不開口說些什麼。

「我想，像您這樣的人也和普通人一樣過著家庭生活嗎？所以才會隨口問問。」

「我？家庭生活……為什麼？因為我是高等遊民嗎？」

「倒也不是這樣。總覺得有那種想法，所以就問一下。」

「高等遊民比起田口之類，更懂家庭生活啦！」

敬太郎再也無話可說了。他的腦海中有三件事同時在翻攪，一是難以回答的困窘，二是就此努力改變話題，三是以此為開端，希望搞清楚松本和戴皮手套女子的關係。對於思緒原本就不怎麼有條理的他，腦海卻又被投下一道暗影。不過，松本好像根本未察覺這些事情，仍然毫不在意地看著敬太郎。敬太郎心想，假如這是田口的話，他就有一種練達的手腕，能夠巧妙地安頓對方，且在安頓的同時立刻改變形勢，絕不讓對方陷入進退維谷的窘境。坐在無須有所顧忌，但是待人接物完全欠缺熟練的松本面前，敬太郎突然無意間察覺兩人的相異之處。這時候，松本隨口問道：「你好像不曾去思考過這些問題吧！」

「對。根本沒思考過。」

「既然是一個人租屋在外，就沒有思考的必要吧！但儘管說是一個人，廣義上而言，總會思考到男人對女人的問題吧！」

「與其說思考，不如說感興趣也許更恰當。若說是興趣的話，當然是有啦！」

中島國彥 註

14 高等遊民：有經濟力、不就職，自由自在生活的知識分子。從《從今而後》的代助為首，漱石作品中的主人公有很多可以「高等遊民」來涵蓋。但是漱石在小說中直接使用這四個字，只有《彼岸過迄》，而且也只用在松本而已。其他則有使用「太平逸民」、「遊民」等例子。限定於所謂「真的是那種意義」（二一六頁）、「正如字面上的意義」（同頁），因為在構思《彼岸過迄》時，「高等遊民」正被當成社會問題在討論中。桑木嚴翼「東大博士氣焰錄——「高等遊民」（《太陽》明治四十四年八月）」之外，雜誌《新潮》的小特集也刊載「所謂高等遊民問題」（明治四十五年二月）等有許多的探討文章。「高等遊民」的問題，把原本是「愛好」的小說當成「職業」的作家漱石的內心裡，在演講「愛好和職業」（明治四十四年）中，將已經產生的「職業」意識連接起來，成為迫切的問題。在形塑自稱「高等遊民」的松本中，自己本身就「愛好」和「職業」重新思考。使用「高等遊民」的其他唯一用例，為明治四十五年二月十三日寫給笹川臨風的書簡，提到「打算不寫小說當個高等遊民，前思後想卻想不出好方法而苦惱」。

十一

兩人就這個和任何人都有利害關係的問題交談了一陣子。但是，不知道是年齡的差異還是層次上的差異，敬太郎在交談中，只看到松本所說的輪廓卻抓不住重點，因此無法滲入他的大腦激起共鳴。同樣地，敬太郎毫無條理的片斷言詞一出口，熱度立即消失，絲毫無法打動松本的感情。

在這種雞同鴨講的談話中，只有松本講述俄國文學家高爾基[15]的故事時，才讓敬太郎的心中產生新的感觸。據說高爾基為實踐自己的社會主義，偕同妻子遠渡美國籌措資金。那時高爾基所到之處，都成為眾所矚目的焦點，在受到熱烈歡迎、款待的忙碌中，他的目地毫不費力地逐步進行。沒想到，這時候高爾基卻遭到爆料，事實上，跟他從祖國來的、所謂的「妻子」並非元配，只不過是一個情婦而已。至今他已經達到狂熱程度的聲望，剎那間戛然而止，在遼闊的新大陸竟然沒有任何一個人願意和他握手。高爾基不得已只好離開美國，鎩羽而歸。故事內容大致如此。

「俄國和美國在男女關係的看法上不一樣。高爾基的做法在俄國幾乎不成問題，不過是區區小事而已。算了，太無聊了。」松本顯露極為無聊的表情。

「日本屬於哪一邊呢？」敬太郎問道。

「算是俄國那邊吧！說我是俄國派也可以。」松本話一說完，又吐出如狼煙般的濃煙。

談話至此，敬太郎認為詢問有關上次那名女子的事已經水到渠成。

「我覺得前幾天的一個晚上，在神田的西餐廳看過您。」

「對，見過。我還記得。後來在電車上，不是又見面了嗎？你好像也是在江戶川車站下車吧？那一晚雨勢很大，還好嗎？」

松本果然記得敬太郎。一開始既不提起見過面的事，也沒有裝做現在才發覺見過面的樣子，他的態度就是提起這事也可以、不提也可以。這到底是因為他心地純良呢？胸襟開闊呢？還是天生的落落大方呢？敬太郎一時也難以判斷。

「您好像有一位同伴嘛！」

「對。有一位美貌的女子相伴。記得你是單獨一個人。」

「我是一個人。您回來時不也是一個人嗎？」

「對啊！」

兩人的一問一答頗為順利地進行，但至此就突然停下來。敬太郎正在等待松本再提起女子的事，卻突然被問了一個毫不相干的問題。

「你的租屋在牛込還是本鄉？」

「本鄉。」

松本露出無法理解的表情看著敬太郎。看到松本想知道住在本鄉，卻不說為何要搭車到江戶川車站的眼神，敬太郎覺得太麻煩了，下定決心要把一切事情毫不隱瞞地全盤托出。當然他心中也有所覺悟，萬一把對方惹怒，只好道歉，假如對方不願接受道歉，只能深深一鞠躬、一走了之。

「其實，我是為了跟蹤您才特地跟到江戶川下車。」話一說完，看著松本。對方的臉色並沒有如預期地出現任何變化，敬太郎這才放下心。

「為什麼？」松本反問的聲調幾乎就如平常般緩和。

「因為人家拜託。」

「人家拜託？誰呢？」

在松本開始略帶驚訝的話語中，口氣聽起來比平常強烈些。

中島國彥　註

15　ゴーリキ：俄國文學家高爾基，Gorkii,Maksim（1868-1936）。一九〇六年，曾帶著女明星赴美，為社會民主勞動黨作宣傳。

十二

「其實，是受田口桑的委託。」

「田口？你是說田口要作嗎？」

「是的。」

「咦？你不是特地拿著田口的介紹函來和我見面嗎？」

敬太郎認為與其被人家一句一句地問，倒不如自己先把一切的經過全盤說出還比較輕鬆。於是，就從收到田口的限時專送，立刻趕到小川町車站守候的第一步冒險開始說起，乃至電車抵達終點站江戶川後，他在雨中進退維谷的狼狽過程，都毫不隱瞞地全講出來。他認為只要講話有條理就可以，不要說誇張的敘述，他連麻煩的鋪陳也省略了。也許因為沒有花費很多時間吧！在敬太郎敘述的整個過程中，松本一次都沒打斷過。當敬太郎講完後，也不見松本立刻要開口的樣子。敬太郎猜測可能是傷害到人家的情感，主人才會保持沉默，所以決定趁對方還沒發怒之前，趕緊道歉。這時候，主人突然開口說道：

「田口這個人真是不像話。還有被他利用的你，還真是一個傻子。」

一看主人的臉，誰都看得出來他非常驚訝，相較之下卻不帶任何怒氣。敬太郎終於放下心。當下被叫傻子，對他而言根本不算什麼事。

「對不起，做了不好的事。」

「我並不是要你道歉。只是覺得你很可憐啦！竟然被那種人利用。」

「他是那麼壞的人嗎？」

「你為什麼要接受那種愚蠢的委託呢？」

在這種場合，敬太郎無論如何都說不出自己由於好奇才接受委託。無可奈何之下，他只好說為了衣食問題不得不依靠田口，明知是一件無聊事終究還是答應了。

「假如苦於衣食問題而答應，倒也無可厚非。不過，以後還是別做這種事才好。這不是多此一舉嗎？天氣那麼寒冷，淋著雨跟在人家後頭做什麼呢？」

「我也吃到苦頭了。以後不會再做這種事了。」

松本聽了這些告白，什麼話都沒說，只是苦笑。那種苦笑意味著對敬太郎的輕蔑，也意味著對敬太郎的憐憫，無論哪一種意思，對他都是很沒面子。

「看你這模樣，好似做了對不起我的事。實際上，到底有沒有呢？」

假如追根究底的話，敬太郎不覺得自己做過對不起松本的事，不過被這麼一問，好像不得不承認「是」，也不得不回答「是」。

「那麼你再去找田口。告訴他，我親口證實上次和我在一起的年輕女子是一個高級娼婦[16]。」

「真的是那種女人嗎？」

敬太郎露出有些驚訝的表情問道。

「怎麼樣都好啦！反正就說是高級娼婦。」

「啊！？」

「不能光說『啊』。一定要這樣說。你敢不敢說呢？」

敬太郎是一個受過現代教育的青年，沒辦法毫無忌憚地在長輩面前講出這類意義的名詞。但是松本硬要把這四個字強灌進田口的耳中，讓人覺得松本心中好像潛藏著某種不愉快，因此敬太郎不打算輕率地答應這件事。他不知該如何對付而顯現出為難的表情，松本見狀說道：「怎麼啦？你不必擔心，因為對方是田口。」過一會兒，好像恍然大悟般問道：「你還不知道我和田口的關係，是吧！」敬太郎答道：「完全不知道。」

中島國彥　註

16　高等淫売：良家婦女以賣淫賺錢之事，或賣淫的人。非為生活所逼，而是為享受奢華的行為。另外，裝扮成貴婦模樣賣淫的人也稱之。除此之外，還有剛才的「高等遊民」（〈報告〉註14）和「高等寄宿」（《行人》「歸來後三十八」）等使用「高等」兩字的用例，在明治期經常可見。

十三

「假如說清楚我們之間的關係，你就很難再有勇氣向田口說那女子是高級娼婦。追根究底，吃虧的人還是我。但是把你這個無辜的人耍得團團轉，未免太可憐了，所以我把這關係說給你聽吧！」

松本先作了一段開場白後，就說明田口和自己是怎樣的社會關係。正因為這個說明極為簡單，讓敬太郎極為驚訝。一言以蔽之，田口和松本是親近的親戚關係。松本有兩個姐姐，一個是須永的母親，一個就是田口的妻子。當敬太郎瞭解他們彼此這一層的關係，說起來就是作為田口小舅子的松本，以舅舅的身分和田口的女兒相約在車站見面，再一起去餐廳用餐。這其實是世間很稀鬆平常的事情罷了，自己卻把這平凡不過的事情看成隱藏著錯綜複雜的糾纏，一廂情願地燃起鬥志、在後頭亦步亦趨。那時拼命想弄個水落石出，想起來還真是無聊透了。

「小姐為什麼會跑到那裡去等候呢？難道只為引我上當嗎？」

「那是我從須永家回家的途中發生的事。我在田口家談話時，那孩子打電話來，說四點半左右要在那裡等我，要我在那裡下車。我覺得很麻煩想阻止，她卻好說歹說要我一定得下車。後來才告訴我，早上她父親說舅舅要買戒子送給她當新年禮物，要她在車站等，別讓舅舅逃跑了，還要她跟舅舅一起去買，所以她才會一直在那裡等候。我根本不知道，她卻自作主張提出要求，當然很難答應她。無可奈何，我就想帶她到西餐廳敷衍了事，才會走進『寶亭』。——田口這個人真是笨蛋[17]。煞費苦心設下這麼個愚蠢的局，不是太無聊了嗎？比起你這個上當的受騙者，田口更是笨蛋。」

敬太郎認為上當受騙的自己才是一個真正的笨蛋，早知道如此，作偵探報告時，稍加斟酌就好了。敬太郎想到這裡忍不住臉紅了。

「您當真都不知道嗎？」

「我怎麼會知道呢？你想想，縱使是高等遊民，也不會有那種閒工夫吧！」

「小姐如何呢？我想可能知道吧！」

「可能知道吧！」松本說完後，思考一陣子，隨之以確定的語氣斷言道：「不。她不知道。」

「因為田口這個笨蛋啊！若說優點的話還有一個。那個人不管如何惡作劇，捉弄到當事人快要出醜時，一定會趕快停止或是自己跳出來，在當事人顏面受損前趕緊作一個圓滿的收尾。從這點來看，雖然是笨蛋沒錯，卻有讓人欽佩之處。總之，不管他的作法如何毒辣，奇怪的是，結尾都會讓人感受到一股暖暖的人情味。這次的事情恐怕只有他一個人才清楚吧！假如你沒來我家，這件事就會在我不知情的情況下結束了。縱使是自己的女兒，他也不是一個一開始就在女兒面前，吹噓自己要設下圈套證明你的愚蠢的冷酷無情之人。但是原本該適可而止的惡作劇，他卻又欲罷不能。總而言之，他就是一個笨蛋。」

敬太郎默默聽著松本對田口性格的分析。與其說後悔自己愚昧的舉動，或怨恨把自己耍得團團轉的責任者，不如說發覺自己對惡作劇的田口產生的信賴心，在心中占有壓倒性的位置。然而，果真是這般值得信賴的人，為什麼自己在他面前談話時，總會有種拘束感呢？他自己也不得不感到疑惑。

「從您的談話中，雖然大致上可以瞭解田口的為人，不過我在他的面前，總覺得很忐忑不安，這讓我覺得很苦惱。」

「那是因為對方還沒充分信賴你。」

中島國彥　註

17 箆棒：笨蛋，責罵人做事太超過的話。亦可寫成「便亂坊」、「可坊」。

十四

經松本一說，田口對自己不信賴的眼神和措詞歷歷在目，毫無疑問地仍留在記憶中。不過，像田口這種社會歷練老道的人，為什麼要為難自己這種剛出校門的毛頭小子呢？敬太郎實在無法理解。至今他依然深信，一如人家所見到的自己，他無論在誰面前都是一樣的。他甚至認為像自己這樣的年輕人，連被人家顧慮或放在心上的資格都沒有。沒想到，他竟然讓一個經歷大不相同的長輩，給予和自己預期大不相同的待遇，這實在難以想像。

「我看起來像是表裡不一的人嗎？」

「怎麼了？那般細微的事，光憑第一次見面也不會知道。然而，不管是也好、不是也好，那和我對你的態度根本不相干吧？」

「但是田口桑是這麼認為……」

「田口不是對你才這樣的，他對誰都一樣，沒辦法。像他那樣長期使喚人家的人，難保不會受到欺騙。偶然有一個心地善良又誠實的人出現在眼前，他還是無法信賴。如果把這種事視為有因有果，不就可以了嗎？田口是我的姐夫，這樣說他聽起來有些奇怪，但是他本性是很善良的，絕對不是壞人。這幾年來，他認為只有事業成功最重要，全心全意在社會上打拼，對人的看法有種奇怪的偏頗。滿腦子所想的盡是這傢伙有用吧？那傢伙可以安心放手吧？像他這樣，縱使愛上一個女人，也會立刻懷疑對方到底是愛我的人呢？還是愛我的錢呢？連對美女都如此，何況對你這種小子感到拘束而放不開，自是理所當然。這正是田口之所以成為田口的原因。」

敬太郎聽了這些批評後，感覺自己對田口已經能夠理解了。然而，宛如以鐵鎚把這些令人心悅誠服的判斷一一送進自己腦海中的松本，又是怎樣的一個人呢？對於這一點，敬太郎依然如墜五里霧中，摸不著頭緒。甚至覺得未受到批評前的田口，反而比眼前這個人更像一個有血有肉的人。

雖然是同一個松本，那一晚在神田的西餐廳，向田口的女兒講述珊瑚珠如何如何的松本卻顯得更真實又活潑。如今坐在眼前的松本，敬太郎覺得就像是一尊叼著大菸斗、嘴巴會講話的木雕像，對於這個人的真正面目實在難以理解。一方面，他對松本簡單扼要的批評感到心服口服。另一方面，又不斷思考松本到底是怎樣的人呢？在覺得自己腦筋不好、反應遲鈍，甚至開始懷疑自己的智慧是否在一般人之下時，這個令人感到撲朔迷離的松本又開口說道：

「儘管田口做了件愚蠢的事，這反而會為你帶來好運。」

「為什麼？」

「他一定會幫你找到一份好工作。如果就這樣丟著不管，田口就不是田口了。我可以向你保證。不過，最沒趣的人就是我了。無緣無故被人家跟蹤，真是虧大了。」

話一說完，兩人相視而笑。敬太郎從染有圖案的圓形棉布坐墊起身後，主人特地把他送到房門口。身材高瘦的松本站在墨彩仙鶴屏風的面前，看著正在穿鞋子的敬太郎背影，說道：「好奇特的手杖，可以借看一下嗎？」於是從敬太郎手中接過去，問道：「哦，是蛇頭啊！刻得不錯。買的嗎？」敬太郎回答：「不是。這是一個素人刻的，送給我的。」揮揮手杖，又沿著矢來的坡道往江戶川走下去。

下雨天

一

有關松本在下雨天[1]謝絕會客的理由，終究沒機會從當事人的口中聽到。時間一久，也因忙碌就忘得一乾二淨。敬太郎忽然聽人提起這件事，是後來受到田口的照顧，不但謀得一個不錯的工作，也變成能自由進出田口家的人。那時候，車站所發生的事情漸漸在他的腦海中失去新鮮感。雖然須永經常拿這件事來取笑，他也只能苦笑以對罷了。須永經常質問敬太郎，為何不在事前找他把事情的經過說明白呢？因為他早聽母親說內幸町的姨丈，生性喜愛捉弄人。最後，總不免要調侃敬太郎就是太好色了。敬太郎每次都以「別胡說！」給帶過，內心深處還是常常會想起在須永家門前看到背影的女子，然後立刻又想起這女子竟然就是車站那女子，忍不住就會感到不好意思。那女子名喚千代子，她的妹妹喚百代子，如今也不是什麼珍貴的情報[2]了。

他和松本會面、得知一切的內幕後，還要和田口面對面，儘管多少有些難為情，但是不見面事情就無法了結，在穿過田口家大門前，心中早有被取笑的準備。果然看到田口開懷地哈哈大笑，不過敬太郎將他的笑聲解釋為與其說在炫耀自己的機智，不如說是看到迷途知返之人的一種喜悅的勝利。田口並未說那是要給他一種訓戒，或說是自己教育人才的方法，還是說故意給他機會之類的話。只是道歉說自己沒有惡意，不要生氣！當場就讓彼此都有台階下。同時擊掌，把那個在車站和松本相約見面的女兒叫出來，特地介紹說：「這是我的女兒。」又告訴女兒說敬太郎是阿市的朋友。雖然他的女兒露出不知為何要引見這個人的神情，依然極為冷淡又有禮貌地打招呼。敬太郎就是在那時候，記住千代子這個名字。

這是敬太郎開始接觸田口家的開端，之後頻頻因事上門拜訪。有時甚至還會進入書生房，和那個在電話中打過交道的書生閒聊。當然也曾有進入內宅的必要，也曾被太太叫去做家裡的事情。田口讀中學的大兒子向他問起英語的疑惑，而他被問倒的事也不少見。敬太郎隨著進出次數的增多，和田口家兩個女兒接近的機會自然也增多，不過向來慢性子的他和相對腳步比較快的田口家，很難有相對而坐、和樂融融的時間，他只是來去匆匆。彼此之間的交談僅止於形式上的枯燥對話，大抵上不過五分鐘就講完，所以也沒辦法產生親密感。一直到過年期間玩紙牌的時候，他們才有長時間毫不拘束地促膝長談。那時候千代子說敬太郎實在太遲鈍，百代子怒說不願意跟敬太郎同一組，因為肯定會輸。

一個月後，報紙發布梅花盛開的訊息時[3]，好久沒上門的敬太郎在週日下午又來到須永的二樓，碰巧遇到來家裡玩的千代子。三個人就東南西北閒聊，千代子忽然把話題扯到松本的身上，說道：

「舅舅實在是一個怪人，以前一度碰到下雨天就不見客，現在不知道是不是還這樣？」

中島國彥　註

1　雨の降る日：這一章描述孩子的死亡，為改寫自漱石的五女雛子虛歲兩歲於明治四十四年十一月二十九日傍晚猝死之事。當天到十二月初的日記，和本章的敘述有關連。另外，當天的訪客就是中村古峽（蓊），漱石寫給古峽的信，記有「有關『下雨天』，讓我感觸很深，那是三月二日（雛子生日）起筆，同月七日（雛子百日）脫稿，我為可以給亡女這樣的供養感到高興」（明治四十五年三月二十一日）。單行本《彼岸過迄》有獻辭為「此書獻給亡女雛子及亡友三山在天之靈」。「三山」即為《朝日新聞》主筆池邊三山。明治四十五年二月二十八日歿。

2　報知：知識。情報。

3　梅の音信の新聞に出る頃：約在二月上旬到中旬之間。明治四十五年的《東京朝日新聞》報導：二月十一日「郊外梅花開放訊息」、十三日「郊外梅花」的訊息等。

二

「其實，我就是被拒絕會面的客人之一……」當敬太郎說出此話時，須永和千代子不約而同地笑出來。

「你真是一個運氣不好的人。大概是沒帶著那根手杖出去吧！」須永又開始語帶調侃。

「這很難辦到啦！下雨天怎麼帶著那根手杖呢？對不對？田川桑。」

聽到這個辯解的理由，敬太郎只能苦笑。

「田川桑的手杖，到底長怎樣呢？我想看一下，可以讓我看嗎？田川桑，我可以到樓下去看嗎？」

「今天沒帶出來。」

「為什麼沒帶出來？今天天氣這麼好。」

「因為很貴重，無論多麼好的天氣，如果是普通日子就不帶出來。」

「真的嗎？」

「哎呀！就是這樣。」

「那麼，只有掛國旗的日子才帶出來嗎？」

敬太郎一個人對付二個人，實在感到有些招架不住了。答應下次去內幸町時，一定帶去給她看，才從千代子的窮追猛打中脫身。但是，敬太郎要求千代子要把松本為什麼不在下雨天會客的緣由說給他聽。——

那是十一月罕見的陰霾秋日的午後[4]，母親叫千代子帶著松本喜愛的海膽來到矢來。說是好久沒來玩，叫那輛特地送她來的車先回去，打算好好待一陣子。松本有四個孩子，老大是十三歲的女兒，然後是男孩、女孩、男孩依序交錯。幾個孩子都相差兩歲，每個都健康成長。在這個熱鬧、歡樂、生氣勃勃的家庭裡，兩歲[5]的宵子對松本夫婦而言，好像鑲著珍珠的戒子般整日捧在手中片刻不離。她的皮膚如真珠般晶瑩白皙，一雙大眼睛烏溜溜，去年女兒節的前一晚才被松本夫婦收養。五個孩子中，千代子最疼愛這個女娃娃。每次來，一定會買個玩具來給她。有時候，因為給她吃太多糖果，還惹得舅媽不高興。所以千代子寶貝兮兮地把她抱到廊下，說道：「宵子，來——」故意讓舅媽看到兩人親熱的樣子。舅媽就會邊笑邊說：「做什麼？又沒有跟妳吵架。」松本就取笑道：「既然那麼喜歡小孩子，就送給妳當賀禮，結婚時一起嫁過去吧！」

那一天，千代子一坐下去，馬上和宵子玩起來了。宵子出生後，還沒剃過胎毛[6]，所以髮毛長得又細又柔軟。可能因為皮膚白皙的關係吧！陽光照射下，捲捲的毛髮閃著紫色的亮光。「來——宵子，姊姊幫妳把髮髮[7]綁起來。」千代子說完後，就用梳子輕輕地梳起宵子的捲髮，然後把稀疏的毛髮往上攏成小髮髻，在髮根綁上一朵紅色的蝴蝶結。宵子的頭很像供神的圓年糕般平平圓圓的，她的小手好不容易才勾到髮髻，邊按住蝴蝶結邊蹣跚地走到母親的身旁，說道：「蝶蝶，蝶蝶。」母親讚美道：「真可愛！」千代子開心地笑了，看著她的背影說：「這次去給爸爸看。」宵子又搖搖晃晃走到松本的書齋門口，趴在地上。她向父親行禮時，照例一定趴在地上，把自己的屁股抬得高高，如供神圓年糕的頭低到離門檻兩、三寸的地方，說道：「蝶蝶，蝶蝶。」松本放下書，問道：「好可愛的頭髮啊！誰梳的呢？」宵子依然低著頭回答：「千、千。」所謂的「千、千」，是口齒還不清晰的宵子對千代子的稱呼。站在後頭的千代子，聽到那個小嘴巴說出自己的名字，高興得大聲笑出來。

中島國彥　註

4 十一月のある午過：雛子死亡的十一月二十九日，日記為「晴」。下雨是前一天二十八日，日記上為「陰天。陰沉沉的寒氣，令人忍不住縮成一團的天氣。冬天已近的感覺。（中略）從中午開始下起淒冷的雨。」

5 取って二つになる：虛歲兩歲之意。

6 月代：額頭至頭中央的部分。大部分幼兒都會剃掉這部分的頭髮。

7 かんかん：頭髮的兒語。

三

不久，孩子們都下課回來，一直圍著紅蝴蝶結轉的家中頓時熱鬧起來。上幼稚園的七歲男孩，拿著印有「螺旋紋」的小鼓，「宵子，來打鼓！」說著就把宵子帶走了。千代子盯著用紅毛線織出來、好像袋子般的襪子，在廊下移動的身影。紅襪子的帶子上頭綴著顆小圓球，每當小腳一走動，小圓球就蹦蹦晃動。

「那雙襪子是你織的嘛？」

「對，很可愛喔！」

千代子坐在那裡，跟舅舅閒談一會兒。這當中，烏雲滿布的天空開始落下冷清的雨滴，然後雨聲突然變大，光禿禿的梧桐樹也被淋濕了。松本和千代子不約而同地眺望玻璃窗外的雨景，把手放在手爐上烘。

「因為有芭蕉樹，雨聲聽來特別大。」

「芭蕉樹還真能撐，前陣子天天都在想芭蕉葉今天該枯萎了吧？今天該枯萎了吧？可是天天看，偏偏就不枯萎。山茶花早就落盡，青桐的葉子也掉光，只有芭蕉樹還綠油油的。」

「您對於那些奇怪的事總是有許多心得，所以才被人家說恒三是一個大閒人。」

「不過，妳的舅舅死也不會去研究芭蕉喔！」

「這沒辦法啦！那種研究什麼的真麻煩。可是舅舅比起我父親，根本就是一個學者啊！我很欽佩您。」

「不要講得那麼狂妄。」

「真的啦！無論問什麼，您都知道啊！」

兩人正在閒聊時，女傭拿著介紹函交給松本說道：「這位客人已經來了。」松本笑著起身道：「千代子，等我一下。一會兒告訴妳一件有趣的事。」

「我不要啦！又要像上次一樣，要人家記很多西洋菸的名稱。」

松本什麼都沒回答，直接往客廳走去。千代子也走回飯廳。由於下雨，天色昏暗，已經把電燈[8]打開。廚房已經在準備晚餐，兩座瓦斯爐[9]都吐著猛烈的藍色火焰。不久，孩子們兩兩相對圍著餐桌就坐，只有宵子另有女傭餵她吃飯。那一晚，千代子自告奮勇要餵宵子。她端著一個托盤，上面擺有紅色小漆碗和盛著魚、肉的小碟子，並把宵子帶到旁邊一間六張榻榻米大的房間。因為這間是家人更衣的房間，所以有兩個衣櫥和一面穿衣鏡，這幾件傢俱好像從牆壁冒出來般占據一大塊空間。千代子把擺著像玩具般的小碗和小碟子的托盤，放在穿衣鏡前方。

「宵子，好好吃喔！等好久了。」

千代子每把一匙稀飯餵到宵子的嘴巴，就教她說「好吃、好吃」、「還要、還要」。最後，還教她自己吃飯，當千代子把湯匙放在宵子手中時，認真教她如何使用。宵子只會說簡短的詞句，每次被責備「不是那樣拿」時，一定歪著好像供神的圓年糕頭，問道：「這樣？這樣？」她的模樣讓千代子覺得太可愛，一次又一次地重複好幾次。沒想到就像剛才一樣問「這樣？」時，話說到一半，大眼睛突然往上翻，看了千代子一眼，右手的湯匙突然掉落，整個人趴在千代子膝上。

「怎麼了？」

千代子毫不在意抱起宵子。感覺好像抱著睡著的孩子般，只是整個身體軟綿綿的，千代子急忙大聲叫喊：「宵子！宵子！」

中島國彥　註

8　電気燈：電燈。夏目鏡子《漱石的回憶》（昭和三年），提到明治四十四（一九一一）年的事，「這時候還使用煤油燈，說是用電燈太奢侈，怎麼樣也不肯答應讓我裝電燈」。（參照〈澡堂之後〉註7）

9　瓦斯七輪：瓦斯爐。從明治三〇年代後半開始普及。既出的新聞報導（參照〈澡堂之後〉註7）中，「有人說用瓦斯烹飪的食物不美味，我怎麼樣都不認為是這樣。使用瓦斯來煎炸或燉煮，火力同樣很好，非常方便（中略）只要不吝惜火柴的話，瓦斯真是一種珍寶」。

四

宵子好像沉睡般，眼睛半合半張、嘴巴半閉，倚在千代子的膝蓋上。千代子在她的背上拍了兩、三下，仍然沒醒過來。

「舅媽，不好了，快來！」

母親驚訝地放下碗筷，急忙跑過來，問說怎麼了？把宵子的臉轉過來，對著燈光一看，嘴唇已經微微發紫。手掌放在她的嘴邊，感覺不出有呼吸聲。母親好像窒息般發出痛苦聲，叫女傭拿濕毛巾來，放在宵子的額頭上。千代子問道：「有脈搏嗎？」千代子立刻握著小小的手腕，完全抓不到脈搏在哪裡？「舅媽，該怎麼辦？」千代子臉色蒼白地哭出來。母親茫然地叫著站在一旁的孩子：「趕快去叫爸爸過來！」四個孩子立刻都衝到客廳去，腳步聲在廊下的盡頭停下。松本露出疑惑的神情，邊問「怎麼了？」，邊往被妻子和千代子遮住的方向遠望宵子，一看立刻皺起眉頭。

「叫醫生……」

醫生一會兒就趕來。「樣子有些怪。」話說完立刻就打了一針，可是完全沒起色。緊張又焦慮的主人從僵硬的嘴唇硬擠出一句話：「不行嗎？」三個人充滿恐怖、不安的絕望眼神同時盯著醫生看。拿出診察鏡、正在查看瞳孔的醫生，又掀起宵子的衣物查看肛門。

「這樣就沒辦法了。瞳孔和肛門都張開了。實在非常遺憾。」

醫生這麼說完後，又在心臟部位打了一針。這應該也只是抱著姑且一試的最後手段。松本看到針頭刺進女兒晶瑩潔白的肌膚時，不由自主地怒目以視。千代子的眼淚撲簌簌地掉落在膝蓋上。

「這是什麼病呢？」

「實在很奇怪。除了奇怪外，也說不出其他的話。怎麼想都覺得……」醫生傾斜著頭回答。

「試試看芥末泡熱開水，怎麼樣？」松本提出民間偏方問道。

「試試看吧！」雖然醫生立刻答道，卻看不出抱有任何希望的神情。

不久就端來一大盆熱開水，熱氣瀰漫中倒下一整袋芥末。母親和千代子默默把宵子的衣物脫掉。醫生用手試一下水溫，提醒道：「加點冷水，太燙會燙傷。」

醫生抱著宵子，放進熱水中浸泡五、六分鐘。三人屏息盯著柔嫩的膚色。「可以了。時間太長就會……」醫生把宵子從水盆中抱出來。母親接過來，立刻用毛巾把身體輕輕擦乾，又把衣服穿上去。但是宵子軟綿綿的模樣和剛才沒兩樣，母親滿臉怨恨地看著松本說道：

「先讓她躺一下吧！」

「好吧！」松本回答後，又返回客廳，把客人送出門外。

從櫥櫃拿出宵子的小棉被和小枕頭，千代子看著就像在在夜裡熟睡的宵子，忍不住「哇——」大叫一聲，整個人就撲過去。

「舅媽，我到底做了什麼事了……」

「這件事跟千代子一點關係都沒有……」

「但是，是我餵她吃飯的，我實在對不起舅舅和舅媽……」

千代子斷斷續續把剛才自己餵她吃飯時，她跟平常一樣很健康可愛，重複說了一遍又一遍。

松本雙臂交錯說道：「真是難以想像的怪事。」然後又催促妻子道：「阿仙[10]，睡在這裡怪可憐，把她移到客廳那邊吧！」千代子一聽，也趕緊過來幫忙。

中島國彥　註

10 御多代：松本妻子的名字。原稿中，只有在後來的〈松本的話〉中出現一次寫成「御仙」（初出則是「お仙」）。雖然單行本統一為「お仙」，岩波書店新版《漱石全集》則是統一為「御多代」。

五

因為沒有合適的屏風，只能挑一個方便的位置，沒有任何遮蔽，輕輕地讓宵子頭朝北躺著。阿仙把宵子今天早上還在玩的汽球從飯廳拿過來，放在她的枕頭邊，同時在宵子的臉上蓋上一塊白布。千代子不時掀開看一看，又忍不住哭出來。「唉呀！你來看一下。」阿仙回頭看著松本，哽咽說道：「這麼可愛的臉蛋，真像觀世音菩薩。」松本回了一句「是嗎？」，從自己的坐位看著宵子的臉龐。

不久，當白木桌擺上芥草[11]、香爐、白糰子，蠟燭放出微弱的光芒時，三個人才感到永遠不會醒來的宵子已經遠離的空虛感。他們為宵子點了一根接一根的香，香煙裊繞的味道不斷刺激鼻子，也把他們引領到和兩小時前完全不一樣的世界。孩子們都如往常般入睡後，只有十三歲的長女咲子守在供香旁不肯離去。

「妳也去睡吧！」

「內幸町和神田那邊都沒有人來。」

「已經快到了吧！妳趕快去睡覺。」

咲子起身走出廊下，站在那裡回頭向千代子招手。千代子同樣起身走到廊下，咲子低聲拜託：「我很害怕，可不可以跟我一起上廁所？」廁所沒燈，千代子擦了根火柴，點上燈籠，陪著咲子轉過廊下。回來時往女傭房一看，煮飯的女傭和常進出的車伕圍著火爐竊竊私語。千代子認為他們可能偷偷在談論宵子的不幸事件吧！其他女傭則正在飯廳為接待來客擦拭碗盤及擺放茶杯。

得到通知的親友，已經有兩、三人趕來了。當中有人說：「等一下再來。」就走了。每當有人來，千代子總是一再重複宵子突然死去的經過。十二點過後，阿仙為徹夜守靈的親友，特地準備火爐放在屋內，但是誰也沒過去火爐旁取暖。主人夫婦被眾人好勸歹勸才進寢室。後來，千代子又幾次把即將燃盡的香重新續香。雨依舊下個不停。她已經聽不到傍晚雨打芭蕉的聲音，取而代之，則是淒涼又悲哀的雨滴打在鐵皮屋簷的聲音不絕於耳。千代子在雨聲中，不時掀開白布看著宵子的臉龐啜泣，不知不覺間天已亮。

那天，女眷們趕忙為宵子縫製白壽衣[12]。除了百代子從內幸町趕來外，還有兩個經常往來朋友家的太太也來了，就把小袖子和下擺交給她們縫。千代子拿著宣紙、毛筆和硯台到處轉，一人一張，請大家在紙上寫下「南無阿彌陀佛」六個字。

「阿市也寫一張。」拿到須永跟前說道。「怎麼寫呢？」須永莫名其妙接過紙筆問道。

「只要在紙上把這六個字密密麻麻寫滿，然後把這六個字剪成長條詩籤形，撒在棺木內。」

大家都虔誠地寫下「南無阿彌陀佛」六字佛號。咲子說：「我不要給人家看啦！」以袖子遮掩寫得歪歪扭扭的字來。十一歲男孩先說：「我要用假名寫。」寫出好像電報字的「ナムアミダブツ」。午後即將入殮時，松本對千代子說道：「妳幫她換上和服。」千代子什麼話也沒回答，邊掉淚邊抱起宵子冰冷的身體。宵子的整個背部都出現紫色的斑點。換好衣服後，阿仙把一串小念珠放在宵子的小手上，同時把草帽和草鞋都放進棺內。昨天傍晚還在穿的紅毛線襪也放進去。千代子的眼前，立刻浮現她襪帶上綴著小圓球蹦蹦晃動的身影。大家送給宵子的玩具全都塞在頭部和腳下的空隙。最後撒上如雪片般的「南無阿彌陀佛」長紙片就蓋上棺蓋，以白綾布覆蓋起來。

中島國彥　註

11 樒：八角茴香科的常綠小喬木。由於香氣強烈，常種植於墓地，或供於靈前。佛前草。

12 経帷子：佛教儀式的喪禮時，死者所穿的白衣。十一月三十日日記中，記有「○大家幫忙把白壽衣一點一點縫製起來」。

六

阿仙說當天是忌安葬的日子，將葬禮延後一天，因此家裡籠罩在比平日熱鬧的憂鬱氣氛中。名喚嘉吉的七歲男孩，因為敲打平日那個小鼓被斥責後，悄悄來到千代子身旁，問道：「宵子不會回來了嗎？」須永邊笑邊戲弄道：「明天把嘉吉帶到火葬場，打算和宵子一起燒掉。」嘉吉咕溜咕溜的大眼睛瞪著須永說道：「我才不要啦！」咲子向阿仙央求道：「媽媽，我也要參加明天的葬禮。」九歲的重子跟著說道：「我也要去。」阿仙好像才醒過來般，叫住正在裡頭和田口夫婦談話的丈夫問道：「明天，你也會去嗎？[13]」

「去啊！妳也一起去吧！」

「對，我決定要去。孩子們穿什麼衣服好呢？」

「穿上有家紋的和服，不就可以嗎？」

「這樣會不會太華麗？」

「套上和服裙褲就可以。男孩子穿上海軍領制服[14]就可以。妳可以穿有家紋的黑和服，有沒有黑腰帶？」

「有。」

「千代子，假如有喪服也穿上一起去。」

松本做完這些安排後，又返回裡頭。千代子起身上了一柱香。看到棺木上頭，不知什麼時候擺上一個漂亮的花環。她向一旁的妹妹百代子問道：「什麼時候送來的呢？」百代子小聲答道：「剛剛。」又說明道：「阿姨說因為是小孩子，白花看起來很淒涼，特地請人加上紅花。」姊妹倆並排坐了一陣子。約十分鐘後，千代子附在百代子耳邊問道：「百代子看過宵子死去的臉了嗎？」百代子點點頭說道：「看過了。」

「什麼時候？」

「剛才入殮的時候，不是看過了嗎？什麼事啊？」

千代子已經忘記了。她原本打算假如妹妹還沒看過的話，想掀開棺蓋讓兩人再看一次。「不要啦！我會怕。」百代子搖搖頭說道。

晚上，有僧人來誦經守靈[15]。千代子坐在一旁聆聽，也聽到松本跟和尚談論什麼「三部經」[16]如何、「和讚」[17]如何等一些奇怪的話題。談話中不時出現「親鸞上人」、「蓮如上人」等名號。十點一過後，松本端著點心和布施錢擺在和尚跟前說道：「已經可以了。請師父回去休息。」和尚走後，阿仙問松本為何這樣做？松本隨意回答：「讓和尚早點回去睡覺，大家比較自在，何況宵子也不喜歡聽人家誦經啊！」千代子和百代子相視而笑。

翌日，晴朗無風的天空下，小小的棺木安靜地移動。路邊的行人，好像在看什麼奇怪的事般目送棺木而過。松本說自己討厭白燈籠和白轎子，就把宵子的棺木抬進靈車[18]內。隨著靈車的移動，垂掛在四周的黑布不停搖晃，擺放在棺木白綾上的花環時隱時現。路邊正在玩耍的孩子趕緊跑過來，好奇地望著靈車看。也有人和靈車擦身而過時，脫帽致意。

在寺院裡，誦經、上香等行禮如儀後，千代子坐在寬敞的大廳時，不可思議地連一滴眼淚都沒掉下來。望著舅舅和舅媽，也看不見他們的臉上流露出憂愁的神情。上香時，重子弄錯了。原本應該拿著香放進香爐，她卻抓起一把香灰，擺進檀香爐時，連她自己都忍不住笑出來。儀式結束後，松本、須永和另外一、兩個人隨著棺木前往火葬場[19]，千代子和其他人先回到矢來的家中。在車上，她覺得比起哀傷漸消的現在，痛苦、悲哀的昨天和前天更加淒美，反而思慕起當時親身經歷過的沉痛悲哀。

中島國彥　註

13 貴方、明日入らしって：傳統上的習俗，父母不出席自己孩子喪禮。
14 海軍服：仿海軍水兵制服的西服。水手服。
15 通夜僧：葬禮前一夜誦經供養亡靈的僧人。
16 三部経：佛教特別重視的三部經典。本法寺（參照〈車站〉註66）為淨土宗，淨土宗有所謂淨土三部經（無量壽經、觀無量壽經、阿彌陀經）。
17 和讃：經文內容以日本語寫成。使用七五調。
18 喪車：運送棺木的車。十二月二日日記中，「不久就上釘，覆蓋緞布，擺上花圈，放進靈車。從黑色的馬、黑色的布幕下微微可見到花環」，雛子好像是使用馬車當靈車。
19 火葬場：推測是落合火葬場。位於東京府豐多摩郡落合村大字上落合字三之輪八九七（現在的新宿區上落合三丁目）。十二月二日日記中，「〇前往落合火葬場。自己、倫、小宮。還存留一點小時候到過的記憶。放進一等竈後，帶著鑰匙回家」。雛子的情形，先在本法寺舉行完葬禮，漱石跟著馬車一起到落合火葬場。當時和現在不一樣，撿骨是在翌日進行。

七

阿仙、須永、千代子和平日照顧宵子的女傭阿清四人一起去收骨灰。收骨處在距離代代木車站[20]兩百公尺的地方，因為沒留意到這件事，從家裡搭車去，反而花更多時間。對千代子而言，去火葬場是有生以來頭一遭的經驗。好久不見的郊外景色[21]，讓她有如想起早已遺忘的事物般高興。綠油油的麥田、青翠的蘿蔔田、點綴著紅、黃、褐色的常綠樹森林等景色，不斷映入眼中。坐在前頭的須永不時回頭，告訴千代子什麼穴八幡宮[22]啦！什麼諏訪的森林[23]啦！當車子來到昏暗的長坡時，他又指著座落在微高處杉木樹林中的細長高塔叫千代子看。那裡刻著「弘法大師一千零五十年供養塔[24]」。塔下的茂密山竹之間，有一家擁有一口井的茶店，以致橋[25]的旁邊看起來像條鄉間小路。從葉子即將落盡的高大樹枝上，不時還有一片一片已變色的小樹葉飄落下來。葉子在空中快速翻轉飛舞的舞姿，在千代子的眼中留下鮮明的印象。那些葉子很不容易掉落地上，總是在途中翻來翻去，這種現象也讓她眼睛為之一亮。

火葬場位於日照很好的平地上，面南而建。當車子進入大門時，比想像還明朗的氣氛湧上千代子的心頭。阿仙走到辦公室前說道：「我姓松本。」坐在好像郵局窗口的男子問道：「請問鑰匙[26]帶來了嗎？」阿仙一聽，露出慌張的神情，急忙伸手往懷中及腰帶尋找。

「到底怎麼了？好像把鑰匙放在飯廳櫥櫃的上方……」

「忘記帶來嗎？真是糟糕啊！時間還早，拜託阿市趕緊回去拿來吧！」

須永在後方不動聲色地聽完兩人的對話後，說道：「鑰匙嗎？我帶來了。」他從袖袋中拿出冰冷的鑰匙，交給舅媽。當阿仙把鑰匙拿給那男子的時候，千代子忍不住責怪須永道：

「阿市真是一個可恨的人啊！既然帶來了，應該早點拿出來給舅媽才對。舅媽為了宵子的事頭腦一片混亂，所以才會忘東忘西。」

須永只是站在那裡微微笑著。

「像你這種無情的人，這種時候乾脆不要來還比較好。宵子死了，連一滴眼淚都沒有。」

「我不是無情，因為還沒有自己的孩子，還沒辦法理解親子間的親情。」

「哎呀！怎麼可以在舅媽面前，講這種沒神經的話呢？那我又怎麼說？我什麼時候有自己的孩子呢？」

「我不知道妳有沒有孩子啦？但是千代子是女人，大致上說來，女人都比男人擁有一顆更善良的心吧！」

阿仙好像沒聽到兩人的爭執，辦好手續就直接走到等候室了。坐下後，才向站在那邊的千代子招手。千代子馬上走過去，坐在舅媽身旁。須永也跟著進來，坐在兩人對面的一張長涼椅上，挪了個位子說道：「阿清，也來坐！」

四個人在喝茶等候時，看到兩、三組收骨灰的家屬。首先是一個鄉下老太婆，可能是看到阿仙和千代子的衣著，有所顧慮並不多話。接著來了一對把衣服下擺摺起來的父子。其中一人以明快的聲調說道：「請給我一個骨灰罈！」父子買了一個最便宜的十六錢骨灰罈就走了。第三組是一個頭髮亂糟糟[27]、繫著硬腰帶、不知是男是女的盲人，由一個穿著和服褲裙的女孩子牽過來。他確認道：「還有時間吧！」然後就從袖袋拿出香菸，開始抽起來。須永看了盲人一眼，臉色一沉，霍然站起來往門外走，許久都沒回來。這時候，辦公室的工作人員走到阿仙一旁，催促道：「準備好了，請跟我走。」千代子一聽，趕緊從後門跑出去叫須永。

20 代々木の停車場：中央線、山手線的代代木車站。雖然依據前後描寫，認為作品中的火葬場應該是落合火葬場，但是前往那裡的描寫卻說是代代木車站，由於方向相反讓人感覺有些不對勁。單行本為「柏木」。從中央線的柏木車站（位於現在JR東中野車站略往東處）到火葬場，直線距離七〇〇公尺，路程也不到一公里。無論哪一個，與所謂「二丁位」（譯按：約二百公尺）都和事實不符合。

21 郊外の景色：依據日記記載，漱石自己在三日也前往撿骨。這裡所描寫的情景，改寫自十二月二日、三日的日記，構成映入千代子眼中的光景。

22 穴八幡：位於牛込區高田町一丁目（現在新宿區西早稲田二丁目）高田八幡神社的俗稱。

23 諏訪の森：位於豐多摩郡戸塚村（現在新宿區高田馬場一丁目）諏訪神社的森林。

24 弘法大師千五十年供養塔：明治十六年立於靠近小滝橋觀音寺（真言宗）的供養塔。

25 橋：小滝橋。其下的水流為神田上水。從矢來町松本家以人力車經由早稻田大街往西的方向，再從馬場下經過高田馬場車站（明治四十三年九月十五日開通）走下緩坡，就來到小滝橋。從小滝橋到火葬場，差不多一公里。

26 鍵：火葬場的竈的鑰匙。十二月三日日記，記有「〇到火葬場，人家問起鑰匙呢？妻子說忘記帶了。對於她這般糊塗感到生氣。」

27 散髮：雜亂的頭髮。

八

千代子左右張望，穿過陰森森、掛著「〇〇殿」黃銅牌的一般火葬爐後，看到寬敞空地的角落有一堆如山高的松木柴薪。周圍美麗的孟宗竹生長茂密，一片鬱鬱菁菁。下方是麥田，麥田對面的丘陵蜿蜒地向遠方延伸而去，往北看過去視野遼闊。須永佇立在空地邊，出神地眺望遼闊的四下景色。

「阿市，人家說已經準備好了。」

須永聽到千代子的叫聲，默默地返回來，卻說道：「那竹林真漂亮。總覺得會不會是吸收死人的養分當肥料，所以長得欣欣向榮？這裡生出來的竹筍一定很美味吧！」千代子回了一句「太噁心」，趕緊穿過一般火葬爐走回去。因為宵子的火葬爐是特等一號爐，爐門前掛著紫色布幕。昨天那個花環已經開始凋零，冷清地擺在檯子上。千代子一想到，那好像成為昨夜焚燒宵子身體所發出的熱氣的見證物，突然變得好像快窒息了。有三位法師[28]走出來。其中最年長的說道：「這封印……」須永拜託對方：「是的，請打開！」法師畢恭畢敬撕開封條，「鏘」一聲就把大鎖拔掉。打開左右兩扇黑色鐵門，依稀可看到昏暗的爐內，有一坨不成形的灰色物、黑色物及白色物。「準備搬出來了。」法師話一說完，接上兩根鐵軌，在棺木的前端扣上好似鐵環的東西，隨著一陣「嘎啦嘎啦」的聲響，那坨不成形的殘骸就出現在四人眼前。千代子從中認出宵子那鼓起好似供神年糕的頭蓋骨，還像生前一樣，突然咬住手帕。法師留下這個頭蓋骨、頰骨外，還有兩、三塊較大的骨頭，說道：「我們拿去篩乾淨。」

四個人各自握著一根竹筷和一根木筷，各隨己願揀起檯子上的白骨，放進白色骨灰罈內。四個人都忍不住掉下淚。須永臉色蒼白，緊閉雙唇，連鼻子都沒發出抽動聲。「牙齒要另外放嗎？」法師邊問邊俐落地把牙齒揀出來。須永看到從不成形的顎骨中揀出兩、三顆牙時，自言自語般說道：「變成這樣，感覺根本就不是一個人了。這和從沙中揀到小石子沒兩樣。」女傭的眼淚撲簌掉落在水泥地上。阿仙和千代子放下筷子，拿著手帕掩面哭泣。

搭車時，千代子抱著裝進杉木箱的骨灰罈，放在自己的膝蓋上。當車子駛離時，冷風從膝蓋上的墊布和杉木箱的空隙灌進來。已經褪色的高大櫸木樹幹，並列在道路兩旁，細長的樹枝好像在送別他們般迎風搖擺。雖然細長的樹枝在她的頭上高高地盤旋交錯，可是自己穿過的地方卻分外明亮，千代子覺得很奇怪，不時仰起頭，眺望遠方的天空。一到家，把骨灰罈擺放在佛龕前，孩子們立刻都靠攏過來，說要打開罈蓋看一下，她斷然拒絕。

不久，大家都圍在同一間房間用午餐。須永說道：「這樣看起來還有很多孩子，可是明明已經少一個了。」松本也說道：「活著的時候不覺得，等死去後才發現這個最珍貴，甚至覺得這當中假如有一個代替她死去就好了。」

「實在很過分。」重子附在咲子的耳邊說道。

「舅媽努力一下，再生一個和宵子同樣可愛的孩子，我一定很疼她。」

「沒辦法和宵子同樣吧！不是宵子就是不行啦！這和茶杯、帽子不一樣，根本不能替代，因為永遠都忘不了死去的那一個啊！」

「下雨天拿著介紹函登門拜訪的人，變成我最討厭的人。」

中島國彥　註

28 御坊：中近世的身分制度中，以守墓、殯葬為業者的稱呼。火葬之際，負責燒屍。亦可表記為「隱亡」、「隱坊」。

須永的話

一

敬太郎自從在須永家門前，看到那女子的背影以來，經常想像有一條姻緣線將他們兩人牽在一起。這一條姻緣線似夢般若有若無，當兩人出現在眼前，無論看著須永還是看著千代子，這條姻緣線不知消失到何處的時候反而居多。不過也是一般人的他們，無法給予敬太郎眼睛任何現實的刺激時，消失不見的姻緣線又宛如天注定般牽繫著兩人。自從可以出入田口家以來，並未聽過任何人提起須永和千代子的關係，直接觀察兩人的樣子，也看不出有超乎平常表兄妹的際分。由於受到一開始的遐想之影響，他的腦海經常出現把他們認定是一對男女的傾向。就敬太郎看來，沒有女人陪伴的年輕男子和沒有挽著男人手臂的女人，都是人類天性[1]中的不圓滿。他在腦海中已經把自己所認識的這兩人送作堆，也許是出自盡早推動仍徘徊於不圓滿中的兩人，去追求人類天性的一種道義心吧！

由於這種道理太令人費解，即使有人對此提出任何要求，也沒必要為敬太郎辯護。可是他在這時候偶然聽到有人談起千代子的婚事，腦海中的世界[2]和外在社會之間的矛盾，無疑地使敬太郎百思不得其解。這件事是從書生佐伯那邊聽來的。原本像佐伯這樣的人，在事情還沒明朗化前，理應不會知道箇中詳情。他的神情比平時緊張，含糊不清地說：「反正就有這種傳聞。」他當然說不出要娶千代子的那個人的姓氏，只說是一個有身分地位的企業家。

「我一直認為千代子會嫁給須永君，難道不是這樣嗎？」

「不會嫁給他啦！」

「為什麼？」

「你問我為什麼，這很難明確回答。可是只要稍微考慮一下，就知道兩人之間很難啊！」

「是嗎？我覺得他們是郎才女貌的一對。既是親戚，年齡又剛好差五、六歲[3]，很順水推舟嘛！」

「不明內情的人看起來大概就是這樣吧！其實，當中還有很多複雜的內情。」

敬太郎不想追根究底問佐伯何謂「複雜的內情」，他對自己被當成不明內情的外人看待有些不滿，還有若被人家認為，充其量不過是從一個應門書生口中打聽家中內幕，實在也有損自己的格調。另外，他不認為佐伯知道的事會比他嘴巴說出來的還多，所以就此打住不願多說。順勢進到內室向太太問候，和對方閒聊一陣子，看起來太太和平常也沒兩樣，所以終究沒勇氣說出「恭喜」這類話。

這是從千代子那聽到矢來舅舅家不幸事件的兩、三天前的事[4]。那天他又跑去找好久不見的須永，實際上是打算去問清楚須永對這樁婚事的看法。雖然須永想和什麼地方的什麼人結婚、千代子想嫁給誰，都和敬太郎沒有關係，可是兩人的命運到底會如何呢？當真那麼輕易、毫不留戀地男婚女嫁、各奔東西嗎？還是如自己所想像般，那一條似夢似幻、連他們兩人都看不見的姻緣線，在冥冥之中[5]會將兩人牽在一起呢？或說，形容得非常貼切的這條以夢織成的姻緣線時隱時顯，有時在兩人面前清晰可見，有時卻完全斷線、將他們各自孤立於一方嗎？——這些都是敬太郎想知道的。他清楚地自覺到這一切不過就是單純的好奇心，不過他也自覺到對須永來說，滿足他這種好奇心並不等於對須永失禮。不僅如此，他深信自己應有滿足好奇心的權利。

中島國彥　註

1 自然：「自然」之語，下一行也出現。指非人為，人的天性之意。

2 頭の中の世界：這裡指前幾行所說「天性」為敬太郎第一思考的念頭。但是這樣的話，自然會和「社會」，也就是所謂圍繞在千代子婚事的外在社會的拘束，兩者之間就會產生「矛盾」。

3 年だて四つか五つ違なら：考慮剛從大學畢業的須永約是二十五、六歲，來推算千代子的年齡。原稿、新聞初出時為「四、五歲」，單行本為「五、六歲」。

4 つい二三日前の事：聽到千代子講述松本家不幸事件，是在「報紙發布梅花盛開的訊息」的週日（二三七頁），聽到書生佐伯的話，應該是更早前的週四或週五。

5 冥々のうちに：不知不覺中。

二

那一天很不湊巧，千代子在場，後來連須永的母親也來了。儘管坐很久，卻沒機會談些深入的事情。不過，當三人偶然並坐在自己面前，當下這種真實的身影，不禁讓他想到現實社會中的夫婦、婆媳，因而思考到將他們三人歸結到世間一般的形態模式，似乎是最簡單的事了。

接著的週日，又是一個算是賜給上班族恩惠的溫暖假日。敬太郎一大早就去找須永，邀他一起到郊外走一走。懶惰任性的須永走到房門前，還不答應出門，經母親好說歹說才換穿鞋子。他是一個既然穿上鞋子，就會隨著敬太郎到哪裡都可以的人。不過，他卻不是一個喜歡經由討論後確定方向再一起前往的人。敬太郎從他的母親口中聽說，他和矢來舅舅一起外出時，兩人從不先考慮目的地而是隨興而走，有時竟然一起走到莫名其妙的地方。

這一天，他們從兩國[6]搭火車，到鴻之台[7]下車。沿著美麗又寬廣的河流[8]，悠哉悠哉地走在堤防上。敬太郎的心情許久沒有這麼愉快，放眼環視四處，又是看水、又是看山，再看看河中的帆船。雖然須永也讚嘆景致優美，卻說「現在在冷風迎面[9]

的河堤上，還不到散步的季節」，抱怨敬太郎「在這麼寒冷的天氣把他拖出來」。敬太郎回答說「只要走快一點，身子就會暖和」，於是就開始快步走。須永只能露出吃驚的神情跟在後頭。兩人走到柴又的帝釋天[10]寺院旁，進入一家店名叫「川甚」[11]的食堂用餐。須永說「烤鰻魚太甜，不好吃」，又露出不開心的表情。剛才的氣氛一直都不算融和，敬太郎正苦於沒辦法好好談話，這時就順口問須永：「江戶子多奢華，娶妻時是否也那般奢華呢？」

「若說奢華，誰都是啊！不只是江戶子，就像你這個鄉巴佬也想娶一個美嬌娘啊！」

須永回答後又裝出一本正經的模樣。「江戶子真是硬梆梆，惹人厭。」敬太郎無奈地說完後，就笑出來了。須永突然覺得好笑，也跟著笑出來。之後，兩人的氣氛融洽，談話輕鬆愉快。須永說敬太郎「最近你好像安定下來了」，他坦白承認自己「變得比較認真了」，然後跟須永開玩笑說「你變得愈來愈乖僻了」。須永爽快承認自己的缺點說「真是變得連自己都討厭了」。

在這種坦誠相對的氣氛下，彼此面對面看透對方的心事也不會感到羞恥。對敬太郎而言，這無疑是把千代子的事提出來、問出真相的天賜良機。他先從一週前聽說千代子快要結婚的傳聞拋向須永。但是，看不出須永的情緒有任何波動的樣子，毋寧說他以比平日更沉穩的聲調答道：「好像又有人來提親吧！這一次要是能夠談成，那就好了。」不過，很快就轉換口氣說道：「那是你不知道而已，到現在為止不知有多少人來提親過。」彷彿在說明這是一件陳腔濫調的事情。

「你不想娶她嗎？」

「我看起來像要娶她嗎？」

兩人這般針鋒相對，你來我往中，談話漸漸往前推進，終於到了不是毫不隱瞞地說出一切，就是得改變話題的關鍵時刻。須永終於苦笑地向敬太郎問道：「你又帶著那根手杖出來了吧！」敬太郎邊笑邊走到廊下，在那裡把手杖拿過來說道：「沒錯，帶出來了。」然後把蛇頭伸過去給須永看。

中島國彥　註

6 両国：現在ＪＲ兩國車站。當時是總武本線的起站。二葉亭四迷《其面影》（《東京朝日新聞》明治三十九年十月十日至十二月三十一日）之「四十」中，描寫兩國車站為「車站內的站員看起來很閒的樣子，除了他到處晃盪外，不見人影的空空蕩蕩站內，只有電燈射出炫目的燈光。」。

7 鴻の台：千葉縣市川市西部的台地。現在改為國府台。因為以前是下總國府所在地。從兩國搭火車的兩人，在市川車站下車。

8 美くしい広い河：指東京都和千葉縣邊境的江戶川。兩個人在千葉縣這邊的堤防上散步。

9 吹き晴らし：這裡與「吹き曝らし」同樣意思。任由風吹的樣子。

10 柴又の帝釈天：位於東京府南葛飾郡柴又村（現在葛飾區柴又七丁目）的日蓮宗經榮山題經寺的俗稱。傳承庚申大祭的民間信仰。江戶寬永年間（一六二四－四四）創立，傳說是日蓮上人所刻的本尊帝釋天像，聞名遐邇，從江戶時代就有很多參拜客。從市川由江戶川岸北上的兩人，走出松戶下矢切，以「矢切擺渡」渡到柴又。從市川走路約四、五公里。

11 川甚：天保年間（一八三〇－四四）創業的川魚料理店。在帝釋天的後方，現在還在營業中。「川甚」，源自明治初期開始做川魚料理的天宮甚左衛門之名而來。

三

須永所說的故事[12]，遠比敬太郎預期的還長很多。——

我的父親很早就過世。在我還不太懂父子親情的幼年時突然就過世。因為我也沒有孩子，因此至今對於血肉親情仍然看得比較淡薄，不過對於生身之親的懷念，從那之後就很強烈。我常想，假如那時候就有現在這種心情的話……總之一句話，當時的我對父親非常冷淡。原本父親也不是一個疼愛小孩的人，現在浮現在我腦海中的他，只是一個顴骨很高、臉色不好、難以親近、表情嚴肅的形象而已。每當我照鏡子時，就會感到自己的長相和記憶中父親的容貌太像而感到不愉快。我很擔心自己和父親一樣給旁人討厭的印象，因而感到畏首畏尾。後來我認為與其從眉頭深鎖的外表，不如從現在自己血液中流著的熾熱溫情來推測，因此看起來冷酷的父親，可能隱藏著比自己還多的熱淚吧！只記得父親兇惡的外表，無論如何都是為人子的可悲。父親過世前的兩、三天，把我叫到床邊說道：「市藏，我一死，就得由媽媽來照顧，知道嗎？」從我一出生就是由母親照顧，現在父親還要交代一次，讓我感到很奇怪。我悶不吭聲坐著，父親勉強牽動臉上只剩皮包骨的筋肉，說道：「你還像現在這麼調皮，媽媽就不管你囉！要乖一點。」我滿心認為母親一直都很照顧我，只要跟現在一樣就可以了，父親的警告完全沒必要，就走出病房。

父親過世時，母親哭得非常傷心。當葬禮快要開始，我換穿和服，感到很彆扭，獨自一個人走到廊下，好像在窺探藍天般抬頭仰望，穿著一身白服的母親不知想到什麼，不經意走到我身旁。田口、松本為首的一群人，都在對面忙成一團，那裡除了我們母子外沒有其他任何人。母親突然把手搭在我的光頭上，哭腫的雙眼看著我，然後低聲說道：「雖然爸爸過世了，媽媽也會像現在一樣疼愛你，不要擔心。」我什麼都沒回答，也沒掉眼淚。那些事就這樣結束了。可是直到我長大後，在久遠的記憶中一直籠罩陰雲的，正是他們兩個人在那時的這些話，而且那種感覺逐漸強烈起來。對他們那些沒有附加任何意義的話，我為什麼有那麼深的疑惑[13]呢？我捫心自問卻找不到答案。有時想乾脆直接問母親，可是一看到母親的臉，鼓起的勇氣就消失得無影無蹤。在我心中的某處，好似有一個聲音低聲對我說：「假如一切都說清楚講明白，親密的母子關係就會變得疏遠，永遠沒機會回到現在這種和樂融融的感情。」縱使不是這樣，母親也有可能看著我認真的臉龐，笑著搪塞道：「哪有這種事？」當我預期會有如此被敷衍了事[14]的殘酷結果，重新思考後，認為去問這些事很不近情理。於是，只能保持緘默不語。

對母親而言，我不是一個乖巧的兒子。難怪父親臨終時還要把我叫到病床前交代一番，因為我自小就愛違逆母親。長大後，懂得應該對母親順從些，但還是沒依照她說的話去做。這兩、三年來，特別讓她擔心。但是，不管彼此如何隨便說話，母子生來就是母子，我都牢牢記住不管是重傷還是輕傷[15]，絕不能去傷害那個尊貴的觀念，因為假如把那件事說出來，兩人都會留下後悔莫及的傷痕，以及無法挽回的不幸。我懷疑這種畏懼的念頭，也許來自我那天生就神經質的大腦吧！對我而言，那種畏懼的念頭存在於未來更多於現在。因此，至今我都認為當時沒有把父母親所講的話過耳就忘，真是一件可悲的事。

中島國彥　註

12 須永の話：在「甚川」邊眺望河川邊描述的「須永的話」，下一行的「我」是第一人稱，混雜標有「」的會話的形式，持續到「十二」的最後。

13 疑惑の裡打：想起父親死前的話覺得很「奇怪」，記憶中一直籠罩「陰雲」的事情，這裡凝結為「疑惑」一語。雖然設定須永的內心深處，不斷存在著「疑惑」的世界，但是這部作品只在這裡使用「疑惑」一語。

14 剝ぐらかされた：偏離問題，支吾過去。

15 重手にしろ浅手にしろ：無論是重傷還是輕傷。「重手」亦作「重傷」，也說「深傷」。「淺手」亦作「淺傷」，也說「薄傷」。

四

我不知道父母親之間相處得有多麼美滿。我還沒有娶妻的經驗，也許沒資格講這些事，但是無論感情多麼好的夫婦也有不融洽的時候，這是人之常情吧！我認為在他們長久相處的過程裡，不免在彼此心中留下不愉快的疙瘩，那種不足為外人道、相互不說出口的不滿，只能獨自煎熬、獨自忍耐。原本父親就是一個脾氣暴躁[16]、比較陰鬱的人，除了母親在唱三弦曲外，很少開朗地大聲說話，可是直到父親過世，我也不曾看過他們爭吵過。總而言之，從世間的眼光看來，像我們家這般平靜又井然有序的家庭應該很難見到。我相信連那個說起別人壞話都毫不留情的松本舅舅，至今肯定還是這麼認定。

每當母親向我談起過世的父親，總是沒完沒了說他是世上最接近完美的丈夫。我不禁認為那根本是為沉澱在我心底、對父親的混濁記憶作辯護和澄清。同時，可以看出她打算以時間的抹布把自己的記憶慢慢擦出光澤來。每當母親告訴我，父親是一個如何慈祥的父親時，她的態度完全像變成另一個人。平日那個溫柔的母親，為什麼忽然變得這般嚴肅呢？甚至以嚴厲的神情[17]看著我，實在令人驚訝！不過那是我從中學升上高中時候的往事。現在無論如何央求母親把同樣的話再說一次，她也沒那種閒情逸致了。我的情緒從那時候一直到畢業，就像最近小說中的主人公般[18]，簡直是沮喪透了。我很想詛咒中了當今風潮之毒的自己，縱使一次也好，我時常期待在母親面前感受那種崇高感情的同時，也能對這個願望已成為無法實現的過去之夢而感到悲傷。

母親的性情，只要以自古以來我們慣用的「慈母」兩字來形容就足夠了。就我看來，說她是為這兩字而生、為這兩字而死也不為過。儘管很可悲，可是母親對生活的滿足完全專注在這一點，只要我能夠孝順，就是她無上的喜悅。不過，假如我做出很多違背她心意的事，她就覺得再也沒有比這種事更讓她覺得不幸了。一想到這些，我就感到非常痛苦。

我想起一件往事，就先說一下，我並不是一生下來就是獨生子。記得小時候，每天都跟一個叫「小妙」的妹妹玩耍。那個妹妹平日都穿著印有大花的披風[19]，剪著一頭像木偶娃娃的髮型。她總是叫我「市藏、市藏」，從來都不叫我哥哥。那個妹妹在父親過世的前幾年，罹患白喉[20]而過世。那時候還沒發明血清注射，所以很難醫治。原本我連白喉這名稱都不認識，因為到家中探望的松本舅舅，捉弄我說：「你也是白喉嗎？」我回答說：「不，不是。我是軍人。」這件事我到現在都沒忘記。妹妹死後，一直悶悶不樂的父親看起來相當溫柔。他對母親說「妳真是可憐」時，表情很平靜。雖然我還是一個小孩子，那句話卻牢牢記在小小的腦海中。但是母親怎麼回答呢？我完全不記得，無論我如何回想也想不起來。看來可能一開始就沒記住吧！從小我對父親就有一種敏銳的觀察力，對母親卻欠缺這種注意力，真是不可思議。倘若人人都希望了解他人更甚於了解自己的毛病的話，也許我眼中的父親比眼中的母親更像外人吧！反過來說，母親是親密到不值得觀察的人。——總之，妹妹死後。此後的我無論是對父親、對母親來說，都是獨生子。父親過世後到現在，我成為母親的獨生子。

中島國彥 註

16 疳癖の強い：很容易動怒。「疳」字，有時也和「癇」混用。

17 気象：秉性。明治初期，經常表記為《氣象》。《和英語林集成》第三版，「KISHO」的假借字為「氣象」。

18 近頃の小説に出る主人公の様に：「極為散漫」、「情操」和「高雅」、「崇高感情」為對照式用法。雖然作者沒有具體說出放在心上的是什麼作品，不過明治末期的小說中，很多登場人物都是生活放蕩、散漫，也是事實。

19 被布：亦作「被風」、「披風」。披在衣服外面、類似外掛的衣服。多為女性和小孩所使用。

20 実扶的里亜：diphtheria，呼吸器官感染，引發呼吸困難的可怕小兒傳染病。一八八三（明治十六）年，德國的克烈伯發現白喉菌，用來製作血清注射劑。

五

因此，我盡可能尊重母親。實際上，同一個原因反而讓我更加任性。去年畢業到現在，我不曾有一天去思考過就業問題。我的畢業成績還算不錯。目前這種以成績名次晉用人員的慣習，我不是沒機會找到一個讓朋友羨慕的職位。記得我還曾被受託挑選人材的某教授叫去詢問我的意向。儘管如此，我依然不為所動。我當然不是在自滿自誇。如果毫不保留全盤托出真心話，不如說剛好和自滿自誇相反，完全是一種欠缺信心的退縮思想，因而感到很不愉快。雖然從早到晚認真努力而被世人所稱讚，可是自從我拒絕就職，就被冠上莫須有的罪名。我認為自己不是一個時運亨通的人。假如我不學法律，而是專攻植物學或天文學，也許老天還能賜給我一個適合自己個性的工作。由於我是一個面對世間非常懦弱，卻對自己非常有耐心[21]的好男人，所以才會有這種想法。

我之所以能夠如此任性過日子，當然因為父親留下一點財產。因此當我想到如果沒有這點財產，無論我覺得如何痛苦，也不得不利用法學士的頭銜在世間打拼，我就應該向死去的父親表達深深的謝意，同時也判斷出自己無疑是一個因為有財產才被容許任性過日子的膚淺傢伙。對於為這一切付出犧牲的母親，更感到愧疚。

母親是一個受過傳統堅實教育的婦女，首要觀念無非就是希望自己的兒子能夠光宗耀祖。不過她所謂的光宗耀祖，到底意味著榮譽？財產？權力？還是德望？完全無法分辨。反正她也是模模糊糊地認為，只要有一項降臨頭上，所有的一切都會從後方追過來，全部湧進家門來[22]。對於這些問題，我根本提不起勇氣向母親說明。因為要說明給她聽，倘若不是依我見解所認定的光宗耀祖的話，我就不具有說明的資格。其實，從任何意義上，我都是一個無法光宗耀祖的人。我的頭腦裡只有不要玷汙家門的想法而已。告訴母親這種想法豈能博取她的歡心呢？因為這和她所期待的相差太大了，大概會讓母親感到沮喪吧！而我也感到很孤獨。

我讓母親擔心的許多事情當中，不得不提的就是如我所說的那些缺點。因為母親很疼愛我，就算不改掉[23]這些缺點、硬要任性下去也不是不行，只是自己會覺得對不起她，而母子還是能夠相安無事過日子。但是婚姻問題帶給母親的深沉失望更甚於我的任性，對此我的胸口經常隱隱作痛。說是婚姻問題，不如說是圍繞在我和千代子周邊的問題也許更適當。若要說明那些事，必須先依故事的順序追溯到千代子出生的時候。那時，田口不像現在是一個有權有勢的企業家，只因為是一個有前途的人，父親才會從中斡旋將母親的妹妹、也就是我的阿姨嫁給他。田口本來就將我父親當成兄長般尊敬，有什麼事都會找我父親商量，很受我父親照顧。兩家之間新結合的親戚關係，與日俱增地圓滿快速進展之際，千代子出生了。那時候，我母親不知道在想什麼？聽說向田口夫婦提出等千代子長大就嫁給我家市藏的請求。母親說他們很爽快地答應了。後來又生下百代子，以及吾一這個男孩。其實，假如千代子要嫁人，嫁給誰都可以。我不知道母親是否確實得到千代子一定會嫁給我的保證。

中島國彥　註

21 自分に対して大変辛抱の好い男：一方面不願意進入社會依照世間的價值觀過日子，另一方面卻能夠對自己感興趣的事物持續追求的男人。
22 門前に輻湊する：各式各樣的事物聚集於一處（門前）。
23 矯めずに：硬是不改。不更正。

六

總之，我和千代子在還不懂事的時候，兩人之間就有這種牽絆[24]。但是，結合我們兩人的，真的是一個難以置信的牽絆。兩人根本就如飛在天上的雲雀般自由成長，甚至連設下這牽絆的人都感到握不住另一端吧！因為我無法以「奇緣」來替代「難以置信的牽絆」，所以為母親感到深深地悲哀。

母親在我升上高等學校時，就不露痕跡地暗示千代子的事。那時候我當然已經情竇初開。不過，我對於將來妻子的事完全沒放在心上，甚至不當一回事，特別是從小一起玩耍、一起吵架、幾乎就像在同一個家庭成長的親密少女。由於和自己太過於親近，讓她看起來很平凡，不足以引起我對異性的刺激。我認為這不僅是我的看法，恐怕千代子也有同感吧！證據就是在長期來往的前前後後，記憶中我不曾有過被她當成一個男子看待的經驗。無論我生氣、哭泣，還是眉目傳情，在她眼中的我，不過就是永遠不變的一個表哥而已。話雖如此，這當中有幾分是因為她的個性就很純真的關係，這一點大概沒人比我更了解她。卻也不能單純因為這樣就可以推倒男女的那一道牆吧！只是曾有一次……但是我想那件事還是留在後面說比較好。

由於我不聽從母親的話，她就把我解釋為害羞，認為應該再等待適當時機，所以暫時把這問題收回去。說我是害羞，我也沒勇氣否定。但是，母親認為千代子有意所以我才會害羞，這完全與事實相反。簡單說，母親以對未來的準備來思考，盡一切努力要培養我們的親密感情，結果反而使我們男女兩人漸行漸遠，她自己卻不知道。但是我不得不讓母親知道這種事實，真是太殘酷了。

實際上，當我提起那天的事是極為痛苦的。在我升上高等學校到大學二年級，母親就把曾經暗示過的千代子問題一直放在心上，獨自在一頭熱。有一晚——聽聞櫻樹花已開的春假的某一天晚上——母親靜悄悄出現在我面前。那時候，我已經像個成人，所以能夠心平氣和就那問題前後好好認真思考。母親已經不再拐彎抹角地暗示，而是以開門見山的方式把自己的希望表達出來。我隨意答說：「表妹有血緣關係[25]，我不要。」母親說：「千代子出生時已經跟人家說好了，還是娶她好。」這話讓我感到非常驚訝。我問她：「為什麼要作這種約定呢？」母親竟然以「因為我喜歡這孩子，你應該也不討厭她」這種連對嬰兒都起不了效用的說詞，企圖讓我軟化。母親眼看說不通，最後噙淚說道：「其實，不是為你，是為我自己才跟人家請求這件事。」無論我如何問：「為什麼是為了母親呢？」她就是不告訴我理由。後來問我：「反正你就是討厭千代子嗎？」我答說：「倒不是討厭。」然後告訴她「當事人也沒有要嫁過來的意思，姨丈和阿姨也沒打算把千代子嫁給我，這種事還是不要再提比較好，才不會給對方添麻煩」。母親則認為，因為已經約定的事，就算添麻煩也不必介意，何況應該不會添麻煩。她還舉出田口以前受父親照顧，以及給父親添麻煩的許多事情。不得已之下，我只好說這問題等畢業後再說吧！母親臉上不安的神情露出一線希望，央求我再考慮。

因為這件事，原本只是母親一個人放在心上的問題，到現在也變成我不得不放在心上的問題。一直加溫[26]的這個問題，田口應該也有田口自己的想法。如果千代子要嫁到別處，一旦到了決定的關頭卻得獲得我家同意，姨父肯定會為此事擔心。

中島國彥　註

24 絆を綯った：產生牽絆。「綯う」為撚成繩子之意。
25 従妹は血属だから厭だ：明治的民法（明治三十一年制定），並未禁止表兄妹結婚。
26 孵しつつある：一直保持溫熱。

七

我變得不安。每次看到母親的臉，好像在欺瞞她般一天混過一天而感到對不起她。一度曾改變心意，乾脆就按照母親的期望把千代子娶過門好了。為此我沒事故意跑到田口家玩，暗中觀察姨丈和阿姨的態度。他們的言談舉止絕對沒有準備為對付母親的逼問而作出疏遠我的樣子，他們並不是那麼膚淺或薄情的人。但是作為他們女兒的丈夫，我在他們的眼中是如何可憐呢？這和我從很久以前就看透的一切一樣，絲毫沒改變吧？不僅如此，我認為最近這種傾向愈來愈明顯。首先，他們好像沒打算同意我這種孱弱體格和蒼白臉色的人當女婿。原本我就是一個神經過敏的人，常會有杞人憂天、想太多的毛病，引發不必要的偏見。請恕我無禮地將放在心中對姨丈和阿姨的觀察毫不保留敘述出來。一言以蔽之，他們當時曾明白表示要把千代子嫁給我吧！至少認為嫁給我沒什麼不可以吧！然而，隨著他們的社會地位逐漸高升，加上我的個性又和他們背道而馳，雙重理由奪走了權宜的實踐可能，假如認為他們早就將模糊又空洞的情義拋到腦後也並無不可。

我和他們沒有太多機會談論婚姻的問題，只有一次，阿姨和我之間曾經那樣交談過。

「阿市也到了該找個太太的年齡了。姐姐好像很掛心這件事。」

「如果阿姨有好對象，請告訴我母親吧！」

「阿市喜歡溫順、善良又親切，好像護士的女孩吧！」

「沒有像護士那樣的媳婦，就算去找也沒人要嫁過來吧！」

我邊苦笑邊自我解嘲時，不知在對面角落做什麼的千代子，不經意抬起頭說道：

「我嫁過去好啦！」

我凝神看著她的眼睛。她也看著我的臉。不過雙方都不認為那具有什麼意義。阿姨並沒有轉向千代子，直接說道：「像妳這種大剌剌的野丫頭[27]，阿市[28]怎麼看得上眼呢？」在阿姨的低聲中，我感受到一種似斥責又似擔心的心聲。千代子只是放聲大笑，一副有趣的模樣。那時候百代子也在一旁，聽到姐姐的話，邊微笑邊起身離去。我把這解釋為自己遭到無形的拒絕，不久我也離開了。

這事件之後，我愈來愈不肯努力去滿足母親的願望。我父親的自尊心很強，作為他兒子的我，神經之敏感連自己都感到驚訝。那時候，我當然沒有做出傷害阿姨感情的事。阿姨還沒有收到我家的正式提親，我想除了以那種方式流露心聲外，也沒有其他方法吧！至於千代子說什麼、笑什麼，我認為毫無心機的她，不過是心口一致地表露出來而已。我觀察那時候千代子的話語和樣子，只有她無意嫁給我這件事，一如以前般得到確認。同時，我暗中擔心假如母親和她面對面深入懇談的話，她未必不會當場答應說：「既然有這種事，我就嫁過去吧！」因為我相信她是一個極為純真的女子，當她說這話時，根本不在乎犧牲自己的利害和父母親的意願。

中島國彥　註

27 露骨のがらがらした者：「がらがらした」就是凡事都毫無忌憚地露骨說出來的樣子。

28 市（いち）さん：有關「市桑」的標音，大正元年九月四日寫給擔任單行本（總標音）校稿的林原耕三的書簡，談到「〇應為市（いつ）桑。寫成いち桑的形式來呼喚，無關教育程度，只是懶得動手」。這裡就依從原稿來標音。另外，二三六頁「敬太郎是『阿市』的朋友」依原稿標音為「市（いち）桑」。

八

我的個性好強，固然願意讓母親開心，但更希望自己不要受傷害。因此我很擔心千代子在我不知不覺中被母親說服，於是暗中思考如何防止事情的發生。母親在千代子出生時，就認定她會嫁給我，因此在眾多姪甥當中特別疼愛千代子。千代子也從小就把我家當成自己的家，無拘無束地來玩或過夜。因此，縱使現在田口和我家比起以前已經變得比較生疏，千代子還是「阿姨、阿姨」叫個不停，好像來會親生父母般帶著開朗的神情，頻繁進出我家。她的個性單純，連人家要幫她作媒的事也毫不隱瞞地說給母親聽。善良的母親只是靜靜聽而已，從來不曾露出怨恨的眼神。她們兩人這般親密，我害怕說不定在哪一次談話中，會發生我所擔心的事。

我所謂的防止，首先就是預先把母親的嘴巴摀住，注意不要讓她講出相關的事情而已。但是事到臨頭打算向母親提出要求時，不禁產生一種自己真是只為固執己見，而剝奪軟弱母親自由的殘酷兒子的心境，所以最後總是不了了之。其實也不能說我完全是因為不願讓老人家憂愁，才沒做出那種殘忍的事。我心想，雖然她們兩人那麼親密，母親至今不曾貿然向千代子提起那件事，即使將此放置不理，暫時還不致出問題吧！所以我想對母親採取的行為，多少有了自我節制。

因此，我對千代子並沒有採取任何明確的防止措施。雖然在不安狀態中度過的這段時期，並不是就和田口家斷絕來往，有時也會單純只為讓母親開心，搭電車前往內幸町。某一晚，因為千代子硬要我留下來吃她剛學會的料理，所以就留下來吃晚餐。經常不在家的姨丈碰巧在家，用餐時如往常般風趣爽朗的談話，逗得年輕人開心的笑聲響徹屋瓦，整個屋子好熱鬧。用餐後，不知姨丈在想什麼？突然對我說：「阿市，好久沒下棋，來一局吧！」雖然我不是很想下棋，既然被邀就回答他：「好，來吧！」於是跟姨丈一起到另一個房間。原本兩人就不是高明的棋手，沒花多少時間，兩三下就結束。收拾好棋盤也還早，兩人邊抽菸邊開始閒聊。我趁此機會故意問姨丈：「千代子的婚事快定了吧！」我想藉此表達我對千代子沒有其他心意，另一方面認為這件事早一點有著落，自己也能夠放心，千代子也能得到幸福。姨丈不愧是見過世面的男人，毫不猶豫就這般說——「不，還沒啊！雖然一直有人來提親，卻有點困難，不好辦。愈去打聽就覺得愈麻煩，算了。差不多可以的時候，我就想給她定下來——婚姻這種事很奇妙，事到如今，我就跟你說。其實，在千代子出生時，你母親就說把她嫁給阿市——哎呀！才是一個剛出生的小嬰兒耶。」

這時候，姨丈邊笑邊看著我。

「聽說母親是很認真的。」

「當然是認真的。因為姐姐是一個老實人。實際上，是一個大好人。聽說現在也還很認真跟阿姨談論這件事。」

姨丈再次高聲大笑。對於姨丈如此輕描淡寫解釋這件事，我想多少也該為母親辯護一下。繼之一想，假如這是久經世故的人在巧妙暗示別人知難而退的話，跟他多說一句話都是愚蠢的，所以我只是悶不吭聲。姨丈是一個待人親切，也是老於世故的人。自從那一次之後，我愈來愈不想娶千代子則是事實。

九

從那之後大約有兩個月，我不曾再去過田口家。假如不是怕讓母親擔心，也許從此以後我都不會再踏進內幸町一步。縱使母親會擔心，單純只是對千代子惦記的話，也許我會把自己的任性發揮到極致，因為我天生就是這樣的人。不過兩個月後，我突然察覺不改變這種一意孤行的行為將對自己不利。坦白說，我認為和田口愈疏遠，母親可能用盡所有機會和千代子愈接近，說不定什麼時候會向千代子提出我最害怕的直接談判。我感受到這種形勢逐漸逼近[29]，因此我毅然決然要在危機到來前[30]將它排除，於是再度踏進田口家的大門。

他們對我的態度當然沒變。我對他們的樣子也跟兩個月前相同。我和他們仍然如以前般說笑、嬉鬧、相互挑毛病。總之，我在田口家的時光充滿歡樂、爽朗，甚至到了喧鬧的地步。老實說，我真是活潑過頭了。因此，心中常為這種空虛的努力而感到疲備。我認為若是以銳利的眼睛觀察，就會發現不知哪裡投射著虛偽的影子，把原本的自己染上醜陋的色彩。在那段時期裡，只有一次，自己的心情和自己的言語如同紙張般表裡合一，感到真正地愉快。那是田口家循例每年一次或兩次全家出遊時發生的事。我不知情地走進田口家的內室，看到千代子獨自閒坐在那裡，感到很驚訝。看起來她好像感冒，喉嚨貼著濕布。她不像平常開朗，臉色蒼白，神情落寞。她微笑說道：「今天我一個人看家。」我才發現大家都出門了。

那一天，她可能因為生病吧！比平日安靜消沉。原本她只要一看到我，一定百般嘲弄，無論如何非得挑起一場舌戰不可。看到她孤零零帶些憂鬱時，我突然萌生憐惜之心。因此一坐下去，很自然而然就溫柔地安慰她一頓。千代子露出奇怪的表情，說道：「今天你真溫柔。假如娶太太，得像這麼溫柔才可以。」毫無顧慮表現出溫柔態度的我，這時候才察覺自己一直認為無論對千代子多麼冷淡也無所謂。我看到千代子的眼中閃著微微的喜悅，很後悔自己以前太疏忽。

我們回顧兩人幾乎是一起成長的過去。從彼此敘述的往日回憶中，洩漏出使當年甦醒的點點滴滴。千代子的記憶遠比我好得太多，連那細微的事情也記得非常清楚，讓我感到很驚訝。千代子連四年前我站在門口，讓她幫我縫補綻開的和服褲裙的事都還記得，甚至她不是使用棉線而是使用絲線，竟然也記得一清二楚。

「你畫給我的圖，我還留著耶。」

確實如此，經她一講，我才想起來曾經畫過圖給她。但是，那是她十二、三歲時候的事，她把田口買的顏料和紙拿到我面前，硬要我畫圖給她。我對於繪畫的喜愛不深，從那之後到現在都不曾再握過畫筆。可想而知，那時不過就是畫些紅紅綠綠的單純圖像，認為刺激她的眼睛，應該就能滿足她的期望。聽她說還保留那些圖，我感到有些麻煩，只有苦笑。

「要不要給你看呢？」

我回絕她說：「不必看了。」她不把我的話當一回事，起身跑到自己房間把裝著圖畫的小箱子端過來。

中島國彥　註

29 切逼：迫切。同於「逼近」、「迫切」。初出、單行本作「切迫」。

30 一帳場：暫且。告一段落。亦可寫作一丁場、一町場。「帳場」為宿驛和宿驛之間的距離。

十

千代子從裡頭拿出我畫的五、六張圖給我看。那些圖有紅山茶花、紫東菊、不一樣顏色的大理花，不過都是些單純的花卉[31]寫生而已，光在不必要的地方下工夫，不厭其煩地塗得很細緻漂亮，連我一看都感到驚訝。我對於自己以前的繪畫技巧竟是這般綿密而感到欽佩。

「你畫這些圖給我的時候，比現在溫柔太多了。」

千代子突然如此說道。我根本不知道這是什麼意思。當我的眼光從圖畫移開、往上看著她時，她的黑色大眼睛正盯著我看。我問她為什麼那樣說呢？她並沒回答，依然直愣愣盯著我看。不久，她才以比平日更低的聲音說道：「現在央求你，你也不會那麼用心畫給我。」我沒有回答會畫還是不會畫，只是在心中暗暗同意她的說法。

「妳竟然把這些圖收藏得這麼好。」

「我打算結婚時，帶去當嫁妝。」

我聽了這話，莫名其妙地悲從中來。最可怕的是這悲傷的情緒，好像立刻傳給千代子。剎那間，我似乎看到淚水幾乎要奪眶而出的烏黑大眼睛，就出現在我眼前。

「那種無聊東西不要帶去啦！」
「不。我要帶走，因為是我的。」
她話一說完，把紅山茶花、紫東菊疊起來，又收進小箱子。我為轉換自己的情緒，故意問她打算什麼時候出嫁。她回答很快就要嫁出去。
「不是還沒定下來嗎？」
「不。已經定下來了。」
她斷然地回答。我一直希望她早日找到歸宿，因為這是讓我最放心的安排。但是聽到她這麼回答時，我的心臟彷彿大浪打過來般發出巨響，冷汗突然從腋下及後背冒出來。千代子抱著小箱子站起來，打開隔門時，從上往下看著我：「亂說的啦！」清楚說了這麼一句，就往自己的房間走過去。
我的腦袋一片空白，動也不動地坐在原處。我的心中沒有任何怨恨。千代子出嫁或不出嫁，對我到底有什麼影響？我在那時候才自覺到這件事，很感謝她的戲弄才讓我有實際的反省。也許我一直都愛著她，只是自己沒察覺。也許，她在不知不覺中已經愛上我。——我對於所謂「自己」的真面目是這麼難以理解而感到可怕，一時之間茫然地若有所失。這時候，電話鈴聲響起[32]。千代子從廊下急忙跑過來，拜託我和她一起接電話。雖然聽不懂什麼是「一起接電話」，我立刻起身和她到電話機旁邊。

「已經接上線了。我聲音嘶啞、喉嚨痛，沒辦法說話。你替我說，我自己聽。」

我不知道對方是誰，也聽不到對方講什麼，但是已經彎著身子準備好了。千代子也把聽筒貼近耳朵。也就是說，電話那頭傳過來的話只有她一個人聽得到，我只要把她小聲說出來的話，什麼解釋都不必地依序大聲傳給對方就可以了。一開始還不覺得滑稽，不厭其煩幫她傳話，但漸漸從千代子口中講出一些挑起我好奇心的回答和疑問。於是，我仍然彎著身子叫道：「喂，聽筒借我聽一下。」直接伸出左手要千代子把聽筒交給我。千代子邊笑邊做出「不要、不要」的動作。我立刻站直身子，打算搶走她手中的聽筒。她卻硬不肯放手。兩人在搶奪聽筒之間，她手快地趕緊把電話切斷，然後放聲大笑。——

中島國彥　註

31 花卉：栽培作為觀賞用的植物、草木。「卉」為草的總稱。

32 電話がちりんちりんと鳴った：當時的電話，附在受話器上的搖把一轉動，就會發出「鈴~鈴~」的響聲，以呼叫電話接線員，把對方電話號碼告訴接線生並要求接通電話。

十一

假如這件事發生在一年前的話……後來我不只一次反覆思索。每當我一想到這件事，命運之神彷彿向我宣告「已經太遲了，時機已過了」。有時候，命運之神又暗中慫恿我，從現在起不是還有兩、三次機會可以抓住那樣的情景嗎？原來如此，兩人只要毫無忌憚地將情愛從眼光中相互放射出來的話，千代子和我也能夠以那一天為基點，也許就會陷入不為世間利害關係所切割的愛情之中。然而，我卻採取與此相反的方針。

田口夫婦的意向和母親的希望，都屬於別人的教唆，根本毫無意義。只單純以她和我的天生稟性來作比較，我自來就相信我們是不會走在一起的兩個人。我不是為了向別人說明才會有這種說法。我曾經從一個愛好文學的朋友那，聽來一個有關義大利鄧南遮（Gaetano Rapagnetta，一八六三—一九三八）[33]和一名少女的故事。聽說鄧南遮是當今義大利最有名的小說家，我的朋友當然是想告訴我這小說家所擁有的勢力，不過我對故事中的少女卻遠比小說家更感興趣。故事的內容是這樣——

有一次，鄧南遮受邀出席宴會。在西方，文學家宛如國家的裝飾品般受到極大的讚揚。鄧南遮在宴會中，受到所有人的尊敬和殷勤款待，簡直就被當成偉人般尊崇。他集滿堂的焦點於一身，在眾人之間到處走動，不知怎樣地他的手帕掉落腳下。在那混雜的場面裡，不要說他自己，連旁人都沒發覺手帕掉落在地。結果有一個年輕貌美的少女，從地上撿起手帕、拿到鄧南遮面前打算還給他，問道：「這是您的手帕吧！」鄧南遮回答：「謝謝。」心想對於女子的美麗和風度，應該給一點親切的回應而說道：「請妳收下，決定送給妳。」他滿心以為少女一定會很高興。少女悶不吭聲，以指尖抓著手帕走到暖爐旁，直接丟進火中。鄧南遮另當別論，在場的其他人全部都露出微笑。

當我聽完這故事時，眼前浮現的不是褐髮的義大利美麗年輕女子，而是立刻想起千代子的眉毛和眼睛。我還想假如這件事不是發生在千代子身上，而是妹妹百代子的話，無論她心中如何想，當場肯定會有禮貌地答謝、愉快地接受餽贈吧！但是，千代子就不會那樣。

嘴巴很壞的松本舅舅替這對姐妹取綽號，經常「大蟾蜍、小蟾蜍」亂叫一通。他說兩人的嘴唇很薄又長，好像如同錢包的蟾蜍口，經常把兩人逗得哈哈大笑或惹得氣呼呼。這綽號和她們的個性無關而是取笑她們的長相，同樣是舅舅的批評，他說小蟾蜍老實、溫順，大蟾蜍行事有些過於猛烈。我聽到這樣的話，心中就在想，舅舅到底怎樣觀察千代子呢？總是對舅舅的識人眼力打上問號。有時候千代子的言行舉止看起來很猛烈，並不是因為內心藏有不像女人的粗魯，而是她過於女人的溫柔感情讓她不顧一切地把自己拋出去。我對於自己的這種看法深信不疑。她對於是非善惡的分辨，幾乎和學問、經驗都沒有任何關聯，僅憑直覺地以對方為目標而燃起。因此，有時候會讓對方覺得自己好像被雷電打到般猛烈。之所以來得又猛又烈，意味著從她心中一下子飛出許多純粹的感情，那和被尖刺、毒藥、腐蝕劑噴到完全不一樣。因為至今不知道有多少次，即使她非常憤怒，卻讓我從她那裡得到一股清新之氣、把我整個人洗淨般的心情。這就是證據。有時甚至有種和高尚、神聖之人相遇的感覺。我甘冒天下之大不韙為千代子辯護，因為她是所有女人中最具女人特質的女人。

中島國彥　註

33 ダヌンチオ：Gabriele D'Annunzio（1863-1938）義大利的小說家、軍人。世紀末耽美主義代表文學家之一。有小說《無辜者》（一八九二）、戲曲《弗蘭茄斯卡．達．里米尼》（一九〇一）、《殉教者》（一九一一）等作品。其中的小說《死亡的勝利》（一八九四），給予明治的年輕讀者很大的影響。漱石收藏鄧南遮的四本英譯作品，作品中也寫進若干事宜。

十二

既然認為千代子這麼好，為何不娶她為妻呢？——其實，我也曾在心中問過自己。但是在還沒考慮理由或其他事之前，我就先感到恐懼。我根本沒辦法想像兩人長時間要當夫婦的情景。倘若把這種事講給母親聽，她肯定會很驚訝吧！講給同輩的朋友聽，也許人家根本聽不懂。不過也沒必要硬把記憶埋在沉默中，我不願意讓這只是自己的感想而已，因此我要把心中的想法講給你聽。一言以蔽之，千代子是一個「不知畏懼」的女人，而我是一個「只知畏懼」的男人。因此，不僅是無法匹配，若是成為夫婦的話，那只有各行其道了。

我經常思考——「沒有比純粹的感情[34]更美的事物，沒有比美的事物更強了」。堅強的人無所畏懼，這是理所當然。如果娶千代子為妻，我是無法忍受妻子眼神中放射出來的強烈光芒。那種光芒未必是怒氣。無論是感情的光芒、愛慕的光芒，還是渴望的光芒都一樣，我一定會被那光芒射得動彈不得。假如要以同樣程度或超越她的光芒反射回去，我這種容易動感情的人實在脆弱到辦不到。由於我不會喝酒，縱使接受一罈芳香濃郁的清酒，也不具品嘗美酒的資格，這是我在世間受到的啟發。

如果千代子嫁給我，必定會陷入殘酷的失望。她將天賦的美好感情毫不吝惜地傾注到丈夫身上，接受感情的丈夫從她那裡得到精神上的營養，出人頭地，活躍在社會中。她肯定預期這就是丈夫對她的唯一回報。從她年紀還輕、沒有學問、見識狹窄看來，也許應該說很可憐。她認為不使出頭腦和手腕，在現實社會中打拼以獲取眼睛看得見的權力或財力，就不能稱為男子漢[35]。她的個性單純，就算嫁給我，也一樣會以這種口吻向我要求，而且她深信只要向我要求，我一定做得到。兩人之間橫亙著根本上的不幸，如果說問題就存在這裡也不為過。正如我剛才所說，無法接受身為妻子的她傾注豐富又美好的感情，因為我這種閉門不出的人，只會像燒燙的石頭把潑灑下來的水全部吸乾，卻無法依照她的願望去做。假如我在什麼地方顯現出受到個性單純的她的影響，無論怎麼說明，她都無法完全明白，只會出乎意料地發現而已。萬一她有所察覺，她重視的程度，也不會超過我塗著髮蠟的硬頭髮、或穿著綢布襪的腳跟吧！總之，就她的立場來說，她把美好的感情一直浪費在我的身上，漸漸只能感嘆婚姻的不幸而已。

每當我把自己和千代子作比較時，必定不斷重複「不知畏懼的女人」和「只知畏懼的男人」這兩句話。最後我甚至覺得這不是自己造出來的詞，而是引自西洋小說的感覺。最近，自從喜歡講經說教的松本舅舅提到詩和哲學的區別[36]，所謂「不知畏懼的女人」和「只知畏懼的男人」這兩句話，立刻讓我想起和自己沒什麼關聯的詩和哲學。雖然舅舅是素人學問家，對這方面卻很感興趣，講很多有趣的事給我聽，還以「像你這種容易動感情的人」，暗自把我評為像個詩人。其實他錯了，就我的觀點，不知畏懼是詩人的特質，畏懼是哲人的命運。我無法毅然決然下決定，總是優柔寡斷，凡事先考慮結果，盡在自尋煩惱。千代子好像一陣風般自由吹拂，無法預測的豐富感情一次就從胸中湧出來。她在我認識的人當中，是最不知畏懼的人。因此，她會輕視我這個凡事畏懼的人。眼看她快被感情的重擔壓倒，我作為無法將這一切解釋為命運嘲諷的一名詩人，為此事感到深深地憐憫。有時候，甚至為她感到戰慄。

中島國彥　註

34 純粋な感情程……：濟慈的 *Ode on a Grecian Urn*（希臘古甕之歌）中，有所謂"Beauty is truth, truth is beauty"（美即是真，真即是美）的詩句，漱石在《文學論》第三編第三章中，以"Truth is beauty, beauty is truth"的形式引用濟慈的詩句。

35 権利か財力を○まなくっては男子でない：漱石寫在巴爾扎克作品《高老頭》英譯本中，對於意思為「女人追求有野心的男人」原文，寫下"No every woman runs after a man of success"。（參照岩波書店新版《漱石全集》第二十七卷）

36 詩と哲学の区別：從明治四十三年仲秋起至明治四十四年初夏的「片斷五三Ａ」中，有關「○Art and Life and Philosophy」中，有各種圍繞著「藝術」、「哲學」、「人生」的筆記，可能與這問題相關連吧！

十三

須永談話的最後部分，讓敬太郎覺得很難理解。坦白說，說他是詩人、說他是哲人都可以。那是旁人觀察他所得的評價，敬太郎本身對這兩種說法都不認同。因為詩啦！哲學啦！這些文字只有在月世界才能如夢幻般起作用，幾乎可以不值一顧地丟棄。而且他非常討厭大道理。那種讓自己身體連左右都動彈不得的大道理，無論講得多麼頭頭是道，對他而言全部等同偽幣而已。因此什麼畏懼的男人、什麼不知畏懼的女人之類好似占卜的詞彙，理應不會沉默聽下去，但是他娓娓道出那些真情感人的境遇，儘管敬太郎不是很理解，仍然乖乖地傾耳聆聽。

須永也注意到這一點了。

「講一堆大道理，真是太難懂。自己一個人愈講愈起勁。」

「不，沒關係。很有趣。」

「那根手杖有沒有發揮效用？」

「好像已經發揮驚奇效用了。不再往下多講一些嗎？」

「已經沒有了。」

須永話一說完，把目光轉到寧靜的水面上。敬太郎暫時也默不作聲。他覺得很奇怪，剛剛聽須永講那些令人不解的詩啦！哲學啦！就像處在虛無飄渺的雲中讓人看不清形狀的山峰，卻又高聳在腦海中遲遲無法忽視。映入敬太郎眼中，那個一言不發坐在面前的須永本身，也是脫離人生窠臼的一種奇怪人物。敬太郎認為一定還有其他的事可以繼續說下去，於是向須永問道：「剛剛所說的事、最後的故事是什麼時候發生的？」須永答說：「發生在大學三年級的事。」敬太郎反問道：「這種關係在過去一年多的期間，你是以怎樣的路徑在進展呢？現在又怎樣解釋呢？」須永苦笑道：「先出去再說吧！」兩人買單後就走出門外。須永看著走在前頭的敬太郎得意揮動手杖的背影，忍不住露出苦笑。

他們來到柴又的帝釋天院內時，對著平淡無奇的寶殿，基於禮貌膜拜一下，很快就走出大門。兩人都想搭火車盡速返回東京。一到車站[37]，才發現那令人等到不耐煩的鄉下火車，離發車時刻還有一段時間。兩人立刻走進附近的一家茶屋休息。以下的故事是敬太郎依剛才的約定，要須永繼續講下去。——

那件事發生在我大學三年級升四年級的暑假。我躲在二樓，正在想這個暑假該怎麼過才好呢？母親從一樓上來，說道：「有空的話，到鎌倉[38]走一走，好不好？」大約一週前，田口全家已經前往鎌倉避暑。原本姨丈不喜歡海邊，所以全家每年照例都到輕井澤[39]的別墅避暑，不過因為兩個女兒希望今年一定要去海水浴場，所以就向友人借了位於材木座[40]的一棟宅邸。千代子出發前來辭行，順便閒聊，我在一旁聽她邀請母親：「雖然還沒去看過。聽說建在背陽的山邊，不知是二層樓還是三層樓，應該還算寬敞的屋子，希望阿姨也能來玩。」因此我就勸母親：「您好好去那裡玩一玩，休養[41]一下身體。」母親從懷中拿出千代子的來信給我看。那是千代子和百代子的聯名信，信中傳達她們母親希望母親和我一起去鎌倉玩。如果母親要去，對於她一個老人家搭火車實在不放心，要我務必跟著一起去。我個性憋拗，母子兩人跑到那種鬧哄哄的地方，縱使不會帶給人家麻煩，也過意不去而覺得討厭。可是母親露出很想去的表情，而且還是為了我才想去的表情，讓我愈發不想去了。不過，最後還是決定去。我這麼說，也許別人聽不懂。雖然我是一個很固執的人，實際上也是一個很心軟的人。

中島國彥　註

37 停車場：考慮柴又這個地點的話，推測是常磐線的金町車站。應該是從金町車站搭車到上野車站後回家。

38 鎌倉：明治四十四年七月二十一日日記，記有漱石前往中村是公和企業家杉山茂丸的鎌倉別墅。從日記中可知，小說中和鎌倉相關的敘述，就是基於那時候的體驗而來。

39 軽井沢：長野縣北佐久郡的高原避暑地。明治末年起成為外國人的別墅地開始建造山莊而急速發展。

40 材木座：鎌倉滑川注入由比濱的東側一帶。以下「友人宅邸」的描述，和前出七月二十一日日記有關連。另外，明治三十年八月，鏡子夫人因流產前往鎌倉材木座的大木喬任伯爵的別墅靜養渡過一夏，漱石也曾經在那裡停留一段時日。

41 気保養：排憂。讓心情愉快。解悶。

十四

母親生性靦腆，平常就不太喜歡旅行。重視傳統又嚴格的父親在世時，好像就很少有機會外出。現在我都不記得父母親曾經為玩樂而離家出遠門的事。父親死後，雖說母親變得自由了，卻也沒機會讓她可以隨意到自己喜歡的地方。她不便獨自遠行或長時間不在家，就在母子相依為命的家庭中逐漸老去。

出發前往鎌倉那一天，我幫母親提著行李，搭乘直達火車[42]。當車子開動時，她笑著對坐在鄰座的我說：「好久沒搭火車了。」其實，我也不常有搭乘火車的經驗。在這種非日常的氣氛下，兩人的談話比平日更加起勁。我不記得到底聊些什麼，就在斷斷續續你一句、我一句中，車子抵達目的地。由於事先沒通知，所以也沒人來車站迎接，雇了輛車只說某某人的別墅，車伕立刻明白了。在我沒注意的當下，車子已走在很多新房子的砂石路上，從松樹間看過去，可以眺望遠處田地上開滿的美麗黃花。乍看之下，好似油菜籽花般富於情趣，感覺非常奇妙。我坐在車上一直在想那些閃亮耀眼的花朵到底是什麼呢？後來突然察覺那是南瓜時，自己都忍不住笑出來。

車子抵達別墅大門時，從路上可以清楚看見取下隔門的客廳裡走動的人影。我看見一個穿著白色浴衣的男人，我認為大概是姨丈昨天從東京趕來這裡過夜吧！然而，所有的人都從屋內出來玄關迎接我們時，始終沒看見那個男人。我想如果是姨丈的話理應會出來才對啊！一走進客廳也不見他的人影。我還在東張西望時，阿姨和母親已經開始寒暄起來，什麼火車上很熱吧！能夠住進視野這麼好的屋子真是太好啦！老婦人一開口就沒完沒了。千代子和百代子勸母親換穿浴衣，把脫下來的和服拿去曬[43]。女傭帶我去浴室，把臉和頭沖洗一下。雖然這裡是離海岸很遠的山坡，出乎意料地水質相當不好。擰好毛巾，一看臉盆底，竟然沉澱著有如沙子般的渣滓。

「請用這一條。」背後突然傳來千代子的聲音。轉頭一看，千代子把一條白色的乾毛巾放在我的肩膀上。我拿起毛巾站起來。千代子又從梳妝台的抽屜拿出梳子給我。我坐在鏡子前梳頭髮時，她把身子倚在浴室門口的柱子，盯著我溼答答的頭看。我悶不吭聲，千代子就問了句：「水質很不好吧！」我看著鏡子，說道：「怎會染成這種顏色呢？」有關水的事情說完後，我把梳子放在梳妝台上，把毛巾搭在肩膀上直接站起來。千代子先我離開柱子，正要走回客廳。我從後頭叫了一聲她的名字，冒出一句：「姨丈在哪裡？」她停下腳步回頭，說道：

「爸爸四、五天前來了一下，前天說有事又返回東京了。」

「那就是不在這裡嗎？」

「是啊！怎樣嗎？今天傍晚也許會帶著吾一再來。」

千代子說如果明天是好天氣，大家就要去捕魚，田口今天傍晚不回來就很麻煩了。還勸我一定要跟著大家一起去。比起捕魚，我更想弄清楚剛才看到那個穿浴衣的男人，到底是何方人物？

中島國彥　註

42 直行の汽車：前往鎌倉，通常必須在大船由東海道線轉乘橫須賀線，不過在新橋也有往橫須賀的直達列車。

43 晒干して：讓風晾乾。通常表記為「曝して」。

十五

「剛才不是有一個男人坐在客廳嗎？」

「那是高木啦！就是秋子的哥哥。你也知道嘛！」

我既不回答知道，也不回答不知道。不過對於那個叫高木的到底是誰？已經心知肚明。以前就知道百代子有一個同學叫高木秋子，從她和百代子的合照，也看過那女孩子的長相。也在風景明信片上，看過她的筆跡。曾聽說她有一個哥哥到美國，現在回來了之類的事。大概來自一個富裕的家庭，所以他到鎌倉來玩根本不足為奇。就算在這裡有棟別墅，也沒什麼不可思議。我突然問千代子，高木的房子在哪裡？

「就在這下頭。」她說了這麼一句。

「別墅嗎？」

「對。」

除此之外，兩人沒再說什麼就回到客廳。母親和阿姨還在客廳裡，海水的顏色如何啦！大佛[44]約當在什麼方向啦！把一些無關要緊的事當成大問題般問過來答過去。百代子告訴千代子，她們的父親特地通知說當天傍晚前會回來。兩人津津有味談論明天捕魚的事，就在眼前勾勒出捕魚的樂趣，好似手中已經捕到魚。

「高木也會去吧！」

「阿市也一起去。」

我答說：「不去。」我說明理由是因為家裡有點事，今晚一定得回東京。事實上，我心裡正嘀咕著，原本就鬧哄哄的一群人，假如田口再把吾一帶來，我恐怕連睡覺的地方都沒有了。而且我不想和姐妹倆熟識的那個叫高木的男人見面。剛才他和姊妹倆正在談論我，看到我來了，覺得不好意思就從後門回去了。百代子告訴我這些事時，我還蠻開心的。因為我個性很怕陌生人，這樣一來，我就不必在不熟識的人面前感到拘束。

兩人一聽我要回去，露出驚訝的表情，開始勸我留下來。特別是千代子，更是積極挽留我。她抓住我，說了一聲「怪人」，還說哪有留下母親一個人、自己掉頭就走的道理呢？還說你要走，我也不讓你走。她對我遠比她的弟弟妹妹，更有自由發言的特權。我經常想像，如果她對待別人也像對待我這般大膽、直率（雖然有時出自善意……）、威權的話，就算像我這種有很多缺點的人，想必也能愉快地生活在世間吧！我實在非常羨慕這個小暴君。

「怎麼凶巴巴呢？」

「你不孝。」

「那麼，我去問阿姨。假如阿姨說住下來，那你就住下來。好不好？」

百代子擺出要當和事佬的模樣，邊說邊走到老人家正在聊天的客廳。根本不必問都可以知道我母親的意向，所以在此敘述百代子從兩位老人家那裡帶回來什麼樣的答覆，不過就是畫蛇添足而已。總而言之，我成為千代子的俘虜。

不久，我藉口[45]出去街町走一走，撐把陽傘遮住午後酷熱的陽光，在別墅附近隨意亂轉。假如說是懷念許久未見的土地的話，未必不可以。不過，現在我既沒閒情也沒逸趣沉溺在舒展寂寞心情的風雅。我只是東走走西走走，到處看看掛在屋外的門牌。當我看到一棟比較漂亮的平房的門柱上，掛著「高木」兩字的門牌，暗忖就是這一間吧！我在門前站了一會兒。隨後，毫無目標慢慢又走了十五分鐘。在我的心裡，這等同是想表明自己並非為了看高木家才特意跑出來。然後我很快就返回去。

中島國彥　註

44 大仏：鎌倉長谷的大佛。

45 口実：說詞。藉口。

十六

坦白說，我對於高木這個人，幾乎什麼都不知道，只聽百代子提起過一次，聽說目前他正在尋求適當的結婚對象。百代子跑來跟我商量，看著我問道：「你覺得姐姐怎樣？」我以一貫冷淡的語氣回答：「也許可以。去跟你爸爸媽媽談一談。」這件事情還留在我的記憶中。從那次之後，我不知道又踏進田口家幾次，可是至少我在場時，從來不曾聽哪個人提到高木這個姓氏。對於這麼一個毫不親近、甚至不曾見過面的人的住處，自己到底有何興趣呢？我竟然特地冒著酷熱跑到外頭去查看。至今我不曾向任何人說明理由。當時連我自己本身也無法明確說清楚，只是心中隱約感受到遠方有一種不安撼動我的身體。從鎌倉那兩天中所發展出一種確實形狀的結果看來，現在我認為那和誘發我出外散步的動力肯定是同一種力量。

我返回別墅不到一小時，那個和我看到的門牌同樣姓氏的男子忽然出現在我面前。田口阿姨細心為我介紹那男子道：「這位是高木桑。」看起來，他是一個肌肉結實、氣色紅潤的青年。從年齡來看，也許大我幾歲。不過要形容他朝氣蓬勃的模樣，非得使用「青年」才能表達出他的精神充沛。當我看到這男子時，自然會比較我和他的不一樣，不禁讓我懷疑是否有人故意讓兩個人一起坐在客廳呢？處於劣勢的人當然是我，如此鄭重其事把兩人硬擺在一起，我只能接受這種戲謔。

兩人的外貌已經是不懷好意的對照了。至於衣著打扮啦！應對進退啦！相差得更懸殊，我不是沒有自知之明。雖然在我面前的人，像母親、阿姨和表妹等都是血緣親近的親屬，可是處在其中的我和高木比起來，我反而更像不知從哪來的客人。他無拘無束，又巧妙地不致於降低自己的品格。讓畏懼陌生人的我來評論的話，只能說他像一出生就被丟到交際場所，直到今天都在同一個地方長大成年。不到十分鐘，他就把所有的交談機會從我手中奪走，把所有的目光聚焦在他自己身上。他為避免我被冷落，不時還跟我講上一、兩句話。然而很不巧都不是我感興趣的話題，我既沒辦法和大家閒聊，更沒辦法和高木一個人聊。他親熱地叫田口阿姨「媽媽、媽媽」。他對千代子的稱呼竟是「千代」，這是我從小就叫習慣的名字，他卻好像理所當然地使用。他還對我說：「剛才您們抵達時，我和千代正在談論您呢。」

從我看到他的第一眼，我就很羨慕他。一聽他的談吐，立刻就知道自己不如他。光是這些事，也許就足夠讓我在那裡感到不開心。慢慢觀察他的當中，不禁懷疑他是不是有意在處於劣勢的我面前，炫耀自己的優點呢？這時候，我突然開始討厭他。於是，縱使我有機會開口說話也故意保持沉默。

現在我心平氣和地回顧那一天的事情，也許可以解釋為我自己的乖僻個性在作祟吧！我喜歡懷疑別人的同時，也不得不懷疑這個生性愛懷疑的自己，結果總使得和別人談話也很難明確說出個所以然。假如那就是我乖僻的劣根性的話，在那當中還潛藏著已凝結而未成形的忌妒。

十七

我不知道身為一個男人，我的忌妒心是屬於強烈還是普通？我是一個沒有競爭者的獨生子，被百般呵護地撫養長大，至少在家裡沒有產生忌妒心的機會。我讀小學、中學時，很僥倖地沒人成績比我好，極為順利就度過。高中和大學並不那麼重視名次，一般習慣上，總會隨年齡逐漸增長而高估自己的知識，分數的多寡並沒有帶給我多大的苦惱。除此之外，我沒有刻骨銘心的失戀經驗，更不記得曾經發生過兩男爭一女的事情。坦白說，我是一個對於年輕美貌的女子，會比對普通人付出更多心思觀察的人。在路上看見漂亮的臉蛋和漂亮的和服，我的心情就會變得宛如太陽從雲端照射出來般晴朗。偶而還會希望成為那些漂亮事物的所有者。但是，一想像那些臉蛋以及和服將會無常虛幻地產生變化，猛然醉意全消而打起寒顫。我就是這麼一個膚淺的人。我之所以不會有迷戀美女的執念，不過就是受阻於酒醒後的寂寞而已。每當我處於這種情緒時，就會覺得自己年紀輕輕卻突然變得像老人或和尚，因而陷入極度的不愉快。也許因為這樣，所以不曾嘗到因戀愛而產生的忌妒。

因為我希望當一個普通人，所以並非在炫耀自己不會忌妒別人或什麼的，不過就如剛才所說的那樣，直到高木這個男人出現在我眼前，我竟然產生被這種名為忌妒的感情將我整顆心奪走的強烈感覺。那時候，我明顯感受到高木帶給我的難以名狀的不快感。我一想到引發忌妒根源的千代子，既不是自己的所有物，也不是想占為己有的人時，我察覺到無論如何都要壓抑這種忌妒心，否則有損自己的人格。我懷著失去擁有權利的忌妒心，誰都不知道我在心中開始感到苦悶。幸好千代子和百代子看到太陽西斜，說要去海邊走一走，我心想高木必定會跟著她們去，最好留下我一個人。她們果然邀高木一起去。高木出乎意料找了藉口，並沒打算前往。我猜想他是對我有顧慮，這讓我的眉頭鎖得更緊。她們接著就邀我同往，我當然沒答應。縱使她們不給我早一點從高木面前逃離的機會，我也會恨不得出手搶奪機會。不過我現在的心情，已經厭倦強顏歡笑地跟著姊妹倆到海邊。母親露出失望的表情，說道：「一起去吧！」我默不作聲地眺望遠方的海面。姊妹倆邊笑邊起身。

「你啊！還是那麼乖僻。簡直就像一個幼稚的小毛頭。」

我被千代子如此責備，任誰看到都會認為我是一個幼稚的小毛頭吧！我也認為自己好像幼稚的小毛頭。高木心情愉快地走出廊下，替姐妹倆拿來斗笠般的大草帽[46]，說了聲：「好好地玩。」

姐妹倆走出別墅大門後，高木又陪老人家聊了一會兒。他說來避暑很輕鬆，不過如何度過一天成為大問題，反而變得很苦惱等。看起來，他好像正在為體力充沛的自己如何消暑和排遣無聊而發愁。不久他像自言自語般說道：「今晚該怎麼安排呢？」突然好似想起什麼般問我：「撞球[47]，怎樣？」幸好我打從出生以來還不曾撞過球，所以立刻回絕。高木說：「我還以為有一個好對手，好可惜啊！」邊說就邊離去了。我目送他那活潑好動的背影，暗忖他肯定到海邊去找姐妹倆。但是，我依然坐著一動也不動。

中島國彥　註

46 菅笠：以草葉編成的草帽。

47 玉突：billiards，明治末年流行的遊戲之一。《行人》「歸來後二十一」中，有「多半是從哥哥那裡聽來的，而且感覺還故意讓人家看路易十四時代的銅製撞球檯」，《心》「二」中，有「住處位於鎌倉的偏僻地方。假如想享受一下撞球或冰淇淋之類的時髦玩意，就得走上好長一段田埂路」。

十八

高木離去後，母親和阿姨談了一會兒他的事情。母親對於這個初次見面的人好像印象很好，誇獎他為人隨和、做事周到。阿姨也一一舉例說明，好像在證實母親的稱讚。這時候，我才發現我對高木的認識極為膚淺，幾乎全部都該修正。因為我聽百代子說他從美國回來，但依據阿姨的說法，根本不是美國，他是到英國受教育的人。阿姨不知從哪裡聽來「英國式紳士」這名詞，一連說了兩、三次，讓對此一無所知的母親露出訝異的表情。不僅如此，阿姨還向母親說：「所以我覺得他品行端正。」母親只是「對、對」表示欽佩。

她們倆在談論過程中，我幾乎不曾開口說話。從母親的外表看來，好像和平常一樣並沒改變，我一想到母親可能在心中暗暗將高木和我做比較，對母親產生憐憫的同時也有種怨恨。假如母親一方面把千代子對我的舊關係放在心上，另一方面又去想像千代子對高木的新關係，她到底會有怎樣的心情呢？這種會帶給她一些不安的事，原本是可以避免的，我卻好像故意讓她承受這些不安而帶她出來。想到這裡，我不只是不愉快，還有一種對老人家愧疚的痛苦。

不過這些只是我從前後情形來推測而已，實際上並未成為事實，所以也很難說些什麼。不過，阿姨也許想利用這個場合，既不是以商量也不是以宣告的形式向我們母子把事挑明吧！如果有緣分的話，就要把千代子許配給高木吧！凡事敏感的我，反而不知道比我更不知內情[48]的母親到底會怎麼想？從阿姨那時的談話中，我預測這將是我和千代子永遠分離的第一回談判。不知是幸還是不幸？阿姨都還沒說出口時，千代子姐妹倆晃動著大草帽從海邊回來了。雖然我的預測沒中，不過真為母親感到開心。與此同時，這件事情讓我感到焦慮不安也是事實。

傍晚，母親要我和千代子姐妹倆一起出門到車站，迎接從東京回來的姨丈。姐妹倆都穿著浴衣，還有和式白襪。這一對姐妹的模樣映入站在後方目送她們的母親眼中，不知感到多麼驕傲！我和千代子並肩而行的影像，看在母親眼中不知又比一幅普通繪畫昂貴多少倍！我為自己不知不覺中成為欺騙母親的工具感到難過。走出大門時我回頭一看，母親和阿姨仍然望著我們。

走到途中，千代子好像想起什麼似地停下腳步，說道：「啊！忘了邀高木。」百代子立刻看著我。我停下腳步，悶不吭聲。百代子說道：「算啦！都走到這裡了。」千代子又說道：「可是，他剛才拜託我們要叫他呀！」百代子再次看著我，露出猶豫的神情。

「阿市，你帶錶嗎？現在幾點？」

我拿出錶給百代子看。

「還來得及。去叫他來也好，我先去車站等。」

「已經太晚了。假如高木想來的話，一個人一定也會去啦！下次碰到他，向他道歉說忘記叫他就好了。」

姐妹倆討論後，決定不回頭。高木果然如百代子的預測，在火車未抵達前匆匆趕到火車站內，對著姐妹倆說道：「實在有夠過分，我再三拜託妳們要叫我。」然後問道：「媽媽怎麼沒來？」然後跟我打招呼，就像剛才那麼親切。

中島國彥　註

48 迂遠い：觀察能力差。不瞭解狀況。通常寫成「疎い」。

十九

那天晚上，因為等候姨丈及表弟，加上我們母子的加入，晚餐時間比平日晚很久，情況果然如我暗自害怕般在一片鬧哄哄當中起筷動碗。姨丈邊笑邊說：「阿市，很像火災現場吧！不過，偶而在這麼熱鬧中吃飯也挺有趣喲！」這算是間接的辯解。習慣安靜用餐的母親，在這麼熱鬧中確實如姨丈所說露出愉快的神情。母親是一個內向的人，卻很喜歡這種歡樂的場面。她剛好吃下一口薄鹽[49]烤竹筴魚，讚不絕口地直說：「味道很好。」

「只要事先委託漁夫，要多少就有多少。姐姐喜歡的話，回家時要不要帶些走呢？」

原本就想送些過去，想著想著卻也沒送去，加上這又很容易腐敗。」

「我曾經在大磯特地買了些帶回東京，這種東西如果不小心處理的話，在途中恐怕……」

「會壞掉嗎？」千代子問道。

「阿姨不喜歡興津鯛[50]嗎？我覺得興津鯛的味道比較好。」百代子說道。

「興津鯛是興津鯛的味道，也很好啊！」母親坦率地回答。

為什麼我還記得這些瑣碎的對話呢？因為那時候我注意到母親的臉上流露出幸福的表情，還有就是我和母親一樣也喜歡鹽烤竹筴魚。

在這裡順便說一說。我的喜好和個性上，有些地方和母親非常相似，也有些地方完全不一樣。這是我不曾向任何人提起的秘密。過去幾年我私底下把自己和母親哪裡像？哪裡不像？作了詳細的研究，當成自己的心得。母親問我為什麼要模仿她呢？我很難說明。其實，縱使我自己問自己也說不明白，因為說不出理由來。不過，就結果來說是這樣——只要和母親一樣，就算是缺點我也會感到很開心；只有我有而母親沒有，就算是優點我也會感到不開心。其中最在意的是我的長相只像父親，眼睛、鼻子長得和母親完全不一樣，簡直就像不相干的人。我到現在每次一照鏡子，還是覺得即使長得不好看也沒關係，如果能夠多遺傳到母親的長相，讓兩人看起來更像母子不知有多好！

用餐延後，睡覺時間也跟著往後拖到很晚。由於人數突然增加，光是床位安排及房間分配，就讓阿姨頗費功夫。三個男人一起擠在同一個蚊帳睡覺。姨丈拿著團扇對著他那肥胖的身體，不斷「啪吋啪吋」搖個不停。

「阿市，怎麼樣？不熱嗎？還是東京好多了吧！」

我和我旁邊的吾一都說東京比較好。既然如此，何苦遠巴巴地特地跑到鎌倉，擠在狹窄的蚊帳內睡覺呢？姨丈、我、吾一都說不出原因來。

「這也是一種樂趣啦！」

姨丈的一句話馬上把疑問解開，但是暑熱怎麼樣也消退不去，誰都沒辦法立刻睡著。吾一年輕好奇，不停問姨丈明天要去捕魚的事。姨丈不知是認真還是開玩笑？他說的倒輕鬆，說什麼只要坐在船上，魚兒就會自動靠過來[51]。他不只是對自己的兒子，還不時向我這個對那些事絲毫不感興趣的人問說：「阿市，對吧！」這實在有點奇怪。可是我也必須要有所回應，聊天結束前，我理所當然成為和他一問一答的對象。原本我並沒打算要去捕魚或做其他的事，這種演變讓我多少感到有些意外。不一會兒，看來心情輕鬆的姨丈開始發出很大的打鼾聲。吾一也安靜地睡著了。只有我故意閉上睡不著的眼睛，直到半夜還在思索很多事。

中島國彥　註

49 一塩にした：抹上薄薄的鹽。

50 興津鯛：在興津（靜岡縣清水市面向駿河灣的地區）捕獲的甘鯛。曬乾後成為當地名產。

51 風を望んで降る：聽風聲、觀察形勢而投降。「風」有情勢、樣子，或風評、風聲之意。《漢書》「杜欽傳」有「天下莫不望風而靡」。這裡是指魚很快就能被釣上來。

二十

翌日，一睜開眼睛，睡在旁邊的吾一不知什麼時候已經不在了。我覺得睡眠不足，昏沉的頭依然枕在枕頭上，說不上是在作夢還是在思索，不時還帶著好奇心窺看好像非我族類的姨丈睡覺的臉龐。當自己在睡覺時，別人看來也會是一副無憂無慮的模樣吧！這時候，吾一爬進蚊帳說要討論天氣，催促我起床看一下。我就從廊下走出去，一看海面上籠罩著白茫茫的靄霧，連近處海角上的樹木也失去平常的翠綠色。我問道：「是不是在下雨呢？」吾一立刻跑到庭院內，仰望天空，答道：「有點雨。」

他好像很擔心今天無法搭船去捕魚，連兩個姐姐都被他拉到廊下，不斷反覆問她們「該怎麼辦？該怎麼辦？」。最後可能認為有必要問最後的審判者——他的父親吧！連在睡覺的姨丈也被叫醒了。姨丈睡眼惺忪，露出一副「天氣怎樣都無所謂」的表情，放眼眺望一下天空和海面後，說道：「照這樣子看來，過一會兒肯定會放晴。」吾一好像才放心，可是千代子卻看著我，說道：「這種毫無根據、不負責任的天氣預報，反而令人擔心。」我什麼話都沒說。姨丈邊說「沒問題，沒問題」，邊往浴室走去。

早餐後，開始下起如霧般的細雨，不過並沒有刮風，所以海面上看起來反而比平常平靜。不湊巧地碰上這種天氣，善良的母親為大家感到可惜。阿姨提醒大家一會兒肯定下大雨，今天就不要去吧！可是年輕人都主張要去。姨丈就說：「那麼老太婆留下來，年輕人全部出發吧！」阿姨一聽就故意問道：「那麼，老爺爺是屬於那一邊呢？」大家聽了都哈哈笑。

「今天屬於年輕人那一邊囉！」

不知姨丈想證實這句話還是怎樣，立刻起身將浴衣的下擺撂到腰帶裡頭走下去。

姐弟三人也跟著從廊下走下去。

「你們也把下擺撂起來比較俐落。」

「不要。」

我從廊下往下望過去，姨丈露出像山賊般的黑毛腿，姐妹倆戴著大草帽好像戴市女笠的靜御前[52]，弟弟則扎著一條黑色腰帶，他們簡直像一群逃離都城、形跡可疑的集團。

「阿市又想說我們什麼壞話呢？」百代子看著我，露出微笑問道。

「快點下來。」千代子斥責似地說道。

「幫阿市拿一雙舊木屐。」姨丈提醒道。

我二話不說趕緊走下去，可是已約好的高木還沒來，那又成為一個問題。大家認為他可能因為這種天氣還在觀望吧！所以決定我們先慢慢走，讓吾一跑去接他過來。

姨丈還是跟平日一樣不斷找我講話，我只得隨著他的腳步陪他聊。到底是男人的腳步，不知不覺就超在姐妹倆之前。我回頭一看，兩人對於落後一事根本沒放在心上，也沒打算要追過來的樣子。我只能認定她們為等高木，所以故意走慢。那是對於客人的一種禮貌，她們理所當然該這麼做。然而，那時候我並不這麼認為。縱使可以這麼認為，也未能察覺。我想對她們比出「走快一點」的手勢，回過頭後終究放棄，又跟著姨丈繼續走。就這樣一直走到進入小坪[53]入口的海角。那裡有突出大海的山麓，開了一條可以繞到另一邊、僅能容一人走過去的狹窄坡路。姨丈站在坡頂的轉角停下腳步。

中島國彥　註

52 靜御前の笠：源義經的情婦靜御前攜帶的「市女笠」。

53 小坪：神奈川縣三浦郡逗子町（現在逗子市）的地名。現在也是一個漁港。約當於鎌倉和逗子的中間。

二十一

他突然以和他粗壯體格相稱的音量喊叫兩姐妹。坦白說，我好幾次想回頭看她們，也許因為不好意思或自尊心，每當想回頭時，脖子就硬得像野豬般回不了頭。

一看，姐妹倆還在約一百多公尺的下方。高木和吾一緊跟在她們後方。姨丈毫不客氣拉開嗓門喊叫：「喂——」姐妹倆同時抬頭看我們後，千代子立刻又回頭看著後方的高木。於是高木用右手拿起頭頂上的草帽，不斷對著我們揮舞。四人當中，只有吾一出聲回應姨丈的喊叫。他的聲音聽起來就像在學校練習喊口令般，響亮到大海和山崖也跟著響起回聲，他還將兩手舉得比頭頂高。

姨丈和我站在斷崖突出的地方，等候他們走過來。雖然被姨丈大聲喊叫，他們依舊和剛才一樣慢慢走，邊走上來邊不知在談什麼？在我看來這很不尋常，感覺像是在戲弄人。高木穿著一件寬鬆、好似外套的茶色衣服，不時把手伸進口袋內。這種大熱天竟然還穿外套，一開始很不可思議地盯著他看，漸漸走近後，才發現那是一件薄雨衣。那時候，姨丈突然說道：「阿市，搭遊艇在這一帶玩也很有趣啊！」我好像猛然察覺般，把視線從高木身上轉到腳底下。距離海岸的近處，有一艘塗著雪白色的空船浮在平靜的海面上。由於連毛毛雨都稱不上的濛濛細雨仍然下個不停，海上一片朦朧，連對面懸崖上，平日看起來好像放在手中般清楚的樹木和岩石，幾乎都成為灰濛濛的一片。不久，四人總算走到我們身邊了。

「對不起，讓您們久等了。因為正在刮鬍子，無法刮到一半就跑出來……」高木一看到姨丈，立刻說明遲到的原因。

「穿這樣子，不熱嗎？」姨丈問道。

「就算熱也不能脫啊！因為外頭光鮮亮麗，裡頭卻邋裡邋遢耶。」千代子笑道。高木在薄雨衣內直接穿了件短袖薄襯衫，那條古怪的短褲將小腿整個露出來，腳上套著黑襪子、踩著一雙平底木屐[54]。他掀起雨衣給我們看，說道：「就是穿這樣啊！回到日本後，服裝打扮很自由，就是在女人面前也不必拘束，真好！」

於是，一個接著一個走進路寬僅六尺的髒兮兮漁村[55]，撲鼻而來的是一股令人不舒服的腥臭味。高木從口袋拿出白手帕掩在剛刮過的鬍子上。姨丈突然對著那些站在那裡的小孩問了一個怪異的問題：「有一個西邊的人，從南邊跑來當養子，住在哪裡呢？」小孩答說不知道。我問千代子怎會問這麼滑稽的問題呢？

千代子答道：「昨晚，有一個來確認的人提到他家主人說如果忘記他的名字，只要這樣打聽就可以找得到。」我一聽這種不精準的說法，以及同樣不精準的問路方法，比起自己凡事死心眼、毫無商量餘地的個性，不由地非常羨慕。

「這樣真的就明白嗎？」高木露出不可思議的表情。

「這樣就明白的話，還真是怪事啊！」千代子笑著說道。

「沒問題，人家聽得懂啦！」姨丈說道。

吾一半是耍寶，逢人就問：「有一個西邊的人，從南邊跑來當養子，住在哪裡呢？」每次一問，逗得大家樂不可支。最後在一家髒兮兮的茶館，裡面有一位頭戴草笠、手套白袖套、腳纏白布的彈月琴[56]年輕女子正在休息，問店內老婆婆同樣的問題。沒想到老婆婆很快就告訴我們在哪裡，大家又拍手又大笑。她說順著路往山的方向爬上三段石階[57]，看到在地勢不是很高的地方有一間小茅屋就到了。

中島國彥　註

54 俎下駄：男人的大夾腳拖鞋。《我是貓》「八」、《從今而後》「一之一」也都有這種用例。

55 漁村：指小坪。前出七月二十一日日記中，記有「以前曾經來過的村子，現在一看，還是一個充滿魚腥臭的地方，路寬約兩公尺，右邊可以看見一層比一層低的海岸景色，左邊爬上階梯的地方和記憶中一致。」。

56 月琴弾：沿門挨戶彈月琴的人。「月琴」為江戶時代從中國傳進日本，狀似琵琶的四弦八柱樂器。明治中期到大正流行一時。

57 三級：三段。「級」指階梯。

二十二

六個人各有各的裝扮，一個接一個先後爬上狹窄的石階。假如有旁人，大家看起來肯定很怪異吧！而且六個人當中，沒有一個真正知道等一下要做什麼，實在太悠哉了。連帶頭的姨丈也只知道要搭船，然後是釣魚還是網魚？船會開到哪裡？好像也完全不知曉。我跟在百代子後面，踩著已經被踏到凹陷的石階，邊走邊想。難道自己本身對於這種無意義的行動毫無悔意，這就是避暑的樂趣嗎？同時懷疑在這無意義的行動中，有一男一女正在暗中上演一齣有意義的戲碼中重要的一幕，不是嗎？在這一幕戲中，若說也有自己擔任的腳色，我想莫非就是扮演一個被命運輕輕捉弄，卻得露出心平氣和表情的人了。最後我察覺到姨丈對於任何事都不必煞費苦心，只需四兩撥千斤就能在神不知鬼不覺下完成這幕戲。不得不說他是一個具有高超的巧妙技巧的作者吧！這些思緒湧現在我腦中時，跟在我後面爬上來的高木突然說道：「對不起！實在太熱了，我要脫掉雨衣。」

房子比從下方看來還小、還髒。門口釘著一個杓子[58]，上面寫著「百日風邪吉野平吉全家」幾個字，總算知道主人的姓名。多虧眼力敏銳的吾一看到這杓子，就把其上的文字唸出來給大家聽。往屋內窺探，天花板及牆壁都黑到發亮，只有一個老婆婆在家。老婆婆說道：「老頭子說因為今天天氣不好，客人大概不會來，所以他一大早就出海了，我現在就去海邊把他叫回來。」姨丈問道：「搭船出海嗎？」「大概是搭船吧！」老婆婆回答後，手指著大海。雖然靄霧還沒完全消散，天空比起剛才卻明朗多了，海面已經可以看得見。順著她所指的方向看去，小小的船影浮在遠方。

「那可不得了。」高木拿起望遠鏡邊看邊說道。

「說起來還真輕鬆啊！說要來接我們，怎麼跑到那裡去接人呢？」千代子邊笑邊從高木手中接過望遠鏡。

老婆婆答說：「不會啦！我這就叫他回來。」她穿著草屐就往石階跑下去。姨丈笑道：「鄉下人真快活。」吾一跟在老婆婆後面，也往下跑。百代子呆呆地坐在髒兮兮的廊下。我環視一下庭院。稱為庭院實在有些名不符實，廊下前方連五坪大都沒有，角落有一棵無花果，在充滿魚腥味的空氣中，樹葉長得還算茂盛，樹枝上結了幾顆未成熟的果實，樹杈上懸掛著養昆蟲的空籠子。下方有兩、三隻瘦巴巴的雞，用爪子在地面上胡亂翻撥，飢餓地以尖嘴不停啄來啄去。我望著倒扣在一旁那個以鐵絲編成、像是雞籠的鐵網，形狀好似佛手柑[59]般歪七扭八，看起來真滑稽。這時候，姨丈突然冒出一句：「很臭耶。」百代子也不安地說道：「什麼捕魚不捕魚，隨便都好，我只想趕快回家。」一直拿著望遠鏡邊看邊和千代子說話的高木，立刻轉過頭說道：

「到底在做什麼？我去看一下吧！」

他話說完後，看了廊下一眼，正想把手上拿的雨衣外套和望遠鏡擱在那裡時，一旁的千代子在他還沒放下前，伸出手說道：

「給我吧！我幫你拿著。」

當千代子接過那兩樣物品時，再次看著他的短袖，笑著批評道：「到底還是成了邋遢樣了。」高木露出苦笑，立刻往海岸方向跑下去。我默默從高木背後，看著他那很像運動員的結實肩膀上，因為急著往石階衝下去而隨著雙手顫動的肌肉。

中島國彥　註

58 杓子：神社裡一種具有護身符功能的杓子。漱石在小坪漁夫家看到的杓子，日記中也有記載。

59 仏手柑：橘科常綠矮木。葉子為橢圓形。初夏綻放白色五瓣花。結出有如橘子般果實，果實下方成如手指排列。

二十三

大約過了一個鐘頭後，大家一起走到海濱等著上船。不知是什麼慶典之前還是之後，海濱上有兩根高大的旗桿深深地埋在沙中，非常惹人注目。吾一不知從哪裡撿來丟在岸邊的枯枝，在寬敞的沙灘上寫了很多字和畫了很多大大的人頭。

「那麼，請上船吧！」光頭的船老大說完話，六個人亂無秩序、鬧哄哄地從船緣爬進去。千代子和我偶然被後面的人一起擠到隔開的船頭，促膝而坐。姨丈以大家長的身分，第一個盤腿坐在船身正中央最寬的地方。那一天也許是將高木當客人看待的緣故，姨丈邀他坐在裡頭，他未置可否就坐在姨丈身旁。百代子、吾一跟著船老大走進他們隔壁的另一個隔開空間。

「如何呢？這裡還有空位，要不要過來？」高木回頭看著緊挨在後方的百代子。百代子只說聲謝謝，並沒有移動座位。我和千代子一起坐在船緣的位子，一開始就覺得不痛快。我對高木的忌妒心早已坦承過了。雖然那忌妒心的程度也許過去和現在都沒變，不過理應伴隨而來的競爭心卻絲毫不曾在我腦中產生過。我也是一個男人，今後未必不會在某時期和某位女性陷入熱戀。不過，假如不經過熱戀般的激烈競爭就無法得到自己愛慕的人，我敢發誓，無論怎樣痛苦和犧牲自己，我都會縮手而放棄那個戀人。假如有人要批評我缺乏勇氣或意志力薄弱，那就由他去吧！倘若不經過痛苦的競爭就難以成為自己的戀人——無論跟誰都好的女人——的話，我只能認定那是一個不值得去追求的女人。我覺得與其喜孜孜地硬抱著一個不愛自己的女人，不如很男子氣慨地放任對方的戀情奔馳於自由之野，然後獨自落寞地凝視自己失戀的傷痕，才能讓良心得到莫大的滿足。

我對千代子這樣說。——

「千代，要不要過去呢？那邊比較寬敞，可能會舒適些。」

「為什麼要去那裡，在這裡會妨礙你嗎？」

千代子回了這麼一句話，仍然動也不動。即使聽起來很露骨，還是令人討厭，我應該跟她說因為高木在那裡所以去那裡，可是我根本沒勇氣說出口。只是被她這麼一說，心中不禁閃著一種喜悅，這也是暴露出我心口不一的有力證據，對於未意識到自己懦弱個性的我，實在是一記狠狠的痛擊。

高木比起昨天顯得低調許多，對於我和千代子之間的對話，雖然聽到卻裝作沒聽到。當船隻離開海岸時，他對姨丈說：「一切都安排得真好！天氣好轉了。這種天反而比炎熱的日曬天更好，正是乘船遊玩的好天氣。」這時候，姨丈突然大聲問道：「船老大，到底要捕什麼魚呀？」原來姨丈和大家一樣，根本不知道今天要捕什麼魚。光頭船老大大剌剌答道：「抓章魚啦！」聽到這個出乎意料的答案，千代子和百代子與其說是驚訝不如說是覺得可笑。姐妹倆馬上放聲大笑。

「章魚在哪裡？」姨丈又問道。

「在這一帶就有。」船老大答道。

然後，船老大就拿出一個比澡堂水桶還深些、像小金幣形狀、底部嵌著玻璃的桶子，按在水面上，把臉緊貼著桶子窺看海底的情形。船老大稱這桶子為「鏡子」，又拿出手邊多出來的兩、三個借給我們。最先拿著那桶子窺探的，就是坐在船老大旁邊的吾一和百代子。

二十四

鏡子從一個傳過一個時，姨丈很感慨地說道：「這樣看得很清楚，什麼都看得見。」姨丈可能因為對世間社會的事大抵都知曉的關係吧！養成一種凡事都不放在眼裡的毛病，所以看到這種奧妙的自然現象就感到很驚訝。當我從千代子手中接過鏡子，我是最後一個透過玻璃觀看海底的人，眼睛看到的和想像沒兩樣，只是極其平凡的海底。凹凹凸凸的小岩石連成一片，墨綠色的海藻類在其間無限生長、蔓延。那些海藻彷彿被薰風撩撥般，細長的葉莖靜靜地、久遠地隨波前後搖擺。

「阿市有沒有看到章魚？」

「沒有。」

我仰起臉。千代子又把頭擠過來。她戴的那頂柔軟草帽的邊緣浸入水裡，每當和船老大操縱的船隻相逆勢時，就會撥動起小小的可愛波浪。我在她背後盯著她那烏黑的秀髮和白皙的頸部，覺得比她的臉部更美。

「千代，妳有沒有看見[60]啊？」

「不行啦！哪裡有什麼章魚在游呢？」

「聽說要不是很熟練的話，是不容易看見的。」

這是高木為千代子所作的說明。她雙手按住桶子，從船邊伸出身子、轉向高木，說道：「難怪沒看到。」然後千代子就像在玩水般，把雙手按住的桶子轉得咚咚響。百代子在對面喊姐姐。吾一不知道哪裡有章魚，拿著竹竿到處胡亂戳。他拿著一根約三、四公尺長、尖端裝上矛頭的奇怪竹竿。船老大用牙齒咬住桶子，單手撐竿，讓船在緩慢中行進，一找到章魚，立刻以長竹竿巧妙地把一團軟趴趴的怪物戳上來。

光是船老大一個人的手就甩上來好幾條章魚，大小差不多，沒有那種大到讓人驚叫的章魚。剛開始大家都覺得很新奇，每次一捕到就是一陣騷動，可是到最後連活力充沛的姨丈也露出有點厭煩的表情，問道：「一直抓章魚也沒什麼意思。」高木邊抽菸邊開始盯著船板上那一堆漁獲。

「千代，妳看過章魚游泳嗎？過來一下，很有趣。」

高木這麼招呼千代子。他看到坐在千代子一旁的我，順便加上一句：「須永桑如何呢？章魚正在游泳。」我回答：「是嗎？很有趣吧！」卻無意離開座位。千代子邊問「在哪裡？」，邊走到高木身旁坐下去。我坐在原來的地方問她：「還在游泳嗎？」

「很有趣喔！趕快來看。」

章魚把八隻腕足一齊直直地向外伸，一口氣將細長的身體折成好幾段，在水中直挺挺地往前進，直到碰上船板。其間，還會像烏賊般吐出黑墨。我坐下來看了一會兒，就回到原來的位子，千代子則一直沒離開高木身邊。

姨丈向船老大說，章魚夠多了，船老大反問，要回去了嗎？。姨丈認為光是章魚太沒趣，看到對面有兩、三個像大竹籃般的東西漂浮在水面，指示把船划近一個大竹籃旁。當船老大依照吩咐把船靠近，整條船的人都站起往竹籃內一看，原來有約七、八寸長的魚在狹窄的水域裡游來游去。其中有一種魚的鱗片近乎呈現水色的藍光，猛一游動，前後左右的水波好似穿透魚身般閃著光輝。

「撈一條來看看吧！」

高木將大撈網[61]的手把讓千代子握住。千代子拿起撈網，半是好玩地想在水中攪動，卻攪動不起來，高木於是伸出手，兩人一起在竹籃裡胡亂攪動。可是終究撈不到魚，千代子轉向船老大。船老大依照姨丈的吩咐，從水中撈起好幾條魚，其中有海底雞、鱸魚、黑鯛，終於打破只捕獲怪物[62]般章魚的單調。我們興高采烈地上岸了。

中島國彥　註

60 見（め）付かった：「見（み）付かった」的江戶鄉音。

61 掬網：小撈網。也可以寫成「攩網」。以竹子或木材為骨架張網，用來撈取水中的魚。

62 危怪な：通常寫成「奇怪」。

二十五

那一晚，我獨自返回東京。母親被大家留下來，吾一或誰說會把母親送回家，所以她就答應在鎌倉多留兩、三天。我不知道母親為何那麼好說話，怎麼就順著人家的意思去做呢？以我這種神經敏感的人看來，她那種慢條斯理的態度，真是急死人了。

從那之後，我就不曾再見過高木。千代子、我和高木的這種三角關係，此後也沒有任何發展。處於劣勢的我，以宛如預知未來命運的態度，中途逃出漩渦。聽我講述這故事的人，必定認為我並非心甘情願地退出吧！其實，我自己頗有幾分火勢都還沒熄滅，就急匆匆撤退[63]的感覺。這麼說來，可能會認為我從一開始就抱著某種企圖故意前往鎌倉。不過我這個只有忌妒心、沒有競爭心的人，只有一種相對的自負心，不時在憂鬱、沉悶的心中某處隱隱約約地顯露出來。我仔細探究自己的矛盾。由於我沒有積極善用對千代子的自負心，以致讓其他的想法和感情趁虛而入，而胡亂占據我的心所產生的煩悶令我感到很苦惱。

有時候，她看起來好像全天下只愛我一個。儘管如此，我也沒有採取進一步的行動。當我不去思考未來的變化，正打算採取毅然決然的態度時，她總是突然從我手中逃走，換上一副全然陌生人的臉孔。我在鎌倉的那兩天，也歷經兩、三次這種漲潮、退潮的情況。有時候，會有一種小疑惑籠罩我的心，她是不是以自己的意志來操縱這種變化，故意時而接近我、又故意時而疏遠我呢？可是我不只有單一的想法而已。當我剛以一種意義來解釋她的言行後，立刻又以一種完全相反的意義來解釋同樣的行為。事實上，我也不知道哪一種解釋才是正確的，以致讓我感到徒勞無功，甚至也經常產生厭惡。

在這兩天裡，對於那個自己不打算娶來為妻的女子，我幾乎快上她的鉤了。縱使我討厭這種情形，只要高木那個討厭的男人出沒在我眼前，直到最後，我都還有一種快上鉤的感覺。前面我已經說過，我對高木並未抱持著競爭心，為避免被誤解，想重複一次同樣的話。假如千代子、高木和我三人瘋狂陷入那個不知是戀慕或愛情或人情的漩渦[64]中，我敢斷言，到時候驅動我的力量絕不是企圖勝過高木的競爭心。那是一種從高塔上往下看，感到恐懼的同時，又受到不得不往下跳的神經作用般的心情。從表面上看來，也許會將戰勝或戰敗於高木的結果歸結於競爭，不過那卻是一種完全獨立的動力作用。而且只要高木不在，這種動力絕對不會觸動我。在那兩天當中，我強烈感受到這種不可思議的力量閃現的同時，我毅然決然下定決心立刻離開鎌倉。

我是一個軟弱到無力承受那種充滿刺激的小說的男人，更是無力去實踐充滿刺激的小說中事件的男人。我為自己竟然產生想成為小說人物的剎那感到驚訝，所以趕緊返回東京。在火車上的我，半是優勝者、半是敗北者。在乘客較少的二等列車[65]中，對於這本自己寫出來、又自己撕裂的小說，我繼續作了各種想像。那裡有大海、有明月、有海灘，有一個年輕男子的影子和一個年輕女子的影子。一開始，男子非常激動、女子在哭泣，然後女子非常激動、男子在安慰她。最後，兩人手牽手走在寧靜的沙灘上，或是在一間有書畫、有榻榻米、涼風習習的屋內。有兩個男子在做無謂的爭吵。火爆的場面漸漸激烈起來，最終導致不得不使用有損人格的言語相互攻訐。最後，雙方憤怒地跳起來相互揮拳，或著……。這些好似戲劇中的場景一幕又一幕地在我眼前勾勒出來。雖然我失去嘗試任何一幕的機會，反而為自己感到高興。人們可能會嘲笑我好像一名老人吧！假如不以訴諸詩歌作為處世之道就是老人的話，縱使被如此嘲笑，我也甘之若飴。然而，假如認為詩歌乾涸就是老人的話，我就不願意接受這種評論。因為我始終在追求詩歌的過程中掙扎奮鬥。

中島國彥　註

63 纏を撤した：「纏」為江戶的滅火隊所用的印記。滅火後，就收起纏之意。

64 恋か愛か人情かの旋風：比喻三人形成三角關係所引起的愛恨糾葛。

65 中等列車：比一般的客車更高一等的客車。因為明治三十（一八九七）年十一月，把以前「上等、中等、下等」的稱法改為「一等、二等、三等」，本來應該稱為「二等列車」才正確，有人還是習慣使用舊稱。

二十六

我想像回到東京後的心情，擔心也許要比留在鎌倉面對眼前的刺激更加焦慮不安。我在心中勾勒自己連一個談話對象都沒有，獨自承受焦慮不堪的痛苦。出乎意料之外，其結果竟然大相逕庭。一如我所希望，我很輕易就將近乎平日的那種鎮定、冷靜和不在意，帶回我家寂寞的二樓。我躺在掛上散發新氣味的蚊帳的房間內，聽著吊在屋簷下風鈴的悅耳聲入睡。我也曾在傍晚跑到街上，手抱著花草盆栽，還自己打開格子門回家。因為母親不在家，所有起居飲食都靠女傭阿作照顧。從鎌倉回來，第一次坐在餐桌前，看著阿作為了要伺候我，膝上托著一個黑色的圓盤、恭恭敬敬跪坐在我面前的身影，才感覺到她和在鎌倉那對姐妹的不一樣。阿作當然算不上什麼漂亮的女人。但是，她在我面前只知恭恭敬敬外、什麼都不知道的模樣，讓我深深感受到她多麼賢淑、多麼謙恭，又多麼令人憐惜的女人味。她規矩端坐的樣子，好像在思索戀愛到底為何物？繼之一想，又覺得以自己的身分，未免太過於空思妄想。我以少有的溫柔口氣向她問話。我問她幾歲？她答說十九歲。我突然問她想不想嫁人？她滿臉通紅，低下頭。這讓我驚覺到自己問得太露骨了。在這之前，我和阿作除非有事，幾乎不曾交談過。也許是從鎌倉帶回來新記憶的反射作用，我才發現自己家裡的女傭很有女人味。我和她之間當然稱不上「愛」這個字。我只是喜歡她身邊散發出來的穩重、安靜、賢淑的氣氛。

假如說我因為阿作而得到慰藉，連自己聽起來都覺得好笑。但是現在回想起來，除此之外也說不出其他原因，果真還是阿作——我認為與其說是阿作，不如說是以那時候的阿作為代表——讓我看到女性的某種特質，使原本光是想像那些刺激都會焦慮不安的大腦，頓時平靜下來的吧！坦白說，回到家後，鎌倉的景象還不時浮現在我眼前。那些景象當中，當然有人物在活動。不過，看起來是距離我很遠、好像和我沒有絲毫利害關係的人在活動，所以我感到很幸福。

我上二樓開始整理書架。儘管愛乾淨的母親總是費心打掃，但是我把書本重新擺好後，發現平日看不到的地方都蒙上一層塵埃，全部整理乾淨還頗費工夫。我把這當成一項很適合暑期的休閒工作，盡可能消磨時間，隨興拿起書就這樣讀下去。我抱著這種輕鬆的態度，好像蝸牛般慢條斯理地進行。阿作一聽到不該有的拂塵聲，趕緊從樓梯探出她那梳著銀杏葉髮髻[66]的頭來。我拜託她拿抹布來擦一些書架。可是，一想到要她幫忙不知做到什麼時候才能結束的工作，未免太可憐了，還是趕緊讓她下樓去。我這樣把書抽出來、擺進去，差不多過了一小時，感到有點累正在休息抽菸時，阿作又從樓梯露出臉來問道，假如可以的話，可不可讓她來幫忙呢？我很想讓阿作幫忙做些什麼，可是她不懂西文也沒辦法整理書籍，雖然我覺得有些過意不去，還是婉拒後叫她下樓去。

關於阿作的事情，沒必要如此一一敘述，只是順便把跟她以前的關係，以及還記得她那時候的一些行為講一講而已。我抽完一根菸後，又開始繼續整理。這次不再有阿作來干擾我獨自一人的世界，所以一口氣就把書架的第二層整理乾淨。那時候，我偶然在書架後面，發現很久以前向朋友借來卻忘記歸還的一本有趣的書。因為那是薄薄的一本小書，所以掉在別的書本後方落滿塵埃，所以我一直都沒發現。

中島國彥　註

66 銀杏返し：髮髻上方左右分，攏成像銀杏葉子般的一種日本式髮型。

二十七

借給我這本書的朋友是一名文學愛好者，我曾經和這個人談起小說。我說善於思慮的人，凡事都只會埋頭苦思，由於沒有斷然付諸行動的勇氣，縱使寫成小說也是毫無意義。我平日就不太喜歡讀小說，欠缺成為小說人物的資格，之所以欠缺資格，我認為可能是自己喜歡瞻前顧後、優柔寡斷的緣故吧！因而才會提出這樣的質疑。那時候，他指著桌上的這本書告訴我，書中的主人公具有非常驚人的思慮和可怕的果敢行動力。我問他到底寫了什麼故事呢？他說，自己讀讀看吧！就把這本書遞給我。書名是以德文寫的《思想》[67]。他告訴我，這是一本從俄文翻譯而來的書。我拿著那本薄薄的書，再次問他故事內容。他回答，故事內容隨便怎樣都可以。他又說，雖然幾乎分不清楚書中寫的故事，到底是忌妒？復仇？深沉的惡作劇？瘋狂的謀略？精細的舉止？瘋子的推理？還是正常人的盤算？無論如何，就是果敢的行動力伴隨著精密的思慮，反正拿去讀一讀吧！我把書借回家，可是沒心去讀它。我既不想讀，還看不起所有的小說作家，對於朋友所說的話絲毫不動心，也沒有任何興趣。

我完全忘記這件事，無意間從書架後方翻出這本名為《思想》的書，拂去厚厚的塵埃。當那本我仍有些印象的德文書名映入眼中的同時，我想起那位愛好文學的朋友和他當時所說的話。突然被不知從哪裡而來的好奇心驅使，立刻翻開書，從頭開始讀一遍。書中寫了一個可怕的故事。

某男人對某女人有愛意，那女人不僅不理他，還嫁給他也認識的友人，因此他計畫要謀殺她的新婚夫婿。不過，他不僅是要殺害新婚夫婿而已。他認為假如不在他的太太面前殺死她的夫婿，那就不夠狠。而且還要讓看到的妻子知道就是他下手殺人，而她只能無可奈何、眼睜睜看著那一切卻束手無策。假如不使出這般複雜的殺人手法，他的恨意就難以消除。他為實現這個殺人計劃，想出一個方法。他利用有一次被招待參加晚宴的好時機，開始裝出病症突然發作的樣子。他做出讓旁人看來完全是瘋子的舉動，同席的人全都認為他發瘋了，而他在內心暗暗慶幸自己的計謀成功。他在容易引人注目的社交場合，讓同樣的舉動又反覆兩、三次，以致大家都認定，他是一個發病時精神錯亂會做出瘋狂舉動的危險人物。他如此煞費心機地做準備，打算構築出一樁莫可奈何的殺人案。由於他屢次發病，把華麗的社交場面弄得黯然變色，以致原本和他親密交往的人，從此都把他屏除在自家門外。不過這對他來說並不是痛苦的事。他還有一個朋友的家可以自由進出。那就是他處心積慮要送上西天的友人和其妻的家。有一天，他若無其事地來敲友人家的大門。他在那裡閒聊、消磨時間，暗中卻在伺機撲向眼前這個人。他拿起桌上沉甸甸的文鎮，突然問說用這個可以殺人嗎？朋友當然沒把他的問話當真。他不顧一切使盡全力，當著妻子的面前，以文鎮砸死她最愛的丈夫。最後，他被當成瘋子送進瘋人院[68]，但他卻以驚人的思慮、辨識力、推理能力，以上述事件始末作為基礎，奮力辯解自己絕不是瘋子。不過他才剛剛辯解完畢，立刻又懷疑那些辯解。不僅如此，他又想為懷疑作辯解。他究竟是正常人呢？還是瘋子呢？——我手持書本，全身卻不寒而慄。

中島國彥　註

67 ゲダンケ：*Gedanke*，為俄國作家安德列耶夫（Andreev, Leonid N. 1871-1919）的小說。原題為「Mblcjib」（「思想」之意，一九〇二年）。《ゲダンケ》為德文譯名，漱石的藏書目錄也有一本一九〇三年版的*Der Gedanke Novellen*。絕對自我主義者的格魯傑夫，以自己的思想為準則，在計畫殺害友人阿雷克西斯的故事中，進入精神病院的格魯傑夫提出的悔過書是以「自己」的第一人稱作敘述。上田敏從法文翻譯，書名為《心》（明治四十二年六月，春陽堂）。上田敏的〈序文〉中，有「在所謂飢寒的學校受教育的這位作家知道心的訓練一事。這不是基於青年的血氣所寫的熱情文章。不單只是激昂言詞、口沫橫飛以貪一時之快的紊亂文學。而是天秉的才華加上嚴肅的節制，罕見地在熱情和冷靜的頭腦取得平衡。這位作家的特色，就是在所謂『恐怖』的趣旨，加上種種的變調。這裡所謂的恐怖，並不是違反自然定律、非常怪異讓人感到驚恐的事，也不是碰到特別罕見非常危險而感到恐懼的事，毋寧說是日常事件中，仔細思考的話，顯示出悲慘、深奧、嚴重性的事情，也就是抽出潛伏在生死的非常不可思議中令人觸目驚心的事實呈現給讀者。總之，擅長描寫心理的題目」這麼一段。安德列耶夫的代表作，還有《血笑記》（一九〇四年，有二葉亭四迷的譯本）、《七名死刑犯物語》（一九〇八年），後者在《從今而後》也曾提及。

68 瘋癲院：精神病院。

二十八

我的大腦是為控制我的心而存在[69]。回顧沒有留下太多悔恨的過去，從行動的結果看來，這原本就是人之常態。然而每當心頭熾烈火熱，嚴肅的大腦就會發揮威力、強制施壓，這是任誰都有的經驗，真是極為痛苦。就倔強這點而言，因為我屬於陰性的火爆型脾氣，所以當整顆心有如被襲擊般快發作時，立刻又被理性壓抑住，所以，好似速度猛烈的汽車緊急煞車般痛苦的事情是比較少發生的。儘管如此，有時候我會感受到一種不說是生命核心硬被扭曲取就無法形容的活力在自己內心燃燒。每當這兩者引發掙扎時，經常會屈從大腦的我，時而認為是因為自己的大腦太強而得屈從，時而認為是自己的心太弱而不得不屈從。雖說這掙扎是為生命而掙扎，但是沒人知道我無論如何，都沒辦法從這是在削弱的生命中掙扎的恐懼念頭中求得解脫。

因此我看到《思想》的主人公，感到非常驚嚇。他把好友的生命視如草芥，理智和情感之間所產生的矛盾既無法容忍[70]也無法承認。他把自己所具備的一切聰明才智，全部拿去充當復仇的燃料，並為殘暴的行兇手法提供方便之門，卻毫無悔恨之意。他以縝密的心思將滿腔的毒血從對方的頭上灑下，真是一個偉大的演員，或者說是一個兼有尋常人之上的頭腦和熱情的瘋子。我把他和平日的自己相比較，對於不顧一切、一心一意勇往直前的《思想》主人公，非常羨慕的同時，也畏懼到冒冷汗。假如真能做到這種地步，想必非常痛快吧！不過事後必定也會受到良心的苛責吧！

然而，我開始思考，假如自己對高木的忌妒採取不可思議的手段，如果將來會因此感受到比現在強烈十倍的煎熬，又該怎麼辦呢？可是我自己無法去想像那時候的自己。首先，我認為每個人原本就不相同，根本無法模仿那樣的事情，從這個觀點來看，我立刻就拋棄這個問題。其次，我覺得我肯定也有能力做出同樣程度的復仇行動。最後我想起，只有像自己這種平日會為了大腦和內心掙扎而煩惱、優柔寡斷的人，才能夠冷靜地、有計劃地、有組織地，而且意志堅定地做出凶猛的暴行。我到了最後為什麼會這麼思索呢？連我自己都不知道。只是如此思索時，突然有一種奇怪的心情襲過來。這種心情既不是純粹的恐懼，也不是不安或不愉快，而是遠比這些更複雜的情緒。不過，歸結到心中所顯現的狀態而言，有點像老實人借著酒力而變得大膽，覺得自己什麼事都敢做的一種滿足感。但同時，也察覺到不勝酒力的自己，比起平日具有品格的自己真是太墮落了，於是也產生一種墮落是受到酒精影響的心情，是作為一個人無論如何都無法、也不知該逃避到哪裡的沉痛以及心灰意冷的奇怪情緒。當這種情緒湧上心頭的同時，我睜著大眼睛夢到自己在千代子的跟前，拿著沉甸甸的文鎮直往高木的腦門砸下去、砸到見骨，因此我驚嚇得站起來。

我一下樓立刻跑去浴室，嘩啦嘩啦地讓水把頭沖一沖。看一下飯廳的時鐘，因為已過午時，藉這好時機，坐在那裡等待午餐。照樣是由阿作來伺候。我三口做兩口、悶不吭聲地狼吞虎嚥，突然問她，阿作！妳看我的臉色怎樣？[71]有沒有怪怪的？阿作吃驚地瞪大眼睛，回答說沒有。一回答完後，阿作反過來問我，您怎麼了嗎？

「沒有，沒怎麼了。」

「可能天氣突然變熱了吧！」

我默默吃完兩碗飯，正準備倒茶喝時，我又突然對阿作說，與其到那亂糟糟的鐮倉，還是安靜在自己家比較好。阿作說，可是那邊比較涼快吧！我向她解釋說，不！反而比東京還熱，在那裡讓人心煩氣躁，受不了。阿作又問，老夫人還要在那裡待很久嗎？我回答說應該快回來了。

中島國彦　註

69 僕の頭は僕の胸を抑える為に：「頭」指理性、知性，「胸」指感情。

70 扞格：互不相容。

71 何うかあるかい：有怎様嗎？

二十九

我看坐在我面前的阿作的身姿，覺得好像一朵一筆勾畫出來的牽牛花[72]。只可惜不是出自尊貴的名家手筆，但在我心中，卻認為同樣是幅名畫只是較為簡化。也許有人要問，為什麼要把阿作的人品比喻為繪畫呢？其實，並沒有什麼深奧的意義。只是當她在伺候用餐時，把剛讀過《思想》的自己和現在手持黑色漆盤、恭恭敬敬的她相比較，自己的心思為什麼宛如厚塗的油畫[73]般複雜呢？一時感到很驚訝。坦白說，我受過高等教育的證據，就是直至今日，我大腦的思維比人家複雜，而且對此相當自傲。可是不知不覺中，我被這種複雜的思維搞得精疲力竭。到底是什麼因果使我不得不把事情深究到如此細微才活得下去呢？想到這裡，自己都感到很悲慘。我邊把飯碗放在食案上，邊看著阿作的臉，不由對她產生一種尊重之感。

「阿作，有時候妳也會想東想西嗎？」

「我沒有什麼特別要想的事。」

「不會東想西想，那很好。沒有要想的事最好。」

「因為沒有智慧，就算有要想的事也理不出頭緒。根本沒有用。」

「妳真有福氣。」

我忍不住這樣說，讓阿作感到很驚訝。阿作可能認為我突然在嘲笑她吧！真是過意不去。

那天傍晚，出乎意料之外，母親忽然從鎌倉回來了。那時我正把藤椅搬到已經沒有日曬[74]的二樓廊下，聽著阿作赤腳在庭院灑水的聲音。當我下樓走出房門時，看到千代子跟在母親後頭脫鞋子走進來，真是嚇一跳。原本說好吾一要送母親回來。我坐在藤椅上，完全沒想到會是千代子。即使想到了，也會認為她不可能和高木分開。我一直相信他們兩人暫時不會離開鎌倉那個舞台。在我和母親那被曬黑的臉相對時，應該先向母親問候，但反而很想先問千代子，妳怎麼來了呢？事實上，我也這麼問了。

「我送阿姨回來啊！怎麼了，嚇一跳嗎？」

「那就謝謝。」我回答道。我對千代子的感情，在前往鎌倉前和去了之後已經很不一樣了。去了之後和回來後又很不一樣。與高木綁在一起的她和這樣就分開的她也很不一樣。她說把年邁的母親託給吾一不放心，所以就自己跟著來。阿作在洗腳時，她從衣櫃拿出家居服，讓母親把外出服換掉，又恢復原本認真誠懇[75]的千代子模樣。我問母親在我先離開後，有沒有什麼趣事？母親露出滿足的表情，答說沒有什麼特別有趣的事，又說：「但是好久沒有這樣好好休養了，真是託福了。」我聽這話，覺得她是在向一旁的千代子道謝。我問千代子，等一下要返回鎌倉嗎？

「住一晚再回去。」

「住哪裡？」

「嗯，回內幸町也可以。可是那裡太大，一個人好冷清。——所以還是住這裡好了。阿姨，可不可以？」

我看千代子從一開始就打算住在我家。坦白說，我坐在那裡不到十分鐘，忍不住以某種立場，對眼前她的言詞、舉動進行觀察、評價和解釋。當我察覺到這種情形時，感到很不愉快，自己的神經對這種事也感到精疲力竭。難道是我自己無可奈何地違背自己的心意嗎？還是千代子強行要牽動我這個令人討厭的人呢？無論哪一種情形，都讓我覺得生氣。

「千代可以不必來，讓吾一送回來就可以了。」

「可是這是我的責任，不是嗎？因為邀請阿姨的人是我啊！」

中島國彥　註

72　一筆がきの朝貌：比喻有如一筆畫出的牽牛花般，不拘泥於細部、不假修飾的清新美麗模樣。

73　執濃い油絵：漱石於明治四十二（一九〇九）年，曾試著學油畫，不過好像與個性不合，很快就停止。

74　日の限り掛けた：「限り」為「陰り」、「翳り」之意。天色開始暗下來。

75　豆やかに：老實。細心。周到。

三十

「那麼我也是受到邀請的人，假如妳也能送我回來就好啦！」

「所以你就該聽人家勸啊！假如多留幾天不是很好嗎？」

「不，那時候就是我該回家的時候。」

「這樣說，我簡直就像護士。好吧！就當護士跟著你好啦！為什麼不早說呢？」

「因為就算說了，可能也會被拒絕啊！」

「我才會被拒絕，對不對？阿姨。難得被邀請而來，卻露出一臉不開心。真的有病啊！」

「所以才想讓千代子跟著來啊！」母親邊笑邊說道。

我在母親回來前一小時，根本沒料到千代子會跟著來。那些事也沒必要重複，不過我幾乎確定母親會告訴我有關高木的事情。我也預料當母親安祥的臉上露出不安和失望時，我會感到過意不去。但現在發生在我眼前的結果，和我所預料的完全相反。她們兩人一如往常，仍然是一對親近的姨甥。她們像平日一樣，把各自的溫情和朗爽相互傳達給對方，同時也把好心情感染給我。

那天晚上，我縮短外出散步的時間，跟她們兩人一起在二樓邊乘涼邊聊天。我依照母親的意思，把畫有春天七種草的岐阜燈籠[76]掛在屋簷，然後在燈籠內點上細細的蠟燭。千代子說太熱了，建議把燈關掉就不客氣動手關燈。榻榻米上頓時變暗了。那夜沒風，月亮高高掛在天空。靠在柱子的母親說她想起鎌倉。

這些日子已經習慣海邊生活的千代子發表意見說，在有電車聲的地方看月亮，真是太好笑了。我坐在剛才那把藤椅上，搖著團扇。阿作從一樓上來兩次。一次是上來更換菸盤內的火，放在我的腳邊。第二次回來，是把附近店鋪送來的冰淇淋以托盤端上來。每一次，我都忍不住把好像出生在階級制度嚴明的封建時代、自認一輩子都得當卑賤婢女的阿作，和無論出現在任何人面前都是一派淑女風範及氣質的千代子，相互比較一下。千代子對於阿作的出現或其他女人的出現，一視同仁根本不放在心上。阿作每次一走到樓梯口要下樓之際，一定會回頭看一下千代子的背影。我想起自己在鎌倉時在一旁看著高木的那兩天，因此非常同情地看著明白表示自己沒有什麼事好想的阿作，如今卻有千代子這個時髦又有毒的人讓她思索。

「高木怎麼樣？」這句話好幾次幾乎從我口中說出來。不過單純想聽一些消息外，還有一種不純正的動機把我往前推，以致彷彿聽到遠處有種聲音在罵我卑怯，但終究自命清高地不屑一問。而且我認為只要千代子回去後剩下母親，就可以毫無顧忌地談論高木的事。事實上，我仍然想從千代子的口中直接聽到高木的狀況。我想知道她對他的看法如何？我希望這些事都能瞭然於心。這是出自於忌妒心所致嗎？假如說問這些事就是出自忌妒心，我也沒有異議。縱使以現在的意圖來思考，無論如何都很難賦予其他的名稱。若是如此，表示我非常愛戀千代子嗎？如果這樣推測問題的話，與其說我窮於回答，毋寧說是莫可奈何。因為實際上，我從脈博感覺不出對她有那般熱烈的愛戀。這麼說來，也許我就成為一個忌妒心比其他人更甚兩倍或三倍的人吧！然而最適當的批評，我認為恐怕還是歸咎於自己天生就很任性吧！可是我想再補充一句話，我想說的是，假如我離開鐮倉後，對高木仍然充滿忌妒心的話，那不僅只是我性格上的缺陷，千代子本身也要負很大的責任。我想不忌憚地明白表示，因為對象是千代子，我的缺點才會這麼明顯地暴露出來。那麼，千代子的什麼地方使我的人格墮落呢？那就不知道了。其實，我認為不就是她的親切嗎？

中島國彥　註

76　岐阜提灯：岐阜特產的燈籠。細骨貼薄紙，紙上繪有花草鳥卉等美麗色彩。

三十一

千代子仍然和平日一樣開朗，無論碰到什麼問題都能伶牙俐齒地輕鬆應付。不過，那只能視為她毫不思考就發言的證據。她去鎌倉後才開始自己學游泳[77]，竟然就說期待能夠游到水深的地方，還說謹慎小心的百代子擔心她發生危險[78]，總是苦苦哀求她不要游過去，實在真有趣。當時，母親露出半是擔心、半是吃驚的表情，拜託她：「怎麼那樣啊！女孩子不要學輕率。請妳行行好、積點德，饒了阿姨吧！不要再做那些危險的把戲。」千代子只是邊笑邊說，沒問題啦！突然回頭看著坐在廊下椅子上的我問道：「阿市也不喜歡這種野丫頭吧？」我只說不太喜歡，就凝視著月光照耀下的明亮大門。假如我忘記尊重自己的人格的話，肯定會加上一句：「可是高木很中意呀！」我沒有扯到這種地步，總算還保住自己的面子。

千代子就是這般開朗。一直到夜深，母親說該睡了，她終究連一次都沒提起高木。我認為那是很明顯的故意不提，就像在一張白紙上沾了一滴墨水[79]般在意。前往鎌倉之前，我相信她是全天下最單純的女性，只因為在鎌倉待上兩天，我開始懷疑她在耍心機[80]。這種懷疑逐漸在我心中加深。

「她為何不提起高木呢？」

我邊睡邊想，覺得苦惱萬分，同時也很明白為這種問題剝奪睡眠時間，實在很愚蠢。因為覺得為這種苦惱簡直太荒謬，進而開始生氣。我仍然獨自一人睡在二樓，母親和千代子並睡在樓下房，兩人同掛一條蚊帳。我想像香甜入睡的千代子就睡自己的下方，終究不得不承認輾轉反側、睡不著覺[81]的自己輸了。我甚至連翻身都覺得厭煩。因為若讓樓下知道自己為此失眠的話，等同向千代子傳遞捷報，自己會覺得受恥辱。

我對於同樣問題在胡思亂想當中，我也以各種角度看同樣問題。她之所以不提起高木，有可能就是她對我的示好，因為不想惹我不高興而有所顧慮，完全出自她的體貼。這般解釋的話，我在鎌倉那種莫名其妙的不愉快，竟然使得那般單純的她，連在我面前提起高木二字的勇氣都失去了嗎？假如是這樣的話，自己就是故意討人厭地走進人群，是令人不愉快的動物。如果問題出在這裡，那麼只要窩在家裡，不要出外和人家交際應酬就解決了。不過，假如除卻親切的說法，耍心機才是她的本意的話……把心機兩字細細琢磨，她打算以高木為餌[82]來釣我嗎？所謂「釣」，也沒什麼最後目的，只是打算以此刺激我對她的愛情來取樂嗎？或打算要我在某種意義上成為高木那樣嗎？假如成為那樣的話，就可以愛我嗎？或當我和高木在爭風吃醋時，她打算隔山觀虎鬥以為樂嗎？還是把高木推到我面前，讓我知道有這麼一個人存在，要我早些死心呢？——我把心機兩字琢磨到如此細微。而且我認為如果是在耍心機的話，那就是戰爭。假如是戰爭的話，最終還是得一決勝負。

我對睡不著覺的自己，吃下這場敗仗感到很懊惱。在掛蚊帳時就已經把電燈熄滅，黑漆漆的房間好似無限蔓延般讓人沉悶到快窒息。我在伸手不見五指的地方，睜著眼睛不斷思索，真是痛苦不堪。原本忍住不翻身的我，突然起身開亮房間內的燈，順便走出廊下，把防雨門拉出一條細縫。月亮已傾的天空下，沒有一絲風，只有微冷的空氣穿過我的肌膚和咽喉。

中島國彥　註

77 水泳：年輕女性學游泳是一種新風潮。後面有梳髮師的恭維話「近來的小姐都在學游泳」（三六五頁）。

78 劍呑がって：擔心發生危險。「劍呑」就是危險之意。

79 印気：ink。《虞美人草》中也有「印氣」的用例。

80 技巧：明治四十四（一九一一）年從五月到十二月的「片斷五七B」中，有「〇Art 女人的言語動作／戲劇（把小孩當道具）」。

81 のつそつ：翻過來翻過去。輾轉反側之狀。

82 媒鳥：囮。引誘對方過來的手段。《言海》一書中，「媒鳥（招鳥之意）將媒鳥繫住，以引誘其他鳥類過來，再予捕獵。」

三十二

翌日，我比平日早一小時半就醒來。起身後就走下樓，阿作梳著銀杏葉髮髻、頭上頂著一塊白布，在整理長形火盆內的灰。她看到我邊說，您已經醒來了，邊立刻幫我把盥洗用具擺在浴室內。盥洗完畢走出來，光著腳丫穿過滿是灰塵的飯廳、走出玄關。走過時，順便隔著蚊帳看一下睡在客廳的她們。可能因為昨天舟車勞頓吧！睡覺易醒的母親還睡得正甜。千代子更不用說了，趴在枕頭上沉沉大睡，睡得像死人。我毫無目的走出家門。很久以來，我已經忘記清晨散步的趣味。街道的景色依舊，彷彿不受暑熱和雜沓人潮的影響，看起來有如安息日般寧靜。電車的軌道被磨得光亮亮，在地面上筆直延伸的景象，讓人感到十分沉靜。不過，我並不是想散步才出門，只是醒得太早，打算用運動埋藏中途[83]延展出來的生命片斷才出來走一走。因此，我對於天空、地上乃至街道，都無心於其中的樂趣。

走了一小時後，我帶著疲憊的神情回去，母親和千代子都感到很奇怪。母親問我到哪裡去？接著又問，臉色不好看，到底怎麼了？

「可能是昨晚沒睡好吧！」

我不知道該如何回答千代子的這句話。坦白說，我真想昂然回答說昨晚睡得非常好。可是很遺憾，我並不是一個善於耍心機的演員，自尊心過強的我卻也無法老實答說確實沒睡好。我沒做出任何回答。

三人剛在餐桌上用完餐，母親說趁天氣涼快，昨天約好的梳髮師傅[84]就來了。梳髮師傅穿著剛洗過的白圍裙，跪坐彎腰，雙手平放門檻，親切地向母親問候，您回來了。她具有這行業的共同特性，就是說話很討人喜歡。她善於發揮這種特性，總是製造機會讓內向的母親把避暑當成炫耀的話題。母親看起來感到很滿意，不過倒也沒有喋喋不休[85]講個沒完。梳髮師傅很快就轉向更可發揮她長才的目標，那就是年輕的千代子。千代子原本就是一個很容易應對的女人，每當人家喊她「小姐、小姐」，她就愈講愈起勁。千代子提到游泳時，梳髮師傅就說，活潑才好，近來的小姐都在學游泳。任誰都可以聽得出來，這是一種奉承的話。

聽起來我好像盡在胡扯些可笑的事，真好笑。坦白說，我對於看女人梳髮很感興趣。母親的髮量稀少，總是要煞費周章才能梳起髮髻，可是無論技術如何高超，也梳不出多麼動人的髮型，不過用來排遣無聊卻是一種不錯的方法。我看著梳髮師傅的手在轉動之間，自然就在母親的頭上梳出一個小髮髻。心中暗忖，假如用千代子的頭髮梳起日本式髮型，想必很漂亮吧！因為千代子的頭髮色澤很美，又直又長又密。假如是平日的我，一定會慫恿她梳個日本髮型。但是，我現在實在沒心情向她提出那般親近的要求。沒想到，千代子竟然說自己也很想梳頭。母親也勸她梳梳看，好久沒梳頭了。梳頭師傅也勸說，請您一定要梳頭，從一開始我就覺得您把頭髮束起來[86]太可惜了。千代子於是就坐在鏡台前。

「梳什麼髮型好呢？」

梳髮師傅說島田[87]髮髻好。母親也表示同樣意見。千代子的長髮垂在背後時，突然喊了一聲「阿市」，問道：

「你喜歡什麼髮型？」

「您的先生一定也會說喜歡島田髮型吧！」

我大吃一驚。千代子完全是一副蠻不在乎的樣子，故意回頭看著我，笑道：「那就梳島田髮型給你看吧！」「好啊！」我的回答聲，怎麼聽都有些生硬。

中島國彥　註

83 中有に：半途中。佛教語的「中有」，為人死後到投胎的那段時間。這個用語表示浮在半空中之意。

84 髪結：梳髮。

85 喋々しくは：愛說話。「喋」為喋喋不休之意。

86 束髪：把頭髮整束紮起來，明治以來流行的西洋風髮型。

87 島田：島田髻。主要為未婚女子所梳的一種日本式髮型，婚禮時也有梳這種髮型的禮俗。

三十三

我沒等千代子的頭髮梳好，就上二樓了。像我這般神經質的人，一拘泥起來，恐怕會做出在不相關的人眼中看起來像小孩子的舉動。我中途離開鏡台，打算避免被那個為男人梳起美麗髮型的女人，強索如同稅金的讚嘆之詞[88]。當時的我實在沒心思去逢迎這個女人的虛榮心。

我不願意為了讓別人講些好聽的話而自我掩飾。但是，縱使像我這種人，也不願把時間花在長形火盆旁的一些瑣碎閒事，而寧可把腦筋使用在更高尚些的問題上。只是落到這種地步，我無論如何都不願意再有脫線的情形發生，這就是我的弱點。因為我自己很清楚那些事的無聊程度，所以很憎惡和譴責自己竟然想做那種事。

我是一個厭惡虛張聲勢如同厭惡卑劣的人，儘管低微、渺小，毫不隱藏地顯露真正的自己才是一個有榮譽感的人應有的態度。然而，世間公認的偉人及高尚之人，全都能超越長形火盆邊或廚房中卑下的人生糾葛嗎？我不過是一個剛出校門、毫無人生經驗的毛頭小子，但是依據我的智力和想像力來思考，那些所謂的偉人、高尚之人，恐怕不曾在這世間存在過吧！我尊敬松本舅舅。不過，說得露骨些，我認為把像舅舅那樣的人評為看起來很了不起、讓人看來很高尚就足夠了。我很忌憚對我敬愛的舅舅加諸冒牌貨的無禮和偏見。事實上，雖然他顯現出不拘泥世俗的樣子，內心卻很拘泥。拱著手不為小事忙忙碌碌，腦海中卻忙忙碌碌地自尋苦惱。我想奉送給他的讚美，就是指他不外露的表現，比起一般人的品質還要優秀。之所以可以不外露，主要還是靠著財產的庇蔭、年齡的庇蔭、學問和見識和修養的庇蔭。然而，最後還是在於他和他的家庭很和諧，他的社會關係看似相逆實則順利地在運行。——話題已經偏離了。也許我對自己的狹窄氣量[89]作了過多的辯護。

我就如自己方才所述，很快上了二樓。由於二樓靠太陽近些，比樓下酷熱難挨。不過，因為平日早已習慣，一整天大部分的時間都待在這裡過日子。我和平常一樣坐在書桌前，手托腮、直愣愣地發呆，發現擺在手肘旁的馬約利卡（majolica）[90]菸灰缸內，今早扔的菸灰已經整理乾淨。我一邊凝視露出底部的兩隻鵜，一邊想像倒空菸灰的阿作的那雙手。突然，樓梯傳來不知是誰在踏樓梯的聲音。我一聽腳步聲，立刻知道不是阿作。我覺得被千代子看到自己發呆的樣子，實在是一種屈辱。趕緊打開手邊的書，假裝從剛才就一直在看書，可是我並不喜歡這種巧妙的機智。

「梳好頭了，給你看一下。」

我看著說完話馬上坐在我面前的千代子。

「很怪嗎？我好久沒梳頭了。」

「非常漂亮。以後可以一直梳這種島田髮型。」

「梳壞兩、三次，重梳好幾次才梳起來喲。說是我的頭髮還不適應這種髮型。」

這樣來來回回答問了三、四次當中，不知什麼時候，我覺得和以前一樣美麗、天真無邪的千代子又出現在我眼前。那是因為我的鬱悶心情不知什麼緣故地忽然和緩了嗎？還是千代子對我的態度不知在什麼地方改變了呢？很難說明清楚。我記得從這兩者好像都無法作出明確的說明。假如這種毫無拘束的氣氛能夠延續一、二小時的話，我對她所抱持的那些疑惑，從最初追溯到過去，也許就能逕自以誤解之名而消除。不過，結果我又做了蠢事。

中島國彥　註

88 嘆賞の租税を免かれた：不必去讚嘆就可以結束。把不得不讚嘆當成是「租稅」，所以才有這種說法。

89 屑々した：拘泥於瑣事，不寬心的樣子。「屑」字，有狹窄、細瑣、碎渣之意。

90 マジョリカ：majolica，十五世紀，義大利盛產的彩陶。家中擺有這種器具，亦顯示出須永家的資產。

三十四

事情是這樣的。我和千代子聊了一陣子後，發現她不單只是給我看她的髮型才上樓，因為等一下就要返回鎌倉，所以順便來告別。當我明白此事，卻因心理準備不足而做了一件敗筆的事。

「好快啊！這麼快就要回去？」我說道。

「不快呀！已經住了一晚了。只是頂著這個頭回去，好可笑。好像要出嫁的新娘什麼的。」千代子說道。

「大家都還在鎌倉嗎？」我問道。

「是啊！怎麼了嗎？」千代子反問道。

「高木也在嗎？」我又問道。

高木這個名字，千代子一直都沒提起，我也故意避免將他扯進話題。但是不知什麼緣故，在恢復平日毫無拘束的談話氣氛，不知不覺進入融洽的當口，我一不小心說了不該說的事。我信口發問後，看到她的臉色時，立刻就後悔了。

我是一個猶豫不決、不通情達理的人，因此受她某種情況的輕視。我老早就說過了，老實說，兩人的交往不過就是基於彼此這種默契的親密。雖然千代子是一個無所懼的女人，所幸我僅有一個優點，那就是我的沉默寡言。像她這種如果不把整顆心掏給她看就不放心的人，絕不會喜歡我這種悶不吭聲、態度冷淡的人。不過我的態度讓人有一種神祕又看不透的地方，以致她從來就無法徹底了解我，雖然看不起，卻又認為我是一個可怕的男人，所以對我也表現出某種程度的尊敬。這種事無法公開明說，但是對方應該在心中承認了，事實上我也在暗中向她要求自己的權利。

然而，在我不經意從口中說出高木這名字時，我立刻覺得千代子對我的那份尊敬一瞬間永劫不復。這話怎麼說呢？當千代子聽到我問及「高木也……」的時候，她的表情突然起變化。我未必願意承認那是勝利的表情。但是，她的眼中閃耀一種我至今不曾見過的輕蔑眼光，則是不容置疑的事實。我好像在毫無預料的瞬間，被狠狠摑了一巴掌般頓時愣在那裡。

「你那麼在乎高木嗎？」

她話一說完，發出讓我幾乎要摀住耳朵的高揚笑聲。那時候，我覺得受到極為嚴重的羞辱。一時之間，我卻回答不出任何話。

「你真卑怯。」她接著又說道。這個突如其來的形容詞，使我整個人被驚嚇住了。

我很想回敬她，妳才卑怯，故意把人叫到原本可以不必去的地方。繼之一想，使用同樣激烈的言詞對待年輕女子，未免太過分，所以就忍下來了。千代子也是默不作聲。我好不容易才吐出「為什麼」幾個字。千代子揚一揚她的濃眉，好似在回答我的問題——你自己很清楚你真卑怯的意思，可是一被指責時，為隱藏自己的缺點卻故意掩飾、裝糊塗。

「還問為什麼？你自己不是很清楚嗎？」

「我不清楚，妳倒說給我聽聽看。」我說道。因為母親就在樓下，而且我也很清楚這個年輕女子感情用事的個性，所以盡可能緩和她的情緒，讓她冷靜些。那時候，我的語氣幾乎低緩到不能再低緩，可是這樣做反而讓她更不滿意。

「如果不清楚，你就是笨蛋。」

我想那時自己的臉色恐怕比平日還要蒼白吧！我記得只能兩眼直盯著千代子看。我也記得不知畏懼的千代子的那雙眼睛，在無聲中和我的視線交錯，然後兩人就停住、一動也不動。

三十五

「從千代這般活潑的人看來，我這種畏縮保守的人當然叫卑怯。因為我沒有勇氣將自己所想的事，馬上講出來或付諸行動，確實是一個極為優柔寡斷[91]的男人。就這一點來說我卑怯，也是無可奈何……」

「誰說那種事叫卑怯？」

「可是你看不起我，對嗎？我很清楚。」

「你才看不起我，不是嗎？我相當清楚。」

我認為沒必要進一步去承認她所講的話，故意不回答。

「你認為我沒學問、不懂道理，是一個不值得一提的女人。心裡一直看不起我。」「那和妳認為我遲鈍、看不起我一樣啊！雖然我被妳說卑怯也不在乎，可是如果妳所說的是道德上的卑怯，那就錯了。至少，我不記得自己和千代的關係上，有任何道德上的卑怯舉止。原本該是遲鈍或優柔寡斷之類的說法，妳卻使用卑怯這種用詞，與其說聽來好像在道德勇氣上有所欠缺——不！不如說更像一個沒有道德心的下流之人，讓人非常不舒服，希望妳可以更正說法。或是妳現在所說這話的意思，是我做了什麼對不起千代的事，也請妳不客氣地說出來。」

「好。我就把卑怯的意思說給你聽。」一說完這話，千代子就哭出來了。至今，我都認為千代子比我還堅強。不過，我把她的堅強，單純解釋為從善良女人的那種死心眼特質所產生而來。然而，現在我眼前的她，看起來僅是一個好勝心強、世間到處可見的俗氣女人。我的心不為眼淚所動，只在等待她從眼淚中做出什麼說明。因為我深信從她口中所吐露出來的，除了掩飾自己體面的強辯外，不會有別的說詞。她眨了兩、三次濕潤的睫毛。

「你始終帶著嘲笑把我當成愚蠢的野丫頭看待。你根本就……不愛我。也就是說你根本沒打算和我結婚……」

「千代自己才……」

「你聽我說！你想說彼此彼此嗎？假如是那樣也可以。我並沒說請你娶我。但是，對一個你既不愛、也不想娶她為妻的我……」

她說到這裡突然說不出話來。不靈光的我還沒領悟她接下來會說出什麼話來？我像是在催促她說下去，中途問了一句：「對妳怎樣？」她好像突然衝破什麼似地說了一句「為什麼要忌妒呢？」之後，哭得比剛才更厲害。我頓時感到血液往上升，雙頰發燙。看起來她好像都沒注意到。

「你真卑怯，是道德上的卑怯。你連我邀請阿姨和你到鎌倉的動機都在懷疑。那已經夠卑怯了。不過，這還不是問題。你既然接受人家的邀請，為什麼不能像平日般愉快呢？這根本就像我邀請你來自取侮辱。你侮辱我們家客人，結果就是侮辱了我。」

「我不覺得侮辱了什麼人。」

「有。言詞和舉止怎樣就算了。你的態度很侮辱人。縱使你的態度沒侮辱人，你的心也在侮辱人。」

「我沒有義務接受那種追究到心底的批評。」

「因為是卑怯的男人，才會作出這種無聊的回答。高木是一個紳士，所以有雅量容忍你，你卻絕不容下高木。因為你很卑怯。」

中島國彥　註

91 因循：拖拖拉拉不乾脆。

松本的話

一

從此之後，我不知道市藏和千代子之間有何變化？恐怕也不會有什麼變化吧！至少從旁人看來，兩人的關係從過去到現在好像完全沒改變過。假如去問兩個當事人的話，他們還是不免有許多話要說吧！不過都是受當時心情所影響的一些前後矛盾、卻煞有介事的假話，若認為那是具有永恆價值的談話，肯定就錯了。我是如此深信不疑。

如果提到那件事的話，當時我也聽說了。而且還是從雙方那裡聽來的。那根本不是誤解，也不算什麼了不起的事。因為雙方都那麼認為，而且雙方的想法也都不無道理，所以不得不說衝突是自然而然就會發生的。因此，他們無論是成為夫婦、還是朋友，那種衝突終究無可避免，除了認為兩人具有命中注定的因果關係外，也別無他法。不幸的是，兩人就某種意義上，卻又緊密地相互吸引。這種相互吸引的力量並非旁人可以權威干涉，而是受命運所安排，這才是最可怕的事。使用一句道貌岸然的警語，可以說他們是為分離而結合、為結合而分離的一對可憐兒。這麼說，不知道你是否聽得懂？換句話，假如他們成為夫婦的話，其結果將和以不幸收場的夫婦相同；假如他們不能成為夫婦的話，就會常懷著無法成為夫婦的不幸哀嘆而感到不幸福。所以我認為這兩個人的命運只能聽天由命，任憑冥冥之中的那雙手直接牽引才是上上策。無論是我、是你，還是其他人，若是多管閒事，對於當事人反而不好。如你所知，無論對市藏還是對千代子來說，我都不是外人。特別是須永家姐姐，至今曾為這兩人事情多次來找我商量。然而，連老天爺都無法使他們順遂發展，我何德何能可以去處理呢？總之，那只是姐姐在獨自編織的一個不著邊際的美夢。

須永家姐姐和田口家姐姐，對於市藏的個性和我如此相像都感到驚訝。我對於家族中怎麼會出現兩個怪人也感到不可思議。依照須永家姐姐的想法，好像認為市藏會變成今天這樣子，完全是受到我潛移默化的結果。我有很多地方讓姐姐看不順眼，其中最令她不愉快的，莫過於我這個無才無能的人竟然帶給外甥不好的影響。我回顧自己至今對市藏的態度，這種指責也算非常中肯，順便也可以坦白承認，我對於田口家因此疏遠市藏感到很不滿。不過，對於兩個姐姐把我和市藏看成同一個模子造出來的怪人，對著我們猛皺眉頭，這無疑是搞錯了。

市藏這個人的個性，就是每次和世間一接觸總是畏縮不前[1]，所以一受到刺激，那個刺激就會到處環繞，又尖又深地漸漸刺進內心的最深處。無論刺進哪裡，這種無止盡地持續反覆作用就會一直折磨著他。最後雖然令他苦惱到想祈求上天讓他從內心的痛苦中解脫，可是光憑他一個人的力量，卻無法逃脫宛如被下咒般的拉扯力量。然後，他就變成不知何時會被這種掙扎的力量所擊倒，獨自一人害怕被擊倒的時刻到來。於是變得像瘋子般疲憊不堪，這就是橫亙在市藏命中[2]的大不幸。假如想轉變不幸為幸福，唯有把他不斷往內、再往內的畏縮個性翻轉過來，使他開始往外拓展，除此之外也別無他法。他不能以眼睛將外界的事物灌入大腦，應該以大腦觀察外界事物的心情去使用眼睛。天下之大卻只要找出一件就好，必得找出一件能夠擄獲他的心，那麼真、或那麼善、或那麼美的事物。一言以蔽之，他得變得更多情一點。市藏一開始就很輕視所謂的多情。現在則很渴求那種多情。為了他自己的幸福，無論如何都得衷心祈求神明讓自己成為一個討人喜歡的翩翩才子[3]。天底下能夠救他的唯一方法，就是使自己成為討人喜歡的人。在我勸告他之前，他早已明白這件事。不過，至今尚未付諸行動卻還在掙扎之中。

中島國彥　註

1 內へとぐろを捲き込む性質：好像蛇蜷曲般，凡事都往內縮、內向的性格。另外，〈車站十四〉中，關於敬太郎，說是「只是窩在那裡」。

2 命根：生命的根本。生命之源。存在的根源。

3 翩々たる軽薄才子：不穩重的輕浮者。「翩翩」為小鳥輕盈飛翔的樣子。轉做輕浮之狀。

二

對於把市藏塑造成這樣一個人而應該負起責任的我，雖暗中遭到親戚的怨恨，但由於自己也感到非常內疚所以很無奈。總而言之，問題出在我沒有考慮到因人而異、因材施教的帶領方法，只是一味地把自己的喜好轉移到市藏身上。這種不假思索的輕率舉動，以致撼動年輕人的柔軟精神，好像就是一切災禍的根源。距今兩、三年前，我才開始察覺到自己的過失。但是，察覺時已經太遲了，我只能束手無策地在心中暗自嘆息。

簡言之，我現在過的生活對我最適合，卻絕對不適合市藏。我原本就是一個心情浮動的人，假如以極為粗糙的批評來說，就是一個天生見異思遷的人罷了！我的心總是不斷飛向外界，並隨著外界的刺激而一再改變。我這樣說，可能不容易讓人明白是什麼意思。市藏是為教育過去的社會而出生的人，而我是被俗世所教育出來的人。雖然我到了這種年齡，還具有頗為年輕之處，市藏則從高校時代起就頗為老成。他把社會當成思考的題材，我只是隨著社會的想法浮沉而已。那當中有他的優點，同時也潛藏著他的不幸，但是那當中有我的缺點，卻是我幸福的所在。我玩茶道時心情就變得平靜，把玩骨董時就不由地產生一種古雅趣味。除此之外，聽曲、賞劇、觀相撲等都會因場合而有不一樣的心情。其結果，往往就是眼前的事物奪走我整顆心，那種無我的空虛感油然而起。因此，當我過著這般超然的生活，我總是強迫自己豎立自我的風格。不過市藏是一個除了自我之外，什麼都沒有的人。假如要彌補他的缺點——不如說是斬斷他不幸生活的途徑——唯有不再內斂而得外放，除此別無他法。那也是他得到幸福的唯一策略，我竟然間接從他身上剝奪，因此親戚對我的怨恨，自是理所當然。他本人倒未因為如此而怨恨我，讓我覺得還算慶幸。

那應該是距今約一年前的事情了。那時候市藏還沒從大學畢業，有一天忽然到家裡來，打過招呼後就不知跑到哪裡去？那時我正受人請託，正在書齋查閱花道的相關歷史。我只顧查閱資料，看到他的時候，只回頭簡短說聲「啊！是你啊？」儘管如此，我發現他的臉色很不好，工作告一段落，立刻走出書齋去找他。因為他跟內人的感情很好，我想也許和內人在飯廳閒聊吧！卻沒發現他在那裡。一問內人，她說可能在孩子的房間吧！我打開沿著廊下的門一看，他坐在咲子的書桌前，正盯著女性雜誌封面[4]上的一張美女照片看。他回頭看我，並且告訴我「發現這一個美女，從剛才到現在大約盯著看了十分鐘了」，他還說「面對這張美女的臉龐時，似乎忘記腦海中的一切苦惱而感到很愉快」。我立刻問道：「那位小姐是什麼人啊？」令人奇怪的是，照片下方明明寫著那位女性的姓名，他竟全然沒注意到。我說他真是粗心，還問他：「既然那麼喜歡，怎麼不先記住姓名呢？」我心想說不定因緣際會，娶進門當妻子也不是不可能。看他帶著疑惑的眼神看著我，好像是在說「有什麼必要得去記人家的姓名和住處呢？」

換言之，我總是把照片當作真人在看，他看照片就只是當照片在看。假如照片的背後附上當事人真正的住所、身分、教育和性情等，儼然成為活生生的紙上肖像的話，也許反而會讓他連這張中意的臉孔也要放棄。這就是市藏和我根本上的不同之處。

中島國彥　註

4　女の雑誌の口絵：當時的文藝雜誌、婦人雜誌很多都以美女照（雖然有很多是藝妓，但也有良家婦女）當插圖。

三

市藏畢業兩、三個月前，我想大約是去年四月前後吧！他的母親來找我商量他的婚事，那是一次從未有過的長時間深談。姐姐的心意既單純又固執，她當然希望把田口家姐姐的女兒娶回來當媳婦。我有一個毛病，總認為和女人講道理是男人的羞恥。因此我盡可能不講那些難懂的大道理，僅就問題本身，以假如婚事不給當事人有選擇的自由就違背作為父母親應守的義務之類，淺顯易懂的說明讓她理解。如你所知，姐姐是一個極為穩重的婦人，不過她也具有一般婦女的通性，就是一到緊要關頭，同樣的意見可以不厭其煩地重複又重複。與其說我厭惡她的執拗，不如說她那種過人的耐力，反而讓我對她產生一種微妙的憐憫之心。她說現在的親戚當中，市藏除了我之外沒有一個尊敬的人，是不是可以拜託我把市藏找來談一談。因此我爽快地答應她的請託。

我為了達成這個目的，我記得是在第四天的星期日早上，我和市藏就在這間客廳見面。那時他正面臨忙碌的畢業考壓力，一坐下就露出苦笑說道：「不管什麼考試成績，無所謂啦！」不過依據他的說法，他的母親已經多次談起那件婚事，每次都沒給一個明確的答覆，以致成為一味拖延的老問題。看起來他對這件事的態度，剛好和問題的陳腐成反比，因此顯得很苦悶。他說最後和母親談起這件事時，他拜託母親「畢業後總要把問題解決，等那時候再說吧！」可是現在畢業考都還沒結束，就先被我叫過來，豈止讓他感到困擾，甚至連「老年人真是急性子，好麻煩」這種話都說出口了。我也認為他說的話很有道理。

我推測，他把明確答覆[5]的期限拖延到畢業後，可能認為在這期間肯定會有比自己更適合的人選來向千代子提親。為了不直接讓母親失望，就讓周圍的情況來推翻母親的主張，所以根本就是一種等待水到渠成的壓力加在母親身上的逃避手段而已。我問市藏：「是不是這樣？」市藏答說：「是的。」我再問：「無論如何都不想去滿足母親的願望嗎？」他答說：「很想不靠那件事來滿足母親。」然而，他絕口不提娶千代子。我問他：「因為賭氣而不娶她嗎？」他答說：「或許就是這樣吧！」為慎重起見，我又問道：「假如田口要把女兒嫁給你，千代子也願意嫁過來，你打算如何？」市藏沒回答，只是悶不吭聲地盯著我看。我一看到他這種表情，就提不起勁再談下去。若說畏懼也太誇張，若說同情，聽起來簡直太可憐了。那種表情讓我幾乎不知該說什麼才好，那是讓對方不得不永遠斷念的絕望中，帶著淒厲和溫和的特殊表情。

過一會兒，市藏突然出乎意外地說道：「為什麼自己那麼惹人厭呢？」我感到很驚訝，因為說這話很不合時宜，也不像平日的市藏。我以責備的語氣反問道：

「怎麼會發出這種抱怨呢？」

「不是抱怨，因為是事實，我才說出來。」

「那麼，誰討厭你呢？」

「面前這位舅舅不正在討厭我嗎？」

我再度感到驚訝，因為實在太奇怪了。經過兩、三次的爭執後，我推測他完全把我被他那特殊表情所影響而停止談話時的態度，當成是對他的嫌惡。我開始極力消除他的誤解。

「我為什麼要討厭你呢？從你小時候到現在和我的關係看來，不是很明白嗎？不要再說蠢話了。」

市藏被斥責後，也沒任何激動的樣子，只是以愈來愈蒼白的神情盯著我看。當時我的心情就像坐在鬼火前一般。

中島國彥　註

5 決答：明確地回答。確定地回答。

四

「我是你的舅舅啊！世上哪有舅舅討厭外甥的呢？」

市藏一聽這話，立刻撇了撇薄薄的嘴唇，擠出一個落寞的笑容。我在那落寞的背後，看見他意味深遠的一抹輕視。坦白說，他是一個腦筋聰明、理解力在我之上的人。這事我早看清楚。因此，每次和他接觸，都惟恐被他當傻瓜而看輕，盡可能謹慎、不敢輕忽。然而，我還是時常會出現年長者的傲慢，把關係親密的他不放在眼底，明知很膚淺，還是會當場給他一些毫無意義卻故弄玄虛的訓誡。這種事不能說沒有。聰明如他從不以自己的優勢，做出有欠風度而讓我感到沒面子的言行，可是每當我感受到自己有如行情下降般的屈辱時，我馬上趕緊修正自己的言詞。

「對啦！世界這般大，未必沒有那種親子像仇人、相互要置對方於死地的夫妻。不過一般說來，既然有手足、甥舅之名的話，不就可以維繫著一種親密的關係嗎？你受過良好教育、頭腦又好，為什麼總有一種奇怪的乖僻呢？你一定要改掉這種乖僻。連旁人看來都很不舒服。」

「所以我才說連舅舅都討厭我。」

一時詞窮，我不知該如何回答？因為自己沒察覺的自我矛盾被市藏一眼識破。

「只要改掉那乖僻，不就好了嗎？」我彷彿在斥責般說道。

「我乖僻嗎？」市藏冷靜問道。

「有啊！」我毫不考慮地答道。

「哪裡乖僻呢？請清楚說給我知道。」

「說到哪裡有——當然有啊！因為有我才說啊！」

「那麼，就算真有這個缺點。這個缺點又是從哪裡產生的呢？」

「那是你自己的事，只要你自己去思索一下就知道了吧！」

「你太冷漠[6]。」市藏直接了當地以沉痛的語氣說道。我先是被他這種語氣弄得有些慌張，接著看到他的眼神時，整個人都畏縮了。他好似眼神中充滿憤恨地凝視著我。我在他面前，已經連說一句話的勇氣都提不起來。

「在您還沒說之前，我就開始思索，根本不需要您開口。因為這是我自己的事，所以自己思索。由於沒有任何人伸出援手，所以只能獨自思索。我日日夜夜都在思索，因為思索過度，思索到身體和頭腦都無法持續下去。儘管如此仍然想不透，所以才請教您。您也宣稱是我的舅舅，既然是舅舅，當然比別人更親近才對。但是剛才從您口中說出來的這段話，在我聽起來只有比陌生人更冷酷。」

我看見淚水從他臉頰流下來。我得坦白告訴你，自小就跟我很親近的他和我之間，從來不曾發生過像這樣的情景。順便先說一下，面對這個情緒激動的年輕人，當時我不知該如何是好？我的腦中茫然一片，不知所措。我的態度全被市藏看在眼裡，我連想調整自己言詞的餘地都沒有。

「我很乖僻嗎？確實是乖僻吧！縱使您沒說，我也很清楚。我是很乖僻。縱使您沒有提醒我，我也很清楚。我只是很想知道為什麼會變成這樣。不！無論是母親、田口家阿姨還有您，都很清楚變成這樣的原因，只有我一個人不知道。大家都不願意讓我知道。在這個世界上，我最相信的人就是您，所以才會請教您。您卻殘酷地拒絕我。從今以後，我要把您當成畢生的敵人來詛咒。」

市藏話一說完，就站起來。我在那瞬間立刻下定決心。於是，把他叫住了。

中島國彥 註

6 貴方は不親切だ：係和千代子所說「你很卑怯」（三七六頁）的口吻有對照性的一句話。

五

我曾經聽過一位學者演講[7]。那位學者剖析現代日本的開化情況，他說受到開化影響的我們，行為舉止若不輕率、膚淺，肯定會陷入神經衰弱。他毫不膽怯地把這種論調公開在聽眾面前。他說不知真相時會很想知道，一旦知道真相，反而認為還是不知道最好，開始羨慕起以前不知情的日子，後悔現在自己的情況。這種事情還真不少。他說自己的結論也許就很類似這種情形。說完後，他就苦笑地走下講台。那時候，我不禁想起市藏。不得不接受這種苦澀真理的我們日本人還真可憐啊！不過一想到像他獨自一人，想探索秘密卻又害怕，雖然害怕還是想去探索的年輕人肯定更悲慘。我在心中不能不暗自為他灑下同情的淚水。

這單純是我們家族的事情，跟你沒有任何利害關係，若不是早知道你為市藏的事擔心，又對他那般照顧，理應不會告訴你這些秘密。坦白說，從市藏出生那一天起，他頭上的太陽已經蒙上陰影。

我不忌憚向任何人公開這件事，因為我所抱持的主義就是唯有將一切秘密公開時，才能夠恢復原貌、才能夠找到解決之道。因此我不像一般人，重視所謂溫和或維持現狀之類的想法。至今我不曾主動把市藏的命運，追溯到他出生的當下來作對照。對我而言，可以說這真是一個不可思議的過失。如今想起來，一直到我受到市藏的詛咒為止，為什麼我會把這件事當成秘密呢？我根本無法明白其中的意義何在？縱使是在夢中想像，我都不認為透露這秘密後，會讓他們母子間的感情惡化。

我說從市藏出生的那一天起，他頭上的太陽已經蒙上陰影。這句話的背後隱藏著什麼事實？與他交情深厚的你聽起來，也許已經明瞭具體的事實吧！簡單一句話，他們不是親生母子。為了不讓你誤解，我再加一句話，他們是一對遠比親生母子感情還好的養母子。他們這種沒有血緣關係而成立的通俗母子關係，縱使被人家看不起也無法使他們分開，更不會阻礙他們自然而然緊密連在一起的親情。無論揮舞怎樣的魔斧也無法斬斷他們之間的親情，所以就算要公開任何秘密都不必害怕。話雖如此，我的姐姐對此非常害怕，市藏也非常害怕。姐姐手握秘密，市藏總覺得被握著什麼秘密，兩個人都非常害怕。我終究把他們害怕的真相攤開來，別無用意地攤開在他面前。

現在的我缺乏勇氣把那時候的問答一一說給你聽。從一開始，我原本就沒把這件事看成大事情，也盡可能表現得平靜。總之，就是不把它當一回事地敘述，不過市藏卻把它當成生命攸關的告知，在極度緊張的狀態中接受這件事實。我繼續前面的話。

簡單一句話來說明，他不是我姐姐親生的兒子，而是女傭所生。由於不是發生在我家，而且是已經過了二十五年之久的老故事，我當然不會記得詳細的前因後果。反正聽說女傭懷有須永的孩子時，姐姐花了大筆的錢讓她請假。後來聽說孕婦回老家生下一名男嬰，就把孩子接回家，對外宣稱是自己生的，就這樣把孩子撫養成人。這是姐姐對須永的情義，另外一個理由就是她正為生不出孩子而苦惱，所以當真把他視為自己的兒子疼愛，當然也在各方面照顧他。實際上，如你所見、也如大家所見，一直到現在他們還是一對很親近的母子，縱使彼此開誠佈公把事情講開，也不致有絲毫的障礙。假如一定要我來說，那就是他們比起世間感情不融洽的親生母子，真不知多風光啊！即使兩人已經知道事實真相，回顧母子間至今的和樂融融，真不知多愉快！至少我就是如此認為。因此我絲毫不敢怠忽，特別要用盡心力為市藏說明這些美好之處。

中島國彥　註

7 或学者の講演：根源於漱石本身的演講「現代日本之開化」（明治四十四年八月十五日）所作的敘述。這裡的敘述的演講要旨，未必和「現代日本之開化」的要點一致，但是所謂「苦澀真理」這句話卻是反映出漱石的真心。

六

「我是這麼想的。所以絲毫不認為有隱瞞的必要。如果你的身心健康，應該也跟我有一樣的想法。如果不這麼認為的話，那就是你的乖僻。明白嗎？」

「明白。我明白了。」市藏答道。

「明白就好。關於這件事，以後就不要再節外生枝了。」我說道。

「不會再提了。絕對不再提這件事來煩您。果真如您所說，我總是以乖僻的角度來看待事情。在還沒聽您說出真相前，我感到非常害怕，害怕到心都揪成一團了。但是聽完您的話，明白事情的一切經過後，反而感到放心又輕鬆。我不會再害怕、不安了。但是不知怎麼回事，突然覺得心虛，感到很孤獨，感覺自己是獨自一個人站在這世上。」

「怎麼會這樣想呢？母親還是原來的母親啊！我也還是跟以前的我一樣啊！沒有人會對你有任何改變，自己不要太過於神經質[8]。」

「我不是太過於神經質，而是覺得孤獨，真是無可奈何。我等一下回到家看到母親，一定會哭出來。現在光想到等一下的眼淚，就會覺得孤獨到很難耐。」

「不要跟母親說比較好吧！」

「當然不說。一說的話，不知母親會露出多麼痛苦的表情來。」

兩人相對無言。我閒得無聊，開始敲起菸盤上的菸灰缸。市藏低頭凝視自己包在和服下的膝蓋。不久，他抬起頭露出落寞的神情問道：

「我可以再問一個問題嗎？」

「只要我知道的事，一定告訴你。」

「我的生母，現在哪裡？」

他的生母在生下他不久就過世了。有說是產後恢復不良[9]，也聽說是罹患其他疾病，我已經記不得了。由於缺乏詳細情形，終究無法讓他迫切想知道的眼神平靜下來。有關他生母的最後命運，我只講了兩、三分鐘就說完了。他面露遺憾，又問起她的名字。幸好我還記得那個帶著古樸味道的名字「阿弓」。他接著問我死時的年齡。關於這一點，我沒有明確的概念。最後他問我，是否曾經碰過在家裡幫傭的生母呢？我回答有。他反問我，怎樣一個人呢？但是很可惜，我的腦海中對她的印象相當模糊。事實上，當時我不過是一個十五、六歲的少年。

「不管怎樣，應該是梳著島田髮型吧！」

除此之外，我根本答不出一個完整的答案，我也感到很遺憾。市藏終於露出斷念的眼神，結束前他問道：「至少告訴我，母親葬在哪間寺廟？我很想知道。」但是我怎麼可能知道阿弓的埋骨處呢？我邊嘆息邊回答：「萬不得已沒辦法的話，只好去問姐姐。」

「除了母親之外，沒人知道嗎？」

「大概沒有吧！」

「不知道也沒關係。」

我不禁對市藏產生一種似同情又似愧疚的心情。他暫時把視線轉到庭院，凝視著艷陽下綻放得非常燦爛的山茶花，一會兒，又把視線轉回來。

「母親非要我娶千代子，大概也是考慮到血統的問題，所以她才希望有親人嫁給我吧！」

「應該就是這樣。大概沒有其他的想法吧！」

市藏沒說要娶千代子。我也不再問他，要不要娶千代子？

中島國彥　註

8　神経起しちゃ：變得太神經質。

9　日立：康復。

七

對我而言，這次的見面是美好的經驗之一。雙方都能敞開心胸、開誠佈公地把所有事傾吐出來，這一點就足以為我乏味無趣的過去增添光彩。從市藏的立場看來，或許是他出生以來最大的安慰吧！總而言之，在他離開後，我的心中充滿行善積德般的快樂。

「一切事情都由我來安排，不必擔心。」

我把他送到玄關時，最後在他背後又送上這麼溫暖的一句話。不過在向姐姐報告見面結果時卻講得很不好。——市藏說他實在是不得已、畢業後有時間去想這件事的話，就會作一個明確的處理。我告訴姐姐，等到那時候再說吧！現在講這講那，恐怕只會影響考試。姐姐一聽也不無道理，總算暫時把她安撫下來。

同時，我跑去跟田口談這件事。我花了些工夫勸他最好在市藏畢業前把千代子的婚事訂下來。聽完我講的詳情後，田口還是一如平常那般精明又滑頭。他回答說縱使我不來提醒，也正打算這樣做。

「但是嫁不嫁人畢竟得看當事人的意願（如此說，聽來挺愛講大道理），不能為了姐姐和市藏的方便，就硬要千代子提前或延後結婚，說不過去嘛！」

「當然是這樣。」我不得不承認他說的話。因為我和田口是親戚關係，原本就有來往，可是有關他家女兒的婚事，我既不曾主動跟他談起，他也不曾來找我商量。因此，直到現在千代子到底有什麼選擇對象，我甚至不曾聽人家說過。只知道去年在鐮倉的什麼避暑地，曾經和市藏見過面而讓他心情大壞的高木。我記得市藏和千代子都跟我提起那人的姓名。儘管有些唐突，我還是問田口，那個男人如何呢？田口笑容滿面地告訴我，一開始高木並未列入結婚對象。然後他又說，只要是受過相當教育的單身男子，任何人都有權利成為對象，所以也不能說他絕不是結婚對象。我進一步仔細探查這名關係曖昧的男子，雖然知道他人在上海，卻不知道什麼時候會回來。他和千代子之間看不出有任何進展，不過至今仍保持書信往返。可是來信都得經過父母過目後才能轉給千代子，聽說這是讓兩人可以書信往返的附加條件。我立刻就問，千代子不是很中意那個人嗎？不知田口是另有所求？還是另有打算？並沒有明確表示要怎麼做。我根本不瞭解高木的為人，當然沒權利去勸說，所以就這樣告辭了。

從那之後，我和市藏好一段時間沒見面，說是好久，大約也只是一個半月而已。他面對即將到來的畢業考，又不得不去操心家中的事，讓我感到非常掛心。我偷偷去探視姐姐，順便不露聲色地關心他的近況。姐姐倒是蠻不在乎說，反正他好像很忙啊！快要畢業了，可能就是這樣吧！儘管如此，我還是不放心。有一天，我約他抽一小時跟我一起聚餐。在他家附近的一家西餐廳，我和他邊一起用餐邊偷偷觀察他的近況。他一如平日的穩重，並且說，不會有事啦！無論如何考試總可以過關。看起來他不像是在虛張聲勢。當我慎重地再問他，真的沒問題嗎？他突然露出可憐兮兮的神情說道，人類的頭腦比我們想像的還要堅定。其實我本身也很害怕，可是很不可思議地，頭腦仍然還沒壞掉，看樣子應該還可以使用一陣子吧！這一番話好似開玩笑，又好似一本正經，奇怪的是，卻讓我有一種深深的悲哀。

八

五月新葉時節已過，天氣熱得讓人剛洗完澡，還想拉起衣服、拿起蒲扇往裡搧風。有一天，市藏又晃過來了。一看到他，我劈頭就問，考試結果如何呢？他答說昨天終於結束了。然後又告訴我，明天準備去旅行，所以先來告辭。

我對於他成績好壞都還不清楚，就想遠走高飛的心理狀態感到懷疑，多少有些不安。他說希望從京都附近，經過須磨、明石，可能的話最好還能到廣島一帶走一走。我對於這次旅行的戰線拉得這麼長感到很驚訝。假如畢業考已經通過的話，這樣當然很好啊！——我這樣說，等於間接暗示不贊成的意思，沒想到他對考試結果出乎意料地不在乎。他幾乎不理我所說的話，反而還說，那麼在乎那種事，太不像平常的舅舅。在談話中，我發現他之所以決定要去旅行，無關考試過關與否，而是有其他動機。

「其實，自從知道那件事以來，特別愛東想西想，最近連想安靜坐在書齋都辦不到。無論如何都必須出外旅行，我沒有在考試途中退下來，自己都覺得很值得讚賞，請您允許我去旅行。」

「用你的錢到你想去的地方，有什麼關係呢？我想一想後，覺得你到處走一走，轉換一下心情也挺好。你就去吧！」

「謝謝。」市藏稍微露出滿足的神情，然後又說道：「其實，之後大聲地對母親講話，心中都會感到過意不去又覺得自己太沒禮貌了。可是自從舅舅把事情講開後，每次看到母親的臉，心情就變得很微妙。」

「心裡不痛快嗎？」我有些嚴肅地問道。

「不是，只是覺得過意不去。剛開始感到很孤單，漸漸就覺得對母親很過意不去。我只跟您說，最近早晚看到母親都會感到很痛苦。像這次的旅行，很久以前我就想等畢業後，拜託舅舅幫忙看家，帶母親去京都、大阪、宮島看一看。就像剛才我所說的理由，如今整個情勢逆轉，我只想離開母親身邊一陣子。」

「真是麻煩啊！怎會變成這樣呢？」

「如果離開一陣子，我想一定會開始思念母親。怎麼辦？也許不會那麼順心吧！」

市藏好像很擔心，如此問我。雖然我以比他更有經驗的年長者自居，有關他未來會如何，我實在想像不出。他自己沒拿定主意，把心事說給別人聽、希望得到慰藉，我只覺得他這種心態蠻可憐。儘管他的外表看起來很溫順，內心卻極為堅強，像這樣講出示弱的心聲，幾乎不曾有過。我只能盡全力給予安撫。

「那種擔心於事無補。我向你保證，不會有問題，就出去走一走吧！你的母親是我的姐姐，正因為不像我那樣追求學問，才能保持純潔善良，她是一個任誰都敬愛的婦人。我的姐姐怎麼可能離開像你這麼孝順的兒子呢？一切都沒問題，放心好啦！」

市藏聽了我的話，看起來好像真的放心了。我也稍稍放心。但是另一方面，我又懷疑像這種空洞的安慰話，假如能讓頭腦清晰的市藏受到影響，該不會就是因為他精神[10]上出現問題吧？我突然有一種他會不會走極端的胡思亂想，也開始擔心起這一趟的獨自旅行。

「我也一起去吧！」

「和舅舅一起的話……」市藏露出苦笑。

「不可以嗎？」

「如果是一般旅行的話，我還會主動邀請舅舅一起去。可是這次從什麼時候到什麼地方都不知道，換句話說，就是一趟隨興而沒有任何計畫的旅行，所以很抱歉。再說我覺得您一起去的話，我會有束縛感，那就很沒趣了……」

「好吧！那我就不要去。」我立刻收回提議。

中島國彥　註

10 神経：瞬間心動之意的「気転」，這是「気転」的濁音讀法，「神經」為心動的假借字。

九

市藏回去後，對於他的事我一直耿耿於懷。我既然把這天大的秘密說出來，萬一發生什麼事情，當然得由我負全責。因此，我打算去探視姐姐，看看她的情形，順便打聽一下市藏的近況。

於是就把在飯廳的妻子叫過來，把原委說給她聽也商量一下。想不到向來總愛大驚小怪的妻子卻說，都是你太多嘴才會變成這樣。剛開始對我置之不理，後來她自己很有信心地說，為什麼阿市會出錯呢？雖然阿市還年輕，卻遠比你更能明辨是非。

「照你這麼說，反而是市藏要擔心我囉！」

「當然是這樣啊！任何人看到你只會將兩手揣在懷裡，嘴上叼著進口菸斗，都會替你擔心。」

那時候，孩子們剛好放學回來，家裡瞬間熱鬧起來，就把市藏的事給忘了，直到傍晚始終沒空想起這件事。就在這時候，姐姐突然獨自來訪，我冷不防大吃一驚。

姐姐一如往常，坐在家人團聚的正中央，和妻子又是好久不見！又是天氣真好！寒暄個沒完沒了。我乾坐在那裡，完全使不上力。

「明天市藏不是要去旅行嗎？」我抓住時機趕快問道。

「這件事……」姐姐一本正經地看著我。我還沒等姐姐把話講完，就趕緊替市藏辯護道：「如果他想去就讓他去吧！費盡腦力的考試才剛結束嘛！不讓他出去輕鬆一下，恐怕身體會受不了。」姐姐答說，她原本就是這種想法，只是擔心市藏的健康能否經得起旅途勞累。

最後，她問我，這樣沒問題嗎？我答說沒問題。妻子也說沒問題。聽完回答後，與其說姐姐已經放心，不如說是有些不滿意。我想到姐姐使用「健康」這個詞，肯定是指精神上而不是身體上的負荷。我的心中感到一陣苦楚。姐姐好像直接受到我臉上表情的影響，眉頭上顯現不安地問道：

「阿恆，剛剛市藏來這裡時，有沒有覺得他的樣子怪怪的呢？」

「怎麼會有那種事呢？市藏還是跟平常一樣，對不對？阿仙。」

「是啊！根本沒有任何不一樣的地方啊！」

「雖然我也這麼認為，但還是覺得最近的樣子變得有點怪。」

「怎樣怪？」

「我說不上來到底是怎樣怪。」

「應該就是考試的關係吧！」我立刻給予否定。

「姐姐想太多了。」妻子也在一旁幫腔。

經我們夫婦的安慰後，姐姐終於露出原來如此的神情，和大家一起共進晚餐、頻頻交談。她要回去時，我帶著孩子邊散步邊送她到車站。後來還是覺得不放心，叫孩子先回家，儘管姐姐一直推辭，我還是坐上車，陪她一起回到家。

我把在二樓的市藏叫到姐姐面前。我告訴他，你母親非常擔心你的事，特地跑到矢來，剛才我多方勸解才比較放心，所以這次的旅行，可以說我得負全責。盡可能不要讓老人家掛心，無論到哪裡、離開哪裡或在哪裡逗留，不要偷懶，一定得寫信回來，也就是說得讓家裡一有事可以立刻連絡上你，千萬要注意才好。市藏回答，這種小事情不必提醒也知道，並且面帶微笑看著他的母親。

我相信這樣，多少讓姐姐的擔心可以緩和些了，十一點左右就搭電車回矢來。妻子到玄關迎我回家，好似等得很焦慮般問道，到底怎麼啦？我回答，可以放心。實際上，我的心情好像真的放心了。翌日，並沒有到新橋去為市藏送行。

十

我們約定的信函，從市藏所到之處紛紛傳來。算起來，大約平均一天會來一封信，不過，大部分都是在旅行地簡略寫上二、三行字的風景明信片而已。每當我收到明信片，立刻露出安心的神情，因此經常被妻子取笑。有一次，我說看這樣子，應該是沒問題，果然正如你所預言。妻子毫不客氣地回答，當然啊！假如經常發生像社會新聞和小說那種情節的話，誰受得了啊？我的妻子是一個把小說和社會新聞等同看待的女人，而且深信兩者都是謊話連篇，實在是一個不帶任何浪漫個性的人。

我看到信件就感到很安慰，從信封抽出書信時，更是眉開眼笑。之所以如此，是因為我所害怕的事，在經由他手所寫出來的信函上，絲毫看不到有任何一點憂鬱的痕跡。他裝在信封內的文章比起明信片，更明顯傳達出心情上的轉變。假如不實際讀一讀他的信就不會明白，因此我選了兩、三封信。

在京都的空氣、宇治的水等形形色色使他心情轉換的動力當中，上方地方的人們所使用的語言，好像帶給這個在東京長大的人很多趣味和莫大的刺激。對於曾經多次前往那一帶的人而言，那裡的語言顯得有些傻氣，不過對於市藏當時的精神狀況而言，我認為具有緩和及鎮靜的功效，而且遠比任何鎮定劑[11]還能產生正面的影響吧！我心想不知是否出現年輕女子？當然啦！如果是從年輕女子口中講出來的語言，那就更有效了。市藏也是一個年輕男子，說不定是為追尋年輕女子才跑到那裡吧！然而，很奇怪地，他在這封信中所寫的竟然是一個老婆婆的事情。

「我一聽這邊的人講話，不禁就有一種微醉的感覺。有人說這裡的人講話黏答答地很討厭，我的感覺則完全相反。東京人講話才討人厭。操著那種好似有稜有角、金米糖般的語調，還自以為得意洋洋。那種語調讓人聽起來既粗魯又自大。昨天，我從京都來到大阪。今天我去找在朝日新聞社任職的友人，他帶我到箕面[12]這個賞紅葉的名勝。由於時節已過，當然見不到紅葉，不過有溪、有山，走到山的盡頭，還有瀑布，真是一個好地方。友人為了讓我休息，帶我到一棟兩層樓高的新聞社俱樂部。一進去裡頭，又長又寬的地面一直通到大門，而且全部鋪著地磚的樣子，讓我有種踏進中國寺院般鬱悶的感覺。聽說這屋子原本蓋來當別墅，後來被朝日新聞社買來當俱樂部。好吧！就算是別墅。以地磚鋪了這麼寬敞的地面，到底做什麼用呢？我好奇地詢問友人，可是對方說不知道。不過，這事倒不必放在心上。我只是認為舅舅見多識廣，也許知道吧！才會畫蛇添足加上這一段。其實，我想告訴舅舅的可不是這個寬敞的地面。在那裡的老婆婆才是重點。老婆婆有兩位，一位站立、一位坐在椅子。可是兩位的頭頂都是光溜溜的。那位站著的老婆婆一看到我們進來，先向友人打招呼後說道：『實在對不起，正在替八十六歲的老婆婆剃頭。——老婆婆不要動，再一下子就好。——好，剃好了。連一根毛都沒了，再也沒什麼好害怕了。』坐在椅子上的老婆婆摸摸自己的光頭，說聲：『謝謝。』友人回頭看著我笑說，很有野趣吧！我也笑了。不光是笑而已。我有一種好像出生在百年前的古人般悠然自得的好心情。我想把這種心情當成禮物帶回東京。」

我也希望市藏能夠把這種心情帶回來給姐姐當禮物，那就太好了。

中島國彥　註

11 鎭経剤：能夠鎮定神經的藥。鎮靜劑。

12 箕面：位於大阪府北部、豐能郡箕面村，臨箕面川溪谷的風景勝地。紅葉的名所。明治四十四（一九一一）年八月十一日，漱石為在關西《大阪朝日新聞》主辦的演講而抵達大阪，翌日十二日，由高原蟹堂（操）的陪同，前往箕面。另外，這天的日記中記錄「上方地方的人們所使用的語言」（四〇六頁）。

十一

下一封信則寄自明石[13]。正因為比起上一封多少有些複雜，更能把市藏的性格鮮明地反映出來。

「今夜，來到這裡。皎月當空，庭院一片明亮，可是月光照不進我的房間，反倒讓我的心情感到黯淡。吃過飯，抽著菸，望向大海那方。——庭院的前方就是大海。因為是一個水波不起、風平浪靜的夜晚，岸邊的景色讓人分不清是河邊還是池邊。這時候，有一條納涼船悠悠地划過來。由於夜色茫茫，船隻的外形看不太清楚，不過可以看得出船底很寬平，平穩到看不出飄浮於海面上。我記得那條船的船頂，簷下掛著幾個畫有圖案的燈籠。當然啦！微微的燈光下有幾個人坐在船艙，同時傳來三味線彈奏的樂聲。整條船非常平穩，有如滑行般歡樂地從我面前行過。我靜靜地目送船影遠去，想起外祖父年輕時候的一段故事。舅舅當然知道的吧！那是外祖父和一群箇中老手一起乘船賞月行樂的真實故事。我聽母親講過兩、三次。聽說乘著屋形船往上划到綾瀨川[14]，然後停駐在明月和平靜水波相輝映的水面上，大家打開早已準備好的銀扇，投向遠處的夜色中。有這麼回事吧！扇軸不停翻轉，塗在扇面上的銀泥發出閃亮亮的銀光後掉落在水中。我想像那種景象必定是美極了。何況不只是一把扇子，而是全船的人都出動，光想像那種競相投擲的銀光燦影，就覺得非常淒美艷麗。聽說外祖父還會在銅壺[15]內注入滿滿的酒，再把酒瓶放進去溫熱，然後就把銅壺內的酒倒掉。這麼一個奢華[16]的人，就算一次投擲一百多把扇子應該也不在乎吧！雖然這樣說很失禮，舅舅和外祖父相較之下算是窮些。總覺得可能是遺傳吧！舅舅還是有奢華的一面，連那麼內向的母親，很奇怪地也喜歡熱鬧，我從以前就看出來了。只有我——這麼一來，您也許會貿然認定我要拿那件事來談，請舅舅放心，我對那件事已不再耿耿於懷。我說「只有我」，並不具痛苦的意味。我想說在這一點上，母親、舅舅和我天生就不一樣。我是一個在富裕中成長、物質生活絲毫不缺的幸福孩子，不知奢華卻在奢華中過得蠻不在乎。由於母親的細心，像和服之類，總是讓我穿得很體面、毫無羞愧地站在人前，而且還認為理所當然。不過，這種長期習慣所養成的想法是從自己的無知中產生的，一旦察覺後，立刻變得非常不安。我總覺得衣食如何都無所謂，最近聽到某富豪揮金如土的情形，我覺得真是太可怕了。聽說那人聚集大批藝妓和幫閒，從皮包中拿出成綑的鈔票，在那幫人面前散開，說是見面禮而發送給大家。然後又穿著華麗的和服，直接走進澡池內，剩下的錢全給搓背的人。他的荒唐事不勝枚舉，但都是一些極為逆天又傲慢的行為。我聽到這些事情，對他當然是深惡痛絕。不過欠缺氣概的我，與其說是痛恨不如說是恐懼。我認為他的所作所為，如同把閃亮亮的利刃插在榻榻米上威脅良民的強盜。其實，若說我是對天啦！人道啦！或神佛感到愧疚，毋寧說是對真正的宗教意義誠惶誠恐。我就是這麼一個膽怯的人。」

「從不敢接近驕奢一轉而成為驕奢至極的狂人。我光想像那種情況就害怕到無法忍受。——我邊思考這些事情，邊目送那條行在平靜水面上的納涼船。我想身為一個人，這種程度的慰藉還算適當吧！我就如舅舅所提醒般漸漸變得開朗起來了。請稱讚我一下吧！被月光照射的二樓客人，聽說是從神戶來的遊客，操著一口我討厭的東京話[17]，不時還傳來吟詩作對的聲音，其中還雜有嬌滴滴的女人聲。二、三十分鐘前突然安靜下來，女侍說是已經回神戶了。夜已深，我也要去休息了。」

中島國彥　註

13 明石：兵庫縣兵庫郡明石町（現在明石市）。漱石在訪問箕面當天晚上抵達明石，翌日八月十三日在明石公會堂演講《愛好和職業》。八月十二日日記中，記有「八時三十分抵達明石進入衝濤館。庭院前約六公尺處有三尺高的石牆，牆外傳來浪聲。不知是海還是川，拉著三味線、掛著燈籠的船划過來。原來是一條船底很寬的納涼船。生意人歸來。只聽到浪聲。」

14 綾瀨川：荒川的支流，注入隅田川，為一條風光明媚的河川。有關將銀扇投入水中的風雅船遊，《野分》「十二」中也出現。

15 銅壺：銅或鑄鐵製成的熱水壺。放入長形火爐的灰中，以爐中的熱度將水煮沸。

16 驕奢：極為奢侈。奢華。

17 東京語：明治語言變遷中，以東京山手的中流家庭的語言為基準訂為標準話（共通語）一事意義深遠。在這裡，對於那種新制定的語言體系，連生長在東京的須永也感到違和感。

十二

「雖然昨晚寫過信了，今天又想把早上發生的事向您報告。這樣一直寫信給舅舅，想必您會面帶諷刺地露出嘲笑，在心中暗暗嘀咕，這傢伙肯定沒有寫信的對象，不得已才會這麼勤快地寫信給姐姐和我吧！我邊執筆寫信，腦海中邊閃過這麼個想法。假如我真有那麼一個戀人的話，即使舅舅收不到我的信，一定也會替我感到高興吧！我認為到時候即使不寫信給舅舅，也會感到很幸福。實際上，今早起來，上二樓俯視大海，就看到一對幸福的人兒沿著海岸往西邊走去。也許他們是和我住同一家旅館的客人。女子撐著一把乳白色的洋傘，光著腳丫把和服下擺稍微捲起，和男子並肩走在淺灘上的海水中。我望著他們的背影，感到很羨慕。這一天，海水很清澈，從高處往下俯視，近陸地一帶和陽光照射中的空氣沒兩樣，清可見底，甚至在水中游來游去的水母都可以看得一清二楚。有兩個旅館的客人跑出來游泳，他們在水中的一舉一動都被我看得清清楚楚，就游泳技術來講，實在太差勁了。（上午七點半）」

「這次有一個洋人泡在水裡，後來又來了一個年輕的女子。那女子站在波浪中，以英語呼叫還留在二樓的另一個洋人道：『You come here.』然後又不斷地說：『It is very nice in water.』她的英語相當精通又流暢，真叫人羨慕。我一聽，自忖實在是望塵莫及。但是，被精通英語的女子呼叫的洋人就是不下來。不知道女子是不會游泳，還是不想游，她就這樣站在水深及胸的波浪中。於是，先下來的洋人牽著女子的手，想把她帶到水比較深的地方。女子縮著身子抗拒。洋人後來乾脆在海水中將女子抱起來。女子不從地以腳啪啪地踢著水，邊嬉笑邊驚叫的聲音一直傳到遠方。（上午十點）」

「這次是帶著兩名藝妓住在樓下的客人[18]跑出去划船。不知道那條船是從哪裡來的，卻是一條很小很怪異的船。客人說我來划吧！叫那兩個藝妓上船。藝妓則說害怕，怎樣都不肯上船。最後，還是順著客人的意思上船，年輕的藝妓故意作出驚嚇的模樣，真是無聊。船在那裡轉了一會兒就返回。年紀比較大些的藝妓，立刻對著把一條和式木船繫在旅館後頭的船老大，大聲問道：『船是不是閒著？』看來是在商量把酒餚擺進船內再出海遊玩的樣子。

於是，就看到藝妓指使旅館的女傭，把啤酒、水果、三味琴都搬進船內，最後她們也都上船了。不過那個最重要的客人好像相當來勁，還在很遠的地方划著小船轉來轉去。看起來似乎沒有人願意搭他划的船，他就拉了一個皮膚黝黑的海邊小孩上船。藝妓露出驚訝的表情，眺望了一陣子後，拉開嗓子大聲喊道：『傻子！』於是，那個被叫傻子的客人趕緊把船划過來。我覺得那個藝妓很有趣，那個客人也很有趣。（上午十一點）」

「我把這些瑣碎的小事當成奇珍異聞來敘述，舅舅肯定會說我很好奇而露出苦笑吧！不過這就是這趟旅行讓我改變的證據。我第一次感到自己在呼吸自由的空氣。我之所以能夠不厭其煩地把那些無聊的事一一寫出來，不正是光看不想的結果嗎？對現在的我而言，光看不想應該是最好的藥方。假如說這趟小旅行就讓我的精神和性情好轉，我會為治療方法未免太簡單而感到羞恥。不過，我更殷切地希望以更簡單十倍的方法來治療，那就是承認我是由母親生下來的。白帆如雲，從淡路島前航過。聽說對面的松山之上有一座人丸神社[19]。我不太清楚人丸這人物，假如得閒也想順便過去一探究竟。」

中島國彥　註

18 芸者を二人連れて泊っていた客：明治四十四年八月十三日日記中，記有「划著不知道從哪裡借來的船。昨晚的藝妓一個接一個搭乘。然後雇用漁船開始移動時，那個男人拉了一個皮膚黝黑的小孩，兩人搭著舢艫划來划去。藝妓拉開嗓子大聲喊道：『傻子！』」。

19 人丸の社：祀奉《萬葉集》代表歌人之一的柿本人麻呂的柿本神社。人麻呂歌詠明石的歌「溫暖夜色將明時，朝霧籠罩明石灣，一葉小舟隱入島，心有所感睜睜看」（《古今和歌集》卷九）廣為人知。

結尾

敬太郎的冒險，始於故事也結束於故事。他想知道的世界，最初遠在天邊，如今已近在眼前。他終於進入其中，卻好似一個什麼都不會演的門外漢。他的任務不過就是不斷地將聽筒貼在耳朵，聆聽「世間」的一種探訪罷了。

他透過森本之口聽到流浪生活的片斷。可是那些片斷都是極為膚淺的表象和輪廓而已，所以只把那些不帶壞心眼的趣味灌進他那充滿好奇心的腦袋裡。但是，好似瓦斯般的冒險故事從他腦中的細縫膨脹到腦海深處，因此他彷彿在半睡半夢中得見森本作為一個人的面貌，同時森本也給予同樣作為一個人的他，知識之外的同情和反感。

他從田口那個務實家的口中，多少了解到他一直在凝視的社會，同時聽到自稱高等遊民的松本，講述他自己人生觀的一部分。雖然他和這兩人都有親近的社會關係，不過這兩個人卻是完全不同類型的人。在心中將他們對照比較後，感覺自己的社會經驗更擴大了，不過只是經驗上的廣度擴大而已，並不覺得深度也隨之增加。

他從千代子這名女子的口中聽到一名幼兒的死去。經由千代子所敘述的「死」，和一般世間所想像的並不相同，反而好似看到一幅美麗的畫作般令人感到愉悅。然而愉悅中卻交織著淚水。這淚水與其說是為逃避痛苦而流下，毋寧說想盡量延長哀傷而掉淚。他還獨身，對幼兒的同情非常欠缺。儘管如此，美麗的人美麗地死去、美麗地埋葬，仍是一件令人哀傷的事。聽到這個在女兒節晚間出生的女孩之命運，覺得就像女兒節的擺飾木偶般可憐。

他從須永口中聽到這種異於尋常的母子關係而感到驚訝。他也有一個留在故鄉的母親。他和自己母親的關係不若須永母子般親近，卻也不像他們般因果糾纏。他既然身為人子，深信不疑地自認能夠理解親子間的關係，同時也對親子間的平淡關係感到習以為常。那種錯綜複雜的親子，即使可以想像出來，也無法感同身受。因此，他認為自己為了須永已經不斷深入去了解。

他又從須永那裡聽到須永和千代子的關係。他們究竟是否能夠結為夫婦呢？還是應該作為朋友呢？或是成為相互敵視的敵人呢？他實在感到很懷疑。懷疑的結果，激起他半是好奇心、半是善意地走訪松本。他意想不到地發現，松本並不是口叼舶來菸斗、冷眼旁觀世間的那種人。他仔細詢問松本，如何看待須永及如何處理那件事，而且他也完全明白松本不得不處理的事由。

回首一看，從他出校門後才開始接觸現實社會至今的經歷，只是四處轉來轉去聽人家談話而已。無法親耳聽到知識和感情，除了那次在小川町車站拄著寶貝兮兮的手杖，跟著從電車下來、穿著白點混紡外套的男人和年輕女子一起進入西餐廳。如今再次審視記憶中的場景，那根本就是談不上冒險或探險的一場兒戲罷了，他卻因此得到一份工作。就作為一個人的經驗而言，除了滑稽外別無他評，但對他自己而言，則是一個很正經、認真的行動。

總之，最近[1]他所得到有關世間的知識、感情都是耳聞而來。始於森本、終於松本的幾席長談，起初廣泛而淡淡地觸動他，漸漸變得集中而深深感動他時，竟然就戛然而止。不過，他終究沒能進入其中。這正是他感到意猶未盡之處，也是他的幸運之處。就意猶未盡的意義而言，他詛咒蛇頭，就幸運的意義而言，他感謝蛇頭。他仰視蒼穹，思索著那齣看起來好似在自己面前戛然而止的戲，今後將會如何流轉下去呢？

中島國彥　註

1　最近：原稿誤記為「是近」、「是迄」都可以讀成最近。初出・單行本改為「最近」。

國家圖書館出版品預行編目（CIP）資料

彼岸過迄 / 夏目漱石著 ; 林皎碧譯 . -- 初版 . -- 臺北市 : 蔚藍文化 , 2015.07

面； 公分

ISBN 978-986-90518-9-7（平裝）

861.57 104009855

彼岸過迄

作　　者／夏目漱石
註　　解／中島國彥
譯　　者／林皎碧

發 行 人／莊謙信
總 編 輯／林宜澐
主　　編／廖志墭
助理編輯／林月先、薛慕樺

封面設計／羅俊驛
內文排版／黃雅藍
印　　製／世和印製企業有限公司

出　　版／蔚藍文化出版股份有限公司
地址：10667臺北市大安區復興南路二段237號13樓
電話：02-7710-7864
傳真：02-7710-7868

總 經 銷／大和書報圖書股份有限公司
地址：24890新北市新莊市五工五路2號
電話：02-8990-2588

法律顧問／眾律國際法律事務所　著作權律師／范國華律師
電話：02-2759-5585
網站：www.zoomlaw.net

初版一刷／2015年7月
定　　價／380元
I S B N／978-986-90518-9-7

HIGAN SUGI MADE
by Soseki Natsume, annotated by Kunihiko Nakajima

Originally Published 2002 by Iwanami Shoten,Publishers,Tokyo.
This complex Chinese edition published 2015
by Azure Publishing House,Taipei City
by arrangement with the proprietor c/o Iwanami Shoten, Publishers,Tokyo
through Sun Cultural Enterprises Ltd. Taiwan.